봄날의 바다

김재희
장편소설

봄날의
바다

다산
책방

차례

· · ·

제주도 애월의 봄날

6월 16일

자그마한 쪽창을 통해 비행기 날개가 보였다. 붉은 노을은 희영의 눈을 찌를 듯이 강렬했다. 비행기 항로를 터주는 수신호사가 서서 관제탑과 신호를 주고받았다. 희영은 잠시 고개를 유리창에 디밀고 하늘을 올려다보았다. 6월 중순이었지만, 강렬한 태양빛은 저녁이 되어도 그칠 줄 몰랐다. 희영은 비행기 창문 덮개를 내렸다.

"이륙 시에는 창문을 열어두어야 됩니다, 손님."

스튜어디스가 손을 뻗어 창문 덮개를 열면서 말했다.

"이 좌석은 안내를 들으셨죠? 비상구 있는 좌석이라 몸이 불편하신 분은 앉을 수 없습니다."

화장을 짙게 한, 환하게 웃는 스튜어디스를 보면서 희영은 고개만 끄덕였다. 희영은 안전벨트를 하고 머리를 창가에 기댔다. 관광객들이 좌석을 가득 메웠고, 중국인들도 많았다. 희영의 옆 좌석으로 남자 두 명이 캐리어를 사물함에 올리고 앉았다. 남자들은 같은 회사의 사무원인 듯 쉴 새 없이 대화를 이어갔다.

"제주도에 내리면 늦은 저녁 먹을 데가 있는지 알아봐야겠는데요."

희영의 바로 옆, 중간 좌석에 앉은 덩치 큰 남자가 휴대폰으로 인터넷을 검색했다.

"공항 근처에 물항 식당이라고, 제주 은갈치구이 괜찮다는데요."

"손님, 휴대폰 비행기 모드로 해주시고, 탑승 전에 비상구 좌석에 관한 설명 들으셨죠?"

스튜어디스가 다가와 주의를 주자 덩치 큰 남자가 넉살 좋게 대답했다.

"한글 못 읽는데 읽어주시면 안 돼요?"

스튜어디스는 가벼운 미소를 띠며 목례를 하고는 다른 자리로 옮겨갔다. 남자들의 대화는 회사에 관한 이야기부터 시작해, 미드 〈CSI 시리즈〉까지 주제가 점프하더니 태평동에 사둔 부동산 이야기로 튀었다.

희영은 이륙하는 내내 비행기 쪽창을 통해 바깥 풍경만 보았다. 김포의 논과 밭 사이로 높다랗게 올라간 고층 아파트가 보였다. 몇 분이 흐르자 비행기는 뭉게구름이 가득한 하늘로 높이 날아올라 아래 풍경은 구름에 가려 보이지 않았다.

'나도 저들처럼 평범한 이야기에 깔깔거리면서 웃을 수 있는 날

이 오기는 하는 걸까.'

희영은 10여 년 동안 긴 생머리 스타일을 고수했다. 밥을 먹거나 회사에서 컴퓨터 작업을 할 때에도, 심지어 더운 날에도 머리를 묶는 법이 없었다. 회사 동료들은 신비주의라느니, 천생 여자같이 조신하다느니 했지만 희영의 속내는 달랐다. 누군가 얼굴을 알아보기 전에 머리카락으로 절반이 넘게 얼굴을 감추는 데 급급했다.

"고향이 어디예요?"

직장 동료들이 종종 묻는 질문에 희영은 서울이요, 라고 작게 말했다. 틀린 말은 아니었다. 다만 희영은 10년 전에는 제주도에서 살고 있었다. 서울에서 태어났지만 아빠가 사업에 실패하고 돌아가시자 희영의 엄마는 희영과 남동생 준수를 데리고 제주도 고향으로 돌아갔다.

희영은 열두 살 때부터 스물두 살까지 제주도에서 산 기억이 지금도 생생하다. 일곱 살짜리 어린 동생 준수의 손을 붙잡고 애월읍 마을을 둘러보고 차를 얻어 타고서 새별 오름까지 갔던 기억이 머릿속에 유독 남았다.

새파란 풀들이 뒤덮은 오름은 다섯 개의 오름이 별모양처럼 보인다고 해서 새별 오름이라고 불렀다. 멀리서 볼 때에는 낮은 동산 정도로 보였지만 막상 가까이 가서 올라가보니 경사가 급했다. 토지기가 올라올 정도로 숨 가쁘게 올라갔다. 엄마의 치마꼬리를 붙잡고 올라서던 준수의 작은 발과 손이 기억에 남았다. 또래보다 작고 귀엽게 생겨서 항상 주변 사람들이 귀여워해주던 동생이었다.

"잘 봐두어라, 저어기가 한라산의 봉우리 붉은 오름, 노로 오름
이고, 저어기는 제주 해협이다. 그리고 그 아래 낮고 둥그스럼해서
포근허니 보이는 데, 저어기가 너희들이 살 애월이다. 바닷가에 달
처럼 동그러니 면하고 있다 해서 애월이라고 부른다. 니들 살기 좋
아 보이지?"

희영의 엄마 김순자는 제주 사투리를 여간해서는 쓰지 않았다.
오히려 서울말에 경기도 사투리가 뒤섞인 것처럼 특이한 말투를
평생 쓰고 살았다. 애월읍 유수암리에 외할머니가 살던 초가가 남
아 있었고, 김순자는 초가를 방 두 개짜리로 개조하고 부엌을 실내
에 만들어두었다. 거기에서 희영과 준수는 정착하여 살게 되었다.

애월읍에 하나밖에 없는 초등학교에 갈 때는 자전거를 타고 갔
다. 자전거 뒤 의자에 준수를 앉히고 꼭 붙들라고 단단히 주의를
준 후, 힘차게 페달을 밟아 달려 나갔다. 소금기가 뒤섞인 맵싸한
바람이 심심치 않게 불면 자전거에서는 쉬쉬 소리가 났고, 바퀴는
자갈밭을 힘차게 굴렀다.

비가 오는 날에는 동네 아저씨 차를 얻어 타고 학교를 갔다. 가
장 친한 친구였던 소정의 아버지가 모는 트럭에 올라타서 신문지
를 머리에 덮어쓰고 학교를 갔다. 비바람에 뒤섞인 풀내음이 코를
간질이면 앞좌석에서 준수와 소정이 주먹으로 뒤창을 똑똑 두드
리곤 했다. 희영이 말간 얼굴로 웃어 보였다. 어느덧 비는 그쳤고
해가 둥그러니 모습을 내비치곤 했다. 바닷가 도로를 달릴 때가 가
장 기분이 좋았다.

비가 그친 뒤에 파도가 들썩거리는 갯깍(바다)은 투명한 물결이 햇살에 반짝이면서 파도가 갯바위에 부딪쳐 거품으로 사라지고는 했다. 소정의 아버지는 가끔 학교 가기 전에 한담해변에 들러 횟집에 횟감을 넘겼다. 그의 등은 유난히 살집이 두툼해 보였고, 커 보였다. 소정과 희영은 바닷물에 잠시 발을 담그고 놀다가 현무암으로 이루어진 방죽 사이에 사는 갯강구를 잡으려고 뛰어다녔다. 육지 사람들은 한담해변이 현무암으로 이루어져서 맨발로 다니는 것을 꺼리고, 해수욕도 못했지만 희영과 소정은 맨발로 잘만 다녔다. 그리고 갯지네나 갯강구도 잡았다. 어린 준수는 벌레만 보면 무서워 도망갔지만 소정은 맨손으로도 지네 발을 잡고 들어 올렸다. 조른모살(모래밭)까지 뛰어나가서 정신없이 놀다 보면 큰 소리가 들려왔다.

"놀멍대지 말고 혼저옵서(꾸물대지 말고 어서 와)!"

소정의 아버지가 재빨리 올라타라고 큰 소리로 불렀다. 그는 목에 걸린 수건으로 땀을 닦아내고는 어서 오라 손짓했다. 그러면 소정과 희영은 준수의 손을 붙잡고 신을 꿰차고 트럭으로 내달음쳤다.

희영은 과거의 기억 중에 좋은 것도 있었구나 하는 생각을 잠시 했다.

옆 좌석 남자들의 이야기는 어느새 축구로 넘어가 있었다.

희영은 지난 10년간 활짝 웃어본 기억이 별로 없었다. 동료들이 생일을 챙겨줘도 억지로 입 꼬리를 들어올려서 미소만 지을 뿐이었다. 마음은 기뻐하고 싶었지만 무의식 저 건너편에서 웃으면 안 된다고 주의를 주는 것 같았다.

어떻게 그 일을 잊을 수 있니? 아직도 마음이 아프지 않니? 니가 웃으면 준수와 엄마는 뭐가 되는 거니? 뭐가 되는 거니?

귀에서 내내 매미소리처럼 되풀이되는 소리가 입가를 붙잡아 매어두고 있었다.

김순자는 죽기 일주일 전에 이 말을 하면서 두툼한 서류 봉투를 건넸다.

"희영아, 이제부터 니, 니가 해야 된다. 엄마는 얼마 못, 못 살 거야……."

"엄마 이러지 말고 병원에 가자, 병원에 입원하자고!"

사흘간이나 물 한 모금 입에 대지도 못했던 김순자는 고개만 도리질 쳤다. 말도 안 나오는 상태에서도 가끔 정신을 차리고 입 밖으로 천천히 니가 해야 된다는 말만 내뱉었다.

"니가, 니가 이, 이거 해결해줘야 한다. 준수 말이야. 준수."

희영이 밀쳐내는 서류봉투를 김순자는 서운하게 쳐다보았다가 다시금 강한 눈빛으로 희영의 손아귀에 쥐어주면서 온 힘을 담아 한마디 한마디를 입 밖으로 토해냈다.

"준수, 우리 불쌍한 준수…… 억울한 거 벗겨줘야 돼. 안 그럼 내가 저기 가서 걔 얼굴 못 봐…… 해줘, 해줘……."

돌아가시기 전 엄마의 유언이었다. 준수의 한을 풀어달라는 말이.

이제는 가신 지 1년이 넘었지만, 엄마의 유언은 귓가를 어지럽히면서 회사에서 일할 때에도 들려왔다.

비행기가 난기류를 만나서 잠깐 흔들거렸다. 그 순간 잠시 귀에서 삐- 하는 소리가 들리면서 귀가 시큰거렸다. 기압이 낮아지면 귀가 멍해진다지만 이전부터 이명 현상이 지속적으로 있었다. 희영은 잠시 기분을 가라앉히면서 숨을 크게 쉬었다. 호흡을 의식적으로 느끼면서 하다보면 이명 현상이 조금씩 잦아들기도 했다. 잠깐 눈을 감았다.

제주도.

이제 30분이 지나면 그곳에 도착하게 된다. 엄마와 10년 전에 제주를 뜰 때만 해도 죽는 한이 있더라도 다시는 돌아오지 않겠다고 다짐하고 또 다짐했었다. 하지만 지금 희영의 무릎에 놓인 페이즐리 무늬가 잔잔하게 그려진 커다란 숄더백 속에는 김순자가 넘긴 허름한 봉투가 들어 있었다. 동생 이준수의 사건 기록과 탄원서가 빼곡하니 들어 있는 봉투는 묵직한 무게로 무릎을 압박하고 있었다.

커피 잔을 들고 창문을 내다보니 비행기는 어느덧 바다로 둘러싸인 제주로 진입하고 있었다. 나지막한 건물들 새로 논밭이 듬성듬성 보였고, 토담집들과 현무암으로 둘러싸인 마당들이 있었다. 초가집들을 지나치자, 빌딩들이 보이는 제주 시내가 눈에 들어왔다.

공항 근처에 가자 착륙하려던 비행기는 덜커덩거리면서 심하게 요동을 쳤다. 기장은 다급하게 안전벨트를 착용해줄 것을 방송으로 부탁했다. 옆자리 남자들의 대화가 끊겼고, 승객들은 잠시 놀란 듯 소곤거렸다. 뒤에 앉은 승객이 작게 기도를 읊조리는 것을 들으면서 희영은 눈을 감았다.

　이대로, 다른 사람들에게는 정말 미안하지만 이대로 끝내는 것
도 나쁘지는 않으리라.

　희영은 밤마다 다시는 아침에 깨어나지 않게 해달라고 빌던 때
가 떠올랐다. 베개 가를 적시던 굵은 눈물방울이 귓가에 고여 귀를
간지럽게 했었다. 두 손은 항상 마주 비벼지고 있었고, 하느님께
빌면서 외쳤다. 내일이면 일어나지 못하고 이 세상에서 다른 세상
으로 가 있게 해달라고. 그만큼 절박하였다.

　갑자기 숨이 턱하니 막혔다. 잠깐의 정적, 삐− 하는 이명이 이어
졌고, 귀를 손으로 막으니 이번에는 소금기 섞인 맵싸한 바람이 뺨
을 할퀴며 스치는 기분이 들었다. 눈을 오래도록 감았다. 이명이
점차 사라지고, 기장의 목소리가 귀 속으로 흘러들어왔다.

　"제주국제공항에 도착하였습니다. 승객 여러분은 안전벨트를
풀지 마시고 잠시 기다려주십시오."

　희영은 비행기 창문 덮개를 내려서 제주공항의 모습을 시야에서
사라지게 만들어버렸다. 피할 수 있다면 지금이라도 서울로 올라가
는 비행기 표를 사서 이곳에서 사라지고 싶었다. 하지만 엄마의 유
언, 그리고 진실을 향한 강한 의혹이 희영의 속을 뒤흔들었다. 비록
토지기가 들 만큼 현기증이 나고 다리에 힘이 풀려서 일어날 수 없
을 지경이라도 반드시 마주쳐야만 했다. 너무나 막강해서 두 손 들
어 막을 수도 없는 무서운 진실과 두 눈을 마주쳐야 했다.

공항의 밤은 고요했다. 가로등과 그 사이사이 심은 야자수에 달빛이 완전히 가려져 있었다. 사람들은 북적였지만, 누구 하나 큰 목소리로 떠드는 사람은 보이지 않았다. 서울에서는 절대 못 맡는 냄새, 오로지 제주도에서만 맡을 수 있는 짭조름한 소금 기운 가득한 바다의 냄새가 와락 하고 덤벼들었다. 짜다 못해 매캐한 바닷바람 냄새. 어떤 이들은 시원하다 표현하였고, 어떤 이들은 강렬하다 못해 코를 마비시킨다고 하였다. 제주도에 도착하였다는 것을 실감할 수 있었다.

희영은 길게 늘어선 택시 줄 뒤로 가서 섰다. 메탈로 된 녹색 캐리어를 세우며 숄더백 속에 감춰진 서류의 묵직함을 가슴에 품었다. 건너편 대형버스 주차장에는 수백 명의 중국 관광객들이 캐리어를 끌고 가면서 버스에 오르는 모습이 보였다.

희영은 10년 전 이곳 제주도에서 일어난 엄청난 대형 사건의 무대에 올라 치도곤을 가혹하게 당한 적이 있었다. 10년이 지난 지금, 그 사건의 후속 무대에 오르기 위해 숨 막히는 압력감에 눌려 다시 그곳을 찾아가고 있는 것이었다.

드러난 팔목으로 느껴지는 제주의 밤바람이 찼다. 서울에서 내려올 때는 이른 더위로 무척 더웠지만 제주는 습하면서도 차가운 공기로 서늘하였다. 뭍의 사람들은 제주도의 이국적인 풍광과 자연을 찬양하면서 늘 마음에 제주를 품다가 내려왔다고 했다. 하지만 막상 내려와 살다보면 제주도의 칙칙한 검정 땅과 파도가 끊임없이 오가는 바다를 보는 것이 지겹다 못해 두렵다고 했다.

여름철이면 벽지가 쩍쩍 갈라질 정도의 습한 기운, 머리카락을 헤집는 바람들, 바다와 하늘색이 구분되지 않고 맞붙어 있는 풍경. 밤을 맞이하여 무섭게 풍랑이 치고 해일이 치는, 육지와 다른 이질감이 주는 두려움. 이 모든 것은 도시에 길들여진 사람들에게 비일상적인 느낌으로 다가와서, 불편함을 느끼게 하였다. 불편함이 마침내 공포감을 주기에 이르면 그들은 미련 없이 이곳을 떠날 준비를 하였다.

택시정류장 앞에 서서 10여 분을 기다려 택시에 오른 뒤 바람이 들이치는 창문을 올리면서 말했다.

"기사님, 애월읍에 있는 한담해변 바다 게스트하우스로 가주세요. 해변가 토비스 콘도 앞에 있어요. 부탁드립니다."

택시는 곧 출발했다. 제주도 시내에는 나지막한 빌딩들이 서 있었고, 길에는 차들이 그리 많지 않았다. 어둠 속에 일정한 간격으로 서 있는 가로등이 고적하게 보였다.

20여 분이나 흘렀을까. 어느덧 짠 내음이 코를 근질였고, 검은 파도가 포말을 일으키는 바다가 보이기 시작했다. 한담해변이었다. 어릴 적 뛰놀던 갯깍이 파도를 일으키면서 어서 오라 손짓을 하는 것처럼 보였다.

택시에서 내려 해변가 길을 걸었다. 멀리 가로등 밑으로 '바다'라고 적힌 커다란 간판이 보였다. 어둠 속에서 환한 불빛을 내는 간판을 보면서 대형 콘도를 뒤에 두고 천천히 방죽으로 향하는 계단을 걸어 내려갔다. 바다 방죽에 면한 게스트하우스는 기와집을 리모델링해서 바닷가 쪽으로는 카페를 만들고 그 뒤쪽과 왼쪽으로 공간을 넓혀서 게스트하우스 건물 즉 기숙사로 만들었다. 기숙사 건물 뒤로 뒷마당이 있었고 흔들그네가 서 있었다. 기숙사 뒤쪽 뒷마당 왼편으로 작은, 헛간 같은 별채가 언뜻 보였다. 게스트하우스와 마당을 둘러싼 담벼락 곳곳에 파스텔 톤의 무지개와 바닷물, 그리고 꽃이 그려져 있었다. 마당에는 화초들이 곳곳에 심겨 있고, 그 앞에 문이 있었다. 야트막한 화강암 돌덩이에 구멍이 세 개 뚫려 있고, 그 안에 나무 막대기 세 개가 가로로 꿰어져 있는, '정낭'이라고 부르는 제주도 고유의 전통 대문이었다.

대문 양옆에 가로로 걸친 막대기가 하나도 없을 때에는 집 안에 사람이 있는 것이고, 한 개 걸쳐 있는 것은 근처에 주인이 있다는 것을 뜻하였다. 두 개 걸쳐 있으면 한참 후에 주인이 돌아오고 세 개 다 걸쳐 있는 것은 주인이 멀리 출타중이라는 것을 의미했다. 희영은 정낭 옆으로 난 공간을 통해 캐리어를 끌고 들어갔다.

카페 뒤쪽으로 나 있는 게스트하우스 문에 서서 벨을 눌렀다. 잠시 후 인기척이 났고 문을 열고 남자가 나왔다. 남자는 희영의 앞에 섰다. 어둠 속에서 해맑게 웃는 선한 얼굴이 보였다. 남자는 청바지에 마른 풍의 티셔츠를 입은 호리호리한 체격이었는데, 스무 살 정도로 보였다. 하얀 피부에 짙은 눈썹, 적당한 높이의 코, 그리고 입꼬리가 들린 입술선이 고와 보였다. 희영은 잠깐 굳은 표정을 풀었다.

"저어 여기에 예약한 사람인데요. 일주일간 머무는 것으로 4인 1실 예약했거든요. 바다 게스트하우스 주인장 되시나요? 오영상 씨?"

남자는 희영이 내미는 이메일이 오간 내용과 입금증을 보고 밝게 미소를 지었다.

"아, 체 형 찾으시나요?"

"네?"

"다들 그렇게 불러요, 여기 사장님을. 은근히 체 게바라 닮았거든요. 턱수염도 그렇지만 시원시원한 행동도 그렇고요. 이리 들어오세요. 숙박 장부 확인해보고, 안내해드릴게요. 저는 여기 게스트하우스 스태프예요. 장기 투숙객이다보니 형하고 친해서 이것저것 일 봐주고 있어요."

남자가 뒤돌아서서 좁은 복도를 걸어갔다. 복도 천장에 자그마한 백열등이 여러 개 붙어 있었다. 주황색 빛을 발산하는 전등 아래로 희영은 남자의 뒤를 따라갔다. '숲방' '산속방' '호수방' 등, 손글씨로 적힌 문패가 각 방마다 걸려 있었다.

"보시는 복도 왼쪽이 여자방, 오른쪽이 남자방입니다. 너무 가깝게 붙어 있다고 오해하시는 분들이 있는데 걱정 마세요. 절대 걱정하시는 일 없고요, 여기 규칙이 꽤 엄해서 지키다 보면 안전하다 못해 집보다 더 구속받게 됩니다. 일단 밤 11시 이후에는 모두 소등입니다. 화장실 가실 때는 손전등 들고 가시면 되고, 그 시간 이후에 샤워는 금지예요. 그리고 저녁 8시에서 10시 사이에 맥주 파티가 있어서 맥주 한두 캔 정도 드실 수 있고, 안주는 게스트하우스에서 체 형이 제공하는데, 그 이후에 여성분들을 부킹해서 남자분들이 밖에서 따로 만나 2차, 3차 약속 잡는 것은 금지입니다. 여자방 중에 제일 끝에 있는 이 방이 예약하신 방이에요."

남자가 걸음을 멈춰 선 곳에 '바다방'이라고 적힌 문패가 걸려 있었다. 희영은 방문 앞에서 캐리어를 세우면서 물었다.

"만약에 규칙을 어기면 어떻게 되죠?"

"어기실 분 같지 않은데요. 제 이름은 현우입니다. 이현우. 맥주 파티는 카페 후문으로 나가시면 바로 연결돼 있는 모임장에서 열려요, 이따 오세요."

현우는 주머니에 들어 있던 열쇠를 꺼내서 방문을 연 후에 희영에게 건넸다.

"앞으로는 열쇠로 열고 다니세요, 일주일 후 반납하시면 됩니다. 자아 들어오세요."

희영은 현우 뒤를 따라 방으로 들어갔다. 침대 4개가 각 벽면 모서리마다 놓여 있었고, 바로 옆에 작고 좁은 탁자가 있었다. 그 위로 나무로 짜인 벽장 형식의 사물함이 있었다. 벽 한쪽 구석에는 여행서나 추리소설 유의 책들이 몇 권 꽂혀 있었다. 툭 트인 창문으로 한담해변 바다가 보였다. 어둠 속에서 검푸른 바다가 넘실거렸다. 희영의 침대 대각선 맞은편 침대 가에 작달막한 보라색 캐리어가 서 있었고, 좁은 탁자에는 영화 평론 관련 책이 펼쳐져 있었다.

"손님이 더 계신가봐요."

"네, 오수경 씨라고 여대생 분이 쓰고 계세요. 참 창문 신경 쓰이시면 커튼 치시고요."

"아뇨. 괜찮아요."

"짐 풀고 쉬세요. 아, 그리고 맥주 파티 꼭 나오세요. 지금 비수기라서 사람이 많지는 않지만 몇 분 투숙객들 나와 계세요."

현우는 밖으로 나가면서 문을 닫아주었다. 형식적인 손님맞이겠지만, 낯선 사람이 이렇게 친절하게 다가오는 것이 약간 불편하였다. 희영은 잠시 침대 위로 올라가 누웠다. 기분이 나쁘지 않았다. 창 밖 가로등에서 비치는 불빛도 은은하게 여겨졌다. 시간은 밤 9시 15분을 조금 지나고 있었다.

희영은 짐을 부리고 나서, 바다방 밖으로 나갔다. 기숙사 밖의 마당을 한 바퀴 둘러보고 뒷문으로 나가서 카페 정문을 향해 걸어갔다. '바다'라고 쓴 손 글씨 간판이 달린 카페의 문은 닫혀 있었다. 희영은 다시 카페 옆에 나 있는 자그마한 문을 통해 좁은 복도로 들어섰다. 바다 카페 후문 맞은편의 녹색 파스텔 톤으로 칠한 문에 '모임장'이라고 적힌 간판이 달려 있었다. 황동으로 된 문손잡이를 끌어당겼다. 안에는 옹기종기 모인 둥그런 테이블에 대학생 정도로 보이는 남녀 열 명 정도가 앉아 있었다.

희영은 테이블을 둘러보고는 뒤쪽에 있는 대형 냉장고로 다가갔다. 냉장고에는 1인당 하루에 두 캔이 공짜로 제공된다는 안내문이 예쁜 손 글씨로 적혀 있었다. 맥주를 꺼내려는데 뒤에서 수군거리는 소리가 들려왔다. 구석에 놓인 둥그런 테이블에 앉은 젊은 남자들이었다. 한눈에 보아도 대학생 정도로 보이는 20대 초반의 얼굴들이었다.

"체 형은 왜 경찰서까지 가서 진술하게 된 거야?"

페도라를 멋스럽게 쓴 덩치가 크고 콧수염을 정성스레 기른 젊은 남자가 물었다.

"몰랐어? 8일 전에 사건 하나 큰 거 났잖아. 새별 오름 근처에서."

키가 작고 몸에 딱 붙는 쫄티를 입은 남자가 맥주 캔을 붙잡고 작은 목소리로 답해주었다.

"알아. 휴대폰으로 뉴스 보긴 했는데, 서울서 내려온 여대생 죽은 거?"

"그래. 그 건 관련해서 전과 있는 사람은 거의 조사받는 거래."

"뭐여? 그럼 체 형이 전과자라는 거야?"

키가 작은 쪽이 고개를 흔들었다.

"그것보다는 근처 게스트하우스 주인장이니까 조사받는 거 아닌가 싶기도 하고. 하여간 그 건이래. 아무래도 여기 젊은이들이 많이 모이잖아."

"그 여자애 혹시 여기 묵다 사고 당한 거 아냐?"

"그건 모르지. 우리가 서울서 내려오기 전에 일어난 사건이잖아."

"그러고 보니 우리도 여기서 잔 지 일주일 넘었네."

희영은 머뭇대면서 테이블에 앉지도 못하고 서성였다. 희영이 몰래 주의를 기울이는 것을 눈치챘는지 덩치 큰 남자가 고개를 슬

쩍 돌렸다. 그러고 나서 맥주 캔에 입을 갖다 대고는 더 이상 말하
지 않았다.

"나오셨어요?"

현우가 다가와 다정하게 말을 걸어주고는 수군대던 남자들이
앉은 테이블로 이끌었다.

"영기 형, 영철이 형. 여기는 오늘 새로 오신 투숙객이세요. 이름
은 이희영 씨. 여기 앉으세요."

"아뇨, 괜찮아요."

희영이 담담하게 말했다. 현우는 희영을 그들 옆자리에 앉히고
맥주 캔을 들었다.

"제가 따드릴게요."

"아뇨."

희영의 답을 들을 것도 없이 현우가 캔을 빼앗아서 시원하게 따
주었다. 희영은 잠시 입을 갖다대고는 목을 축였다. 맵고 쌉쌀한
맛이 혀끝에 감돌았다.

페도라를 쓴 덩치 큰 남자가 환하게 웃었다.

"저는 정영기입니다. 서울 J대학 기계과 복학생이고요. 이쪽은
같은 과 친구 임영철. 우리 과에서는 영 브라더스라고 불러요. 하
도 친하게 지낸다고요. 반가워요."

정영기가 내미는 손을 희영은 붙잡지 않았다. 고개만 숙여 보였다.

"저는 서울에서 회사를 다니다 휴가 내고 내려왔어요."

"우와 실업자 신세가 될까 노심초사하는 우리 입장에서는 부럽

습니다."

키 작은 남자 임영철이 이어 말하였다. 그들 옆으로 냉장고에서 맥주 한 캔을 꺼내든, 하얀색 티셔츠에 오버올 청바지를 입은 약간 통통한 체격의 여자가 다가왔다. 푹 눌러쓴 운동모자에 뿔테 안경을 끼고, 머리는 하나로 묶어 뒤로 늘어뜨렸다.

"새로 오셨네요? 어느 방 쓰세요?"

여자가 희영에게 물었다.

"제일 끝 방 써요."

"바다방요? 저랑 같은 방이네요."

"수경 씨 어서 와요. 오늘 용눈이 오름 잘 다녀왔어요?"

임영철이 오수경을 반갑게 맞이했다.

현우는 다른 투숙객들을 파티에 안내하느라 돌아가고, 여자가 희영의 옆자리에 앉았다.

"네. 좋았어요."

"그 말로는 부족할 텐데, 정상에서 360도 회전하면서 파노라마처럼 펼쳐지는 광경이 죽이지 않았어요?"

"그럭저럭."

수경은 쿨하게 한마디 내뱉고는 고개를 주억거리면서 맥주를 한 모금 마셨다.

"어? 그 티셔츠, 부천국제영화제 자원봉사자들에게 나눠준 건데? 맞지?"

정영기가 오수경의 오버올 바지 밖으로 보이는 보라색 마크를 집게손가락으로 슬쩍 가리켰다.

"아시네요. 작년에 자원봉사 하러 가서 2박 3일 동안 관객들 안내해주고 그랬어요. 이 휴대폰 고리도 거기서 받은 거예요."

수경은 부천국제영화제라고 적힌 보라색의 하트 모양 고리를 보여주었다.

"영화를 좋아한다고 하더니 영화 관계 종사자였네. 나는 영화를 그냥 좋아하는 사람에 불과한데."

임영철이 맞받아쳤다.

"현우도 영화에 꽤 조예가 있는 거 알죠? 저 녀석 저래 보여도 감독이 꿈이라고요."

오수경은 고개를 끄덕이면서 맥주 캔들 앞에 놓여 있는 마른안주를 집어서 입에 넣었다.

"아쉽다. 체 형 있었으면, 골뱅이 국수사리에 김치전 정도는 나올 텐데. 희영 씨는 처음 먹어보겠지만 정말 맛있어요."

페도라를 벗어놓고 마른안주를 집어들면서 정영기가 말했다.

희영은 마른안주 하나를 입에 넣었다.

"저어, 실례지만 나이가 어떻게 되세요?"

오수경이 뿔테 안경 너머로 눈을 동그랗게 모아서 물었다.

"서른두 살요."

희영의 말에 임영철이 장난스럽게 말했다.

"우와, 정말 그 나이로 안 보여요. 수경 씨보다 동생 같아 보여요."

오수경은 신경 안 쓰인다는 듯 어깨를 으쓱하고는 맥주를 입에 들이부었다. 희영은 멋쩍은 얼굴로 고개를 숙였다.

"며칠 동안 머무실 예정이죠?"

정영기가 물었다.

"일주일 정도 생각하고 있어요."

"어, 짧은데. 수경 씨는 열흘, 영철이나 저는 이미 일주일이 넘도록 여기서 묵었는데도 제주도 아직 못 가본 데 많아요."

"무슨 이야기들을 그렇게 재밌게 해요?"

현우가 캔 맥주를 들고서 희영의 오른쪽 자리에 동그란 의자를 놓고 앉았다.

"그냥 사는 얘기. 그건 그렇고 현우야, 체 형 무슨 일로 경찰서 간 거야?"

현우가 잠깐 표정을 가다듬으면서 희영과 오수경의 눈치를 살폈다.

"그거야, 저도 모르죠."

"새별 오름에서 일어난 사건 때문 아냐? 왜, 6월 8일이던가, 시체 발견됐잖아. 처음에는 실종 신고 됐다가. 이틀 동안 말 많다가 결국 오름 근처 풀숲에서 발견됐잖아."

정영기의 말에 임영철이 말을 이어나갔다.

"체 형이 그 건 관련해서 불려간 거 아니냐고."

"저도 몰라요. 체 형 얘기 함부로 하지 마세요."

그때 모임장 문이 삐거덕 열리면서 덩치가 제법 큰 남자가 들어섰다. 대학생들 몇이 일어나더니 남자 주변을 둘러싸고서 웃으면서 인사를 나눴다. 남자는 덥수룩한 턱수염으로 얼굴을 감쌌고, 위로는 제법 두툼한 주먹코가 아래로는 두꺼운 입술이 보였다. 머리카락은 목에 닿을락 말락 할 정도로 약간 길었다. 부리부리한 눈에 눈빛이 선해 보이면서도 제법 강단이 있어 보였다. 허름한 잿빛 면 티셔츠에 베이지색 반바지 아래로 샌들을 신고 있어 어딘지 모르게 자유로워 보였다. 현우가 다가갔다.

"체 형, 오늘 새로 들어오신 이희영 씨예요."

체 형이라고 불리는 남자는 큰 덩치로 희영 앞으로 와서 고개를 숙였다.

"잘 오셨습니다. 제가 맞이하지 못해 죄송합니다. 오영상이라고 합니다. 인터넷상으로는 바다 게스트하우스 주인장이라고 닉네임이 붙어 있죠."

오영상은 왼쪽 다리를 살짝 절면서 걸어왔다. 외모와 어울리지 않는 친절함에 희영은 저도 모르게 고개를 숙였다.

"네, 일주일 동안 잘 부탁드려요."

오영상은 희영에게 인사를 끝내고 좌중을 둘러보고 말하였다.

"맥주 파티 예정대로 10시에 끝냅니다. 다들 잘 준비하시고 11시에 소등하니 그 전에 침대로 돌아가주시기 바랍니다."

오영상의 말에 여대생들과 짝이 맞아서 시시덕대던 남학생 두 명이 잠깐 불만스러운 얼굴을 보였으나 이내 수긍하고 기숙사 방으로 되돌아갔다. 오영상은 현우와 함께 맥주 캔들과 빈 접시를 치워 나갔다. 희영과 오수경은 남아서 쓰레기들을 구분하여 정리하는 것을 도왔다. 정영기와 임영철도 일손을 도왔다. 임영철이 희영에게 물었다.

"제주에는 관광오신 거예요?"

"네."

"사실은 여대생 사건으로 제가 아는 여자애도 혼자 오려다 말았는데 용기가 대단하시네요."

희영은 입을 꾹 다물고 캔과 음식물 쓰레기를 분리하였다.

"근데 뭘로 이동하시나요? 저희들은 임대업체에서 스쿠터와 헬멧을 빌려서 이동하거든요."

"아니요, 렌터카 업체 내일 방문하려고요."

"부럽네요. 우리는 렌터카는 비용이 비싸서 포기했는데 그래도 스쿠터가 보기보다 잘 나가서 그럭저럭 괜찮아요."

"체 형이라는 사람, 그러니까 오영상 씨 잘 아시나요?"

희영이 모처럼 용기를 내서 물었다. 임영철이 고개를 슬쩍 끄덕였다.

"제주도 게스트하우스 놀러 가려고 맘먹은 젊은 사람들 중에 모르는 사람 없을걸요. 인터넷 여행 동호회 카페에 글도 자주 올리고, 의견도 개진하고 유명한 사람인걸요. 생긴 것도 독특하고, 워낙에 비주얼이 체 게바라처럼 특이하잖아요. 사상도 그렇고. 자유주의자인지 무정부주의자인지 가끔 바다 게스트하우스 전용 블로그에 올리는 글이 멋지죠. 성수기에는 여기 예약이 꽉 차서 한 달 넘게 기다렸다가 예약하는 친구도 있었어요. 근데 왜 그러시죠?"

희영은 속내를 들킨 것처럼 조금 붉게 피어오르는 뺨을 머리카락으로 가리면서 작게 말하였다.

"그냥 궁금해서요."

뒤에서 이들의 말을 듣고 있던 정영기가 다가왔다.

"저어기 여담이지만 체 형이 사실은 다른 별명이 있어요."

"네?"

"카이저 소제라고 왜 〈유주얼 서스펙트〉에 나온 '카이저 소제' 있잖아요. 케빈 스페이시가 맡은 역 말이에요. 목격자인 척 증언하지만 결국에는 다 자기 얘기를 하고 있던 악역, 카이저 소제 아시죠? 반전 중에 반전인 그 인물이 체 형의 또 다른 별명이죠."

희영은 심각한 얼굴로 되물었다.

"왜 그렇죠?"

"그야 이중인격일 수 있으니 그런 말이 붙은 거 아닐까요?"

농담이 섞인 정영기의 말에 임영철이 손을 내저었다.

"에이 말도 안 되는 소리 하지 마. 체 형 왼쪽 다리 살짝 절잖아. 그것 때문에 그렇겠지. 영화에서도 주인공이 다리 저는 것으로 나왔으니까."

뒤에서 현우가 다가와 끼어들었다.

"영화 얘기 하시나봐요? 〈유주얼 서스펙트〉라고 하시던데 나도 좀 껴줘요."

"야, 지겹다. 영화 얘기는 수경 씨랑 너랑 둘이서 해."

정영기가 현우를 가볍게 팔꿈치로 밀쳐냈다. 오수경이 희영과 현우를 의식하면서 쓰레기봉투를 채워서 묶었다. 그 뒤에 서 있던 오영상은 피곤하다는 듯 한숨을 내쉬면서 얼굴에 흐르는 땀을 손바닥으로 거푸 닦아냈다. 오영상은 의자에 앉아서 땅바닥을 내려다보면서 고개를 가볍게 도리질 쳤다.

"현우야, 체 형 왜 저러는 거야?"

임영철의 질문에 현우가 미소 지으며 답하였다.

"왜 새별 오름 여대생 사건, 그 건으로 근처 숙박업소 주인들 모조리 불려갔다나봐요. 경찰서 다녀오면 진 빠지겠죠. 그러니까 알죠? 더 이상 루머 생산은 안 돼요."

"내가 뭘 어쨌다고?"

임영철이 발끈하면서 손을 털고 모임장 문을 열고 정영기와 함께 나갔다. 희영은 쓰레기봉투를 들고 나가는 오수경과 같이 뒷문으로 나섰다.

"도와줘요?"

"아뇨. 제가 해도 돼요. 언니라고 불러도 되죠?"

쓰레기봉투를 게스트하우스 뒷마당 재활용 수거함 옆에 세워둔 수경은 오버올 바지 가슴팍에 있는 앞주머니에서 담배를 한 개비 꺼내서 희영에게 건넸다.

"피우실래요?"

"아뇨."

"그럼 실례할게요. 게스트하우스 안에서는 금연이라서요."

오수경은 길게 연기를 들이마셨다가 뱉으면서 말했다.

"여기 유명해서 오신 거예요?"

희영은 잠깐 생각하다가 대답했다.

"아뇨. 이 근처에서 뭐 알아볼 게 있어요."

"영상이 아저씨는 왜 궁금하신데요?"

허를 찔린 표정으로 희영이 오수경의 옆모습을 보았다.

"그게 조사하는 것과 관련 있어요?"

오수경의 말에 희영은 긴장했다.

"아까 캐묻는 것도 엿들었지만 얼굴에 호기심을 넘어선 게 있어 보여 그래요, 언니."

희영은 굳은 모습 그대로 마당에 핀 꽃만 보고 서 있었다.

"영상이 아저씨, 서울서 안 좋은 일 있었던 것은 확실해요. 저도 들은 게 있어서. 하지만 더 캐지는 마세요."

"저기, 그럼 한 가지만 물어보고 더 이상 안 물어볼게요."

게스트하우스로 돌아가려던 오수경이 멈칫했다.

"오영상 씨, 체 형이라고 불리는 사람 혹시 제주도에 오래도록 살지 않았어요? 10년 전에도."

오수경이 의아하다는 듯이 희영을 쏘아보았다.

"떠봤는데, 맞네? 더 이상 캐지 말아요. 바다 게스트하우스 문 연 지는 3년 되었고요. 그 전에는 서울 살았지만 제주도가 어릴 적에 살던 데라서 이 땅도 미리 갖고 있었다나봐요. 대답이 되었나요? 대체 인터넷에 떠도는 이야기 뭘 보았기에 이렇게 혼자서 의뭉스럽게 다니시는 거예요? 설마 경찰 뭐 이딴 거는 아니죠? 내 상관할 바는 아니지만."

오수경은 모임장으로 들어갔다.

혼자 남겨진 희영은 잠깐 기억을 떠올렸다.

동생 준수 사진이 인터넷에 떠돌까 싶어서 밤마다 수천, 수만 명의 네티즌들이 들락날락거리는 유명한 사이트에 들어가서 글들을 뒤지고 또 뒤졌다. 최근 3년간은 그렇게 문서가 많지는 않았지만 뜸하게 '변태 살인자 얼굴'이라고 적혀서 나도는 사진을 발견하고는 사이트 운영자에게 메일을 보내고 전화를 걸어서 게시물을 내려달라고 요구했다.

아주 가끔은 동생과 엄마 그리고 희영이 제주도 바다를 배경으로 같이 찍은 어릴 적 가족사진도 있었다. 악몽 같았다. '살인자 가족들의 파렴치한 얼굴'이라는 제목이 붙은 글에서 자신의 열두 살 모습을 보는 것은 지옥이었다.

10년 전 그 사건 이후로 희영은 삶다운 삶을 살고 있다는 생각이 단 한 번도 들지 않았다. 가족사진에서처럼 웃은 적도 드물었다. 매일 밤 동생의 사건과 관련된 문건들을 찾아내서 지워나가면서 가해자 가족으로 겪는 고통을 곱씹으며 속으로 꾹꾹 눌러 담았다.

그러던 어느 날 이런 제목의 글을 발견했다. 제주도행을 결정하기 이틀 전의 일이었다.

'제주도 여대생 살인사건 범인은 김수향 사건과 동일한가?'

안녕 게시판 이용자들,

사실 나 오늘 굉장한 추정을 주장해보려 해. 나는 그냥 최근에 일어난, 제주도에 내려온 서울 여대생 살인사건에 관심이 많아서 관찰중인 사람이야. 6월 8일 여대생 시신이 새별 오름 근처에서 발견된 것 알지? 내가 사는 곳은 노코멘트. 하지만 사건과 가까운 위치라고 생각해줘.

여러분들 10년 전 2004년에 애월 읍내 은행원 김수향 살인사건 알고 있는 사람 있어? 새별 오름 근처에서 성추행 당한 것처럼 하의가 벗겨져서 발견됐던 사건이야. 당시에 유명한 사건이었고, 범인을 지목한 이가 지금은 너무도 유명한 감건호 프로파일러라는 것도 알 만한 사람은 알 거야. 범인 이준수는 구치소에서 재판을 기다리던 중에 자살을 했고, 그 유가족들이 시위를 하였지만 진실은 결국 가려지고 모든 것은 어둠 속으로 사라졌지. 그래서 난 가끔은 이준수의 사진이 인터넷에서 떠돌아다니는 것을 볼 때마다 정말 저 고등학생이 그렇게 흉악한 짓을 한 범인일까 의심은 가. 아주 여리여리하게 생겼잖아.

그런데, 아주 놀라운 것은 비슷한 범행 수법의 사건이 10년 전 살인사건 현장에서 그다지 멀지 않은 곳에서 일어난 거야. 일목요연하게 범행이 왜 비슷한지 설명해볼게.

1. 피해자가 20대 여성이다.

2. 범행 장소가 새별 오름 근처이다. 두 장소의 거리가 3킬로미

터 이내이다.

3. 둘 다 CCTV나 인적 없는 곳에서 이뤄졌다.

4. 피해자를 제압하려 때린 흔적은 있으나, 목 졸라 살해한 경부압박질식사가 사인이다.

5. 성폭행 흔적은 없고, 하의가 벗겨져 걸쳐 있는 것으로 보아 성추행을 하였거나, 성폭행을 가장하려는 의도가 숨어 있다.

6. 지문이나 유전자가 발견되지 않은 것으로 보아 주도면밀한 사람이 범인이다.

이외에도 비슷한 점이 많지만 난 감건호는 아니니까, 프로파일링은 이쯤 해둘게.

그렇다면, 제주도 새별 오름 근처 배수로 속에서 발견된 여대생 사건이 사실은 10년 전 새별 오름 근처 버스정류장 가까운 곳에서 죽은 읍내 은행원 김수향 사건과 범행 수법이 비슷하지. 동네에 떠도는 소문으로는 범인이 인근 게스트하우스 'B'의 주인이라고 하는 말도 있어. 인터넷상으로 꽤 유명한 사람인데, 더 이상 지목하면 명예훼손이 되니까, 자세한 얘기는 생략, 다음에 또 올릴게.

글은 이렇게 끝나고 있었다.

극우 성향의 남자들이 주로 몰리는 스포츠 관련 게시판에 올라온 글은 꽤 자세하게 사건의 내막을 설명하면서 용의자로 게스트하우스 주인을 지목했다. 그리고 범행 수법으로 보아 10년 전에 새 별 오름에서 실종돼 죽은 상태로 발견된 애월 읍내 은행원 여성의 사건과 흡사하다고 적혀 있었다.

희영은 그 글을 수십 번 읽으면서 뭔지 모를 두근거림을 느꼈다. 글은 1시간 후에 지워졌고, 더 이상 관련된 내용의 글은 올라오지 않았다. 희영은 글을 올린 사람 아이디가 '진실'이라는 것이 기억 났다. 하지만 '진실'로 인터넷을 뒤져도 비슷한 글은 없었다. 다만 글 내용이 머릿속을 오가면서 떠돌았다.

게다가 댓글 중에는 '님, 상당히 범행 수법을 자세히 꿰고 있는 데 님이 혹시 범인?' '10년 전 살인자 이준수는 억울한 것이 아닌 가, 사실은 그 범인이 지금 와서 연쇄살인을 저지른 것일지 모른 다. 제주도 애월읍에 사이코패스 귀환하였다'라는 것들이 있었다. 희영은 '이준수는 억울한 것이 아닌가' 하는 문장을 읽다가 목이 메고 눈이 시큰거리면서 눈물이 차올랐다.

동생 준수의 억울함을 풀어달라. 엄마의 유언이 다시금 희영의 가슴을 쳤다.

희영이 받은 두툼한 서류들은 모두 김순자가 준수를 위하여 사 건 관련 자료와 탄원서와 변호사에게 자문을 받아서 꾸린 문서들 이었다. 동생의 억울함을 풀 수 있다면 희영의 삶은 또 얼마나 달 라질 수 있는 것인가. 쫓기듯이 떠난 제주도로 당당하게 돌아갈 수 있는 것인가. 아니면 어디 다른 곳에서라도 홀가분하게 마음의 짐 을 털고 살 수 있는 것인가.

희영은 새별 오름 근처에서 발견된 여대생의 사건을 김수향 사건과 상세하게 비교해 적은 글을 본 후에 휴가를 내고 10년간 땅을 밟지 않았던 제주도에 내려오게 된 것이었다.

여대생은 상의는 입은 채였고 하의는 걸쳐져 있었으며, 목이 졸려 있었고, 몸 곳곳에 얻어맞은 멍 자국이 가득한 상태로 발견되었다. 성폭행 흔적은 없었지만, 옷 곳곳이 뜯겨 있는 것으로 보아서 성폭행을 하려다 실랑이가 벌어졌고 그 와중에 범인이 폭행을 행사하였으며, 급기야 목을 압박하여 질식한 것으로 부검의 소견이 발표되었다.

인터넷 괴문건에는 그런 상세한 소견이 적혀 있었고, 범인으로 B게스트하우스 주인장을 은근슬쩍 가리키고 있었다.

희영은 인터넷을 뒤져서 애월읍에서 새별 오름과 가까운 게스트하우스 중에는 '바다 게스트하우스'가 이니셜 B에 일치한다는 것을 발견했다. 바다 게스트하우스에 관하여 검색을 거듭하다가 6개월 전에 성추행 사건으로 게스트하우스 주인 오영상이 조사받았다는 것도 알아냈다. 비록 주인이 직접 관여하지는 않은 사건이었지만 자신의 숙박업소에서 남성 두 명이 여성 한 명이 자는 방에 침입하여 성추행을 하다 적발되어서 조사를 받은 것이다. 이외에 오영상이 인터넷 여행 동호회 카페에 글을 올린 것을 읽어보았다. 제주에 오면 꼭 보아야 할 숨겨진 비경을 소개하거나, 자신의 게스트하우스 근처 맛집을 소개하는 글도 있었다. 혹은 제주도 문화에 관하여 한 여행가와 설전을 벌이기도 했다. 카페 회원들이 댓글을 달아서 오영상 편을 들어주는 양상처럼 보였다.

희영은 오영상에 관하여 여러 문건을 뒤져보고 나서 다음 날 직장에 휴가를 내고 제주행 비행기 티켓을 예약했다. 그리고 바다 게스트하우스에 일주일간 예약을 잡았다. 마침 비수기여서 방이 있었다.

"뭐 하고 계세요?"

희영이 기억을 더듬으면서 뒷마당에 있는 흔들그네에 잠시 기대어 서 있는데 현우가 어느덧 앞에 와 있었다. 현우의 손에는 캔과 플라스틱 페트 병 등을 분리한 비닐이 들려 있었다.

"아. 그냥 나와 있었어요. 바람 쐬러요. 현우 씨는요?"

"저야 쓰레기 분리하러 나왔죠."

"생각보다 별이 보이지 않네요."

"오늘은 흐리니까요. 그리고 여기서는 별이 보이지 않아요. 새별 오름에 올라서 누워 보는 별들이 제맛이죠."

"새별 오름이라면……."

"여대생 시신 발견되기 전까지는 괜찮았어요. 지금은 난리가 나서 시끌벅적하고 출입금지 테이프가 너저분하게 붙어 있죠."

현우는 희영의 시선을 의식하며 말을 마무리 지었다.

"그렇다고 여기가 위험하거나 한 건 아니니까, 걱정 말고 다니다 들어오세요."

희영은 고개를 끄덕였다.

"이제 소등하니까, 들어가서 준비하셔야죠."

"네."

희영은 기숙사 건물로 들어서서 바다방으로 들어왔다. 문가 쪽 침대에 드러누운 오수경은 불을 끈 채 손전등으로 책을 읽고 있었다. 얼핏 보기에 책표지에 영화 포스터들이 여럿 있는 듯했다.

"벌써 불 꺼야 되는 거예요?"

희영이 방문을 조심스럽게 닫고 수경에게 물어보았다.

"아뇨. 그냥 환한 게 부담돼서요. 불 켜도 돼요. 아까는 좀 세게 얘기해서 미안해요."

"괜찮아요. 난 샤워하러 갈게요."

희영은 샤워실로 가서 샤워를 간단하게 마치고 복도로 나왔다. 남학생들이 시시덕거리면서 복도 구석의 남자전용 샤워실로 들어가는 게 보였다. 희영은 머리를 가볍게 털면서 방으로 돌아와 손잡이를 돌렸다. 전등은 완전히 꺼져 있었고 오수경은 자는 것처럼 이불을 덮어쓰고 있었다. 복도에서 오영상의 목소리가 크게 들렸다.

"이제 곧 소등합니다. 모두 취침하시기 바랍니다."

문틈으로 손전등 불빛이 지나가는 것처럼 보였고 오영상의 목소리가 저 멀리 멀어져갔다. 희영은 커튼 틈으로 달을 보았다. 달이 구름에 가려 있었다. 가로등 불빛이 훤하게 바깥 바다를 비추고 있었다. 창문을 살짝 열었다. 파도가 들이치는 소리가 귓가에 아련하게 울려 퍼졌다.

잘 수 있을까.

희영은 불안한 마음에 고개를 침대 위 베개에 뉘었다. 하지만 기우도 잠시 희영은 곧 깊은 잠에 빠져들었다.

새별 오름의 바람

6월 17일

침대에서 바라본 바깥 풍경은 해가 아찔할 정도로 높게 떠 있었고 푸르른 하늘 아래로 녹색의 파도가 물결치면서 반짝거렸다. 시간은 오전 7시였다. 쏟아지는 빛살들이 희영의 눈을 저절로 감기게 만들었다.

10년 만에 보는 한담해변 그리고 제주의 바람과 볕.

제주의 모든 것이 아찔할 정도로 달라져 있었지만 자연이 주는 풍광은 그대로였다. 희영은 침대 위에 앉아서 바닷물이 들어왔다 나가는 모습을 말없이 보았다.

참 고요하고, 아름다웠다. 마음속 답답함이 조금은 가셨다.

"참 예쁘죠?"

오수경의 목소리였다. 희영이 뒤돌아보니 일어나서 이불을 개고 있었다.

"근데 그 바다도 며칠 지내다 보면 금방 까먹어요. 나중에 서울 올라가면 또 그립기는 하겠지만. 여기서는 바다를 잊고 다른 데 돌아다니기 바쁜 거죠."

"영화에 관심 많은가봐요?"

희영은 오수경의 침대 가에 놓인 영화 관련 잡지를 보며 물었다.

"네. 심심하면 읽으셔도 돼요. 하지만 나중에 돌려줘야 돼요. 저는 한 권도 빠지지 않고 창간호부터 다 모았거든요."

"고마워요."

희영은 오수경이 건넨 잡지를 살폈다. 호의는 고마웠지만 볼 시간이 있을까 싶었다.

"아침 드셔야죠. 나오세요."

"그럴게요."

희영은 세면도구를 챙겨서 화장실로 갔다. 간단하게 씻고, 방으로 돌아와 여름용 청바지와 연한 체크무늬가 들어간 얇은 저지 블라우스로 갈아입고 모임장으로 나갔다. 수경이 먼저 나와서 아침을 먹고 있었다. 오영상은 검은색 티셔츠를 입고 머리는 갈색 수건으로 싸매고 카운터에서 커피를 내리고 있었다. 훈훈한 커피 냄새가 코를 간질였다.

카운터 앞에 있는 테이블 위에 토스트 빵과 잼 그리고 달걀 등의 식재료가 가지런히 놓여 있었다. 그 위에 '아침식사는 알아서 해 드시고, 커피 한 잔은 무료로 제공됩니다'라고 적힌 예쁜 손 글

씨 안내판이 세워져 있었다.

희영은 간단하게 토스트를 굽고 커피를 따라서 구석의 테이블로 가서 식사를 하였다. 현우가 대용량 주스와 우유 등을 들고 들어와 음식 옆에 놓아두었다.

"어때요, 맛은 괜찮으세요?"

희영은 해맑게 웃으면서 다가오는 현우에게 고개를 끄덕여 보였다.

"영기 형이랑, 영철이 형은 늦잠 자네요. 오늘 어디어디 가실지 계획은 짜놓으셨어요?"

"콜택시 좀 불러주세요."

"어디까지 간다고 할까요?"

"공항 근처 렌터카 업체에 가보려고요."

커피머신에서 아메리카노를 뽑고 있던 오영상이 고개를 들지 않고 나직하게 읊조리듯이 말했다.

"우리 차 써요. 스무 살 이상 면허 있으면 누구나 운전 가능하게끔 보험 들어놨어요. 키는 나중에 퇴실할 때 반납하면 됩니다."

희영은 난감한 표정을 지었다.

"물론 무료는 아니니 쓸데없는 걱정 말고, 일주일에 10만원으로 합시다. 기름은 만땅으로 채워져 있으니 사용하는 만큼 쓰고 채워 넣어 반납해요."

희영이 알아본 렌터카 대여료에 비하면 엄청나게 싼 금액이었다. 하지만 쓸데없는 호의는 마음에 내키지 않았다. 그러나 오영상에 대하여 알아볼 수 있는 기회라면 그가 제공하는 차량을 이용하는 게 낫다는 생각이 설핏 들었다.

"차를 볼 수 있을까요?"

희영은 현우가 안내하는 뒷문으로 나가서 뒷마당 겸 공터 주차장에 세워져 있는 차량들을 둘러보았다. 맨 왼쪽에 하늘색 125씨씨 스쿠터가 세워져 있었고 그 옆으로 외제 소형차, 국산 소형차 등이 나란히 서 있었다. 현우가 차량 사이로 다가가더니 녹색의 마티즈 앞에 섰다.

"이거예요. 연식이 되기는 했지만 제가 사용해봤는데 멀쩡해요. 여기 키요."

현우가 내미는 키에는 개구리 모양의 실리콘 장난감이 달려 있었다. 현우가 배를 누르자 개골개골 소리가 났다. 희영이 현우를 보았다.

"제가 대여하면 현우 씨는 어디 못 가잖아요?"

"저야 스쿠터 타고 다니니까, 걱정 마세요. 짐 싣고 다닐 때만 써요."

현우가 익살스레 되물었다.

"이제, 렌터카업체 안 가보셔도 되죠? 어디에 먼저 가실 건가요?"

"새별 오름에 가보려구요."

현우의 표정에 잠깐 고민스러운 기색이 보였다.

"거긴 지금 출입금지 되어 있는 데도 있고, 아무래도 사건이 일어난 곳이라서 좀……."

"그래도 가보려고 합니다."

희영은 딱딱하게 말했다. 사무적으로 말해 쓸데없는 말을 끊고 싶었다.

"그럼 저 좀 태워다주실래요?"

"네?"

"오름 근처에 퀸 마트 들러야 돼요. 부탁해놓은 커피 원두 포함해서 이것저것 가져와야 되거든요. 사실은 스쿠터 바퀴에 바람이 빠져서 조금 손봐야 되고요. 체 형은 어제부터 진 빠져 보여서 귀찮게 해드리고 싶지 않아요. 혼자 어떻게든 가보려고요."

희영은 약간 부담이 되었다.

"그게 저어…… 죄송해요. 혼자 가보려고 하는데요."

희영은 미안한 마음이 들었지만, 일단 현우의 부탁을 거절하고는 다시 모임장으로 들어가서 오영상에게 렌트 비용을 치렀다.

"뭐, 알아서 조심히 쓰고 나중에 키 반납해요. 참, 내가 오전 중에 일 볼 데가 있는데, 현우 녀석 퀸 마트에 데려다주고 가면 안 돼요? 만원 빼줄게요."

오영상은 만원을 돌려주었다. 모임장에 따라 들어와 일을 돕던 현우가 살짝 웃으면서 오영상과 희영을 번갈아 보았다.

"네. 알겠어요."

희영은 오영상의 안색을 유심히 살피면서 모임장 후문으로 나갔다. 그 뒤를 현우가 따라 나왔다.

"미안해요, 본의 아니게 귀찮게 해드렸네요."

"오실 때는 어떻게……."

"걱정 말아요. 퀸 마트 주인아저씨가 일 보러 가는 길에 내려주세요. 가기만 하면 돼요. 내일부터는 이런 일 없으니 걱정 마시고요."

희영은 긴 머리카락을 나부끼게 하는 바람을 살포시 맞으면서 고개를 살짝 끄덕여 보였다. 그녀는 굳은 표정을 조금은 풀었다.

"언제 출발하시겠요, 저는 아무 때나 됩니다."

현우가 방그레 웃으며 물었다.

"나갈 준비 하고 왔어요."

이상하게 쑥스러움이 느껴지면서도 누군가와 첫 동행을 해 차를 움직여볼 수 있어서 마음이 편해졌다. 희영은 희미한 미소를 지으면서 운전석에 올랐다.

"그럼, 고맙습니다."

현우가 따라서 탔다. 내부 공간은 넓지는 않았지만 깨끗하게 정리돼 있어서 비좁지는 않았다. 희영이 시트와 백미러를 자신이 운전하기 편하게 움직였다.

"서울에서는 운전 많이 해보셨어요?"

"아뇨, 지하철 타고 회사 다녀요. 하지만 작년까지는 몰아봤어요."

희영은 엄마를 모시고 병원에 다닐 때 이용하던 소형 프라이드를 지난해 팔았다. 엄마가 돌아가시자, 쓸 일도 없어져버렸던 것이다. 일 년 만에 운전대를 잡으니 기분이 약간 고조되었다.

"새별 오름이 여기서 더 가깝거든요. 거기 들렀다 퀸 마트 가도 되니까 일단 설정해볼게요."

현우는 내비게이션에 '새별 오름'을 입력하고 경로를 설정했다. 희영이 운전하는 차가 부릉 소리를 내면서 공터를 벗어나 재빠르게 도로에 올랐다. 현우의 몸이 들썩거렸다. 현우가 얼른 안전벨트를 맸다. 마티즈 차는 쏜살같이 12번 일주도로에 올라타서는 몇 분 지나지 않아 16번 중산간도로로 바꿔 탔다. 현우는 희영의 옆모습을 응시하면서 천장의 손잡이를 잡았다.

"생각보다 거치신데요? 김여사까지는 아니어도요."

"좀 과격하게 몰아요. 이렇게라도 하지 않으면 내지를 수 있는 게 아무것도 없으니까."

희영은 숨통이 탁 트이는 것 같았다. 바다에서 오는 시원한 바람이 창문 틈으로 솔솔 들어왔다.

"여기 속도 단속 카메라 엄청 많아요. 나중에 서울 올라가서 과태료 왕창 문다고요, 체 형이 고지서 날아오면 끈질기게 서울로 보낸다니까요. 운전자들에게. 후후."

말은 그렇게 했지만 현우도 싫지는 않은 눈치였다. 도로변으로 경마 공원, 대기업 연수원, 공룡 랜드 등 대형 건물들이 눈에 띄었다.

"애월도 이제 너무 많은 사람들이 내려와 집도 짓고 개발도 하니까, 못 살 데 됐어요."

현우의 말에 희영이 물었다.

"서울 토박이 아녜요?"

현우는 말을 정정했다.

"체 형이 종종 그렇게 말하더라구요. 체 형도 오래전에는 제주도 사셨나봐요. 그러다 서울로 가서 살다가 다시 내려왔다 그러면서요."

"오래전이라면 어느 정도죠?"

"그건 잘 모르구요. 얼핏 듣기로는 터 잡기 전에는 서울과 제주오가며 살았던 것 같던데, 여기 터 잡은 지는 3년 되었구요. 얼마안 된 게스트하우스 치고는 인기가 꽤 있는 편이죠. 워낙 애월이아름답기도 하구요."

"그럼 오영상 씨는 제주 사람이었던 모양이죠?"

희영이 주의 깊게 물었다.

"모르겠어요, 그런 것은. 근데 체 형한테 관심 있나봐요?"

희영은 입을 꾹 다물었다.

어느덧 새별 오름으로 향하는 95번 서부관광도로로 바꿔 달렸다. 10여 분이 지나자 내비게이션에서 '목적지 도착'이라는 안내말이 흘러나왔다. 희영은 빈 공터에 주차해놓고 차 밖으로 나왔다. 맵싸한 바람이 코를 간지럼 태웠고, 머리카락을 나부끼게 하였다. 공터 왼편으로는 '카트라이더를 빌려드립니다'라는 간판과 함께허름한 2층 건물이 있었다. 그 뒤편으로 낡은 공용 화장실 건물과폐기름 통이 몇 개 뒹굴고 있었다. 오른편으로는 식당 건물이 서있었다. 가게들에는 불이 꺼져 있었다.

"모두 영업을 안 하나봐요."

"성수기에는 문을 열죠. 지금은 여름휴가 전이잖아요. 새별 오름에서 어디를 보시려고요?"

"어릴 적에 동생과 자주 올라왔어요. 오름에 올라서보고 싶어요."

희영은 무언가에 홀린 듯이 오름으로 향하는 길을 자연스레 찾아서 터벅터벅 걸어갔다. 기다란 갈대와 잡풀들이 종아리를 건들거리면서 어서 오라는 듯이 훌러덩 훌러덩 몸을 굽혔다 세웠다. 희영은 오름으로 오르는 경사로에 들었다. 멀리서는 낮아 보였지만 경사가 제법 급한 길도 있었다. 중턱을 넘어서면 정상에 올라서기 쉬웠다.

항상 그랬다. 올라갈 때의 그 느낌은 여전했다. 힘든 듯 헉헉대다가 더 올라가보고 싶은 마음이 드는 아쉬운 시점에 정상에 도착했다. 멀리 별 모양의 다섯 개의 오름이 보였다.

'잘 봐두어라, 저어기가 한라산의 봉우리 붉은 오름, 노로 오름이고, 저어기는 제주 해협이다. 그리고 그 아래 낮고 둥그스럼해서 포근허니 보이는 데, 저어기가 너희들이 살 애월이다. 바닷가에 달처럼 동그러니 면하고 있다 해서 애월이라고 부른다. 니들 살기 좋아 보이지?'

어디선가 바람에 실려서 엄마의 목소리가 들려오는 듯했다. 그리고 어린 준수의 꼭 잡은 조막손의 느낌도 기억이 났다.

애월에 이사와 올라와봤던 새별 오름.

희영은 털썩하니 주저앉아서 무릎을 깍지 끼고 바람을 맞으면서 한참이고 멀리 시선을 두었다. 저 아래 붉은 황토의 금악리도 내다보였고, 서남쪽으로는 연푸른 바닷물 속에 가둬진 비양도도 살짝 보였다. 강한 풀냄새가 바람에 뒤섞여서 희영의 코를 근질였다. 오름마다 독특한 냄새가 있는데 용눈이 오름이 소와 말들의 목축 냄새가 뒤섞인 바삭한 건초더미 냄새가 난다면 새별 오름은 무성하게 자란 잡초와 갈대, 덩굴이 뒤섞인 풀내음이 강하게 풍겨왔다. 희영은 바람에 흩날리는 머리카락을 얼굴에서 떼어 가지런히 하였다.

"여기 오름에다가 불 지르는 거 알아요?"

희영이 옆에 다가와 앉는 현우에게 물었다.

"아뇨."

"정월대보름에 이곳 오름 전체에 불을 놓죠."

"이곳에 불을 지른다고요? 아 그러고 보니 들어본 적 있는 것 같아요. 들불축제라고 하던데요?"

희영은 고개를 끄덕였다.

"맞아요. 해마다 하는 행사였는데, 지금은 축제라고 하겠죠. 해충을 없앤다고 정월대보름 밤에 불을 놓는데, 엄청나게 거대한 불길이 하늘 높이 솟아올라요. 화산 분화구에서 용암이 폭발하는 것처럼 주홍색 불꽃이 오름 전체를 휘감아 돌아 올라가다가 결국 정상에서 하늘로 높이 솟아오르죠. 대형 활화산 같은 걸 생각하시면 돼요."

현우는 희영에게서 시선을 거두어 그녀가 보는 애월읍 마을로 향했다.

"여기서 살았어요. 오래도록. 그리고 아주 오랜만에 내려와보는 거죠. 저기 부탁인데, 여대생이 발견된 곳 안내해줄 수 있어요? 새별 오름 근처라고 하던데요."

현우가 난처한 표정을 지었다.

"지금은 출입금지 테이프가 둘러쳐져 있어서 들어갈 수가 없을걸요. 왜 과학수사팀에서도 여러 번 다녀가고, 마을 주민도 멀찍이서만 지켜보곤 하죠."

"들어갈 수 없다면 떨어져서라도 볼게요."

"아까 주차장 공터 쪽에서 멀지 않아요. 일단 내려가요."

희영과 현우는 정상에서 다시 올라왔던 길로 되돌아 내려갔다. 살살거리며 뺨을 간질이는 바람이 어느새 대찬 강풍으로 바뀌어서 희영의 머리카락을 날렸다. 억새풀들이 굽어지면서 가는 길을 덥석덥석 막았다.

"내 손을 잡아요. 새별 오름이 보기보다 험해서 자칫하다가는 경사에서 넘어지는 수가 있어요."

희영은 잠시 머뭇거리다가 현우의 손을 잡았다. 그의 손은 생각보다 두툼하고 거칠었다. 그가 강하게 이끄는 대로 그 뒤를 밟았다. 자갈길이 이어졌다. 저벅저벅 소리를 내며 내려가는데 풀숲 사이에 하얗고 투명한 뱀의 허물이 보였다. 희영이 소스라치게 놀랐다.

"왜 그래요?"

"뱀이 있나봐요."

"어서 가요, 뱀이야 게스트하우스에서도 심심찮게 보는데요. 우리는 그거 잡아서 먹을 정도예요."

희영이 놀란 눈으로 쳐다보자 현우가 헤벌쭉 웃었다.

"농담이에요. 후후."

오름을 내려와서 카트라이더 대여업체를 지나쳐 공터를 가로질러 허름한 식당 건물로 걸어갔다. 식당을 지나서 들판으로 10여 분을 걷자 황톳길이 나오고 바로 도로변이었다. 가로수 세 개에 '폴리스 라인-출입금지'라고 적힌 노란 테이프가 둘러쳐져 있었다. 현우와 희영이 테이프를 넘어 들어갔다. 현우가 배수로에 가서 섰다.

"여기라고 들었어요. 처음에 테이프 쳐져 있을 때에는 경찰들이 욱시글거려서 접근조차 못 하고 스쿠터 타고 다니면서 보기만 했죠. 6월 8일 발견되었고, 여학생은 6월 6일 제주에서 실종되었다고 들었어요."

희영이 유심히 살피면서 물었다.

"실종되었다는 걸 게스트하우스 사람들은 알고 있었나요?"

"네. 경찰에서 전화가 와서 사람 탐문하고 방문도 하였거든요. 6월 7일에요. 그러다 8일 여기에 시체가 있는 걸 관광객이 발견하고 신고했죠."

"어떻게 죽은 거래요?"

"글쎄요, 목 졸려 죽었다고 하던데요. 잘은 모르겠지만 성추행하려다 불발되었다고 그러나? 하여간 하의가 벗겨져 있었다고 들은 것 같아요."

희영이 잠깐 눈을 감았다.

10년 전에 준수가 연관된 사건 피해자와 거의 비슷하게 죽은 거였다. 피해자는 하의가 벗겨져 있었으나, 성폭행 당한 흔적은 없었고, 목이 졸려 죽었다. 만약에 준수가 범인이 아니라면, 다른 누군가 10년 만에 똑같은 범행을 저지른 것일까?

현우가 고개를 갸웃하면서 물었다.

"근데 무슨 일로 이런 데 관심 두세요? 혹시 이거 아세요? 10년 전에도 이 근처에서 이런 비슷한 일 일어났다고 하던데요?"

희영의 목이 탁 막혀왔다.

"비슷하게 죽은 여자가 있었고 범인은 잡혔지만 구치소에서 자살했다던데요?"

희영은 고개를 푹 숙이고 배수로를 자세히 들여다보는 척을 했지만 목이 메고 눈가에 눈물이 고였다.

"그, 그래요?"

희영은 간신히 울음을 삼키면서 말했다.

준수, 내 동생.

10년 전 애월 읍내 은행원 김수향 살인사건 용의자로 체포된 준수는 구금된 채 수사를 받았다. 집에서 압수해간 노트북에서 다수의 음란물이 발견되었고, 책상 서랍 안쪽에서 여러 권의 포르노 잡지가 발견되었다. 피해자 김수향의 사체나 사건 현장에서 타인의 지문이나 유전자가 발견되지는 않았다. 하지만 김수향의 동료 은행원 한 명이 평소 준수가 김수향을 사모해서 학교가 끝나면 김수향을 보려고 읍내 은행에 몇 번 들렀다고 했다. 이에 대해 김순자는 아들을 은행에 심부름 보냈다고 증언을 했다. 그리고 김순자는 사건이 벌어지던 날, 아들이 옆방에서 컴퓨터를 하고 있었다고 했다.

공교롭게도 김수향이 죽은 것으로 추정되는 그날, 희영은 소정의 집에 놀러 갔고 거기서 잤다. 소정의 아버지가 집을 비우고 거래처에 나갔기 때문에 희영은 오래만에 음식을 싸들고 그녀의 집에 놀러 갔다. 희영이 대학에 진학하고 관계가 소원해지자 소정은 내내 안타까워하였고, 그날 집이 빈다면서 꼭 놀러 오라고 간청했던 것이다. 소정은 지병으로 아픈 엄마를 재우고 그녀와 밤새 이야기꽃을 피웠다.

희영은 준수가 집에 있었다고 증언을 해줄 수 없다는 것이 못내 가슴 아팠다. 한편으로 김순자는 희영이 증언을 하지 못한 것을 두고 내내 못살게 굴기도 했다.

"이 못난 것. 하필 그날 자리를 비워서 동생을 사지로 내밀어? 이 미친 것!"

김순자는 희영의 등짝을 쳐대면서 울화통을 터뜨렸다. 그리고 경찰에게 자신이 준수와 함께 있었다고 증언을 했다.

하지만 경찰은 김순자의 증언을 믿지 않았고, 준수의 노트북에서 발견된 음란물 중에서 공격성이 강하고 여성을 괴롭히는 내용이 든 일본 성인 비디오물을 증거로 제출했다. 그리고 준수가 아버지의 부재로 인해 어릴 때부터 내성적이고 소심했지만, 폭력성과 음란성이 짙은 비디오와 잡지로 인해 살인에 이르게 되었다고 추정을 했다. 김수향이 발견된 사건 현장에서 준수의 발 사이즈와 동일한 265밀리의 족적이 발견된 것도 증거가 되었다. 비록 동일한 족적의 신발은 집에서 발견되지 않았으나, 경찰은 같은 신발 사이즈를 증거로 삼았다.

추가 수사로 비디오와 잡지는 인터넷을 통해 이준수가 직접 구매했다는 것이 밝혀졌고, 학교에서 동료들과 교사들의 평가도 '당최 무슨 생각을 하는지 모르겠다' '조용하고 내성적이지만 가끔 매서운 눈빛을 보일 때가 있다' '친구가 없고 홀로 학교에 오가는 것 같다' 등의 평가를 받았다.

수사가 진행되면서 김순자는 형사사건 전문 변호사를 찾아가 적은 수임료로 사건을 맡아달라고 사정을 했다. 희영은 가슴이 찢어질 것만 같은 아픔에 대학교 수업도 받을 수가 없었다. 온몸에 힘이 없고 여기저기 아파왔다.

집안이 엉망이었지만, 아픈 내색조차 할 수 없었고, 담담하게 상황을 받아들이고자 했다. 김순자는 형사들을 쫓아다니면서 사건의 기록을 모으려고 애썼다. 그리고 숱한 탄원서를 썼고, 동네 주민들의 사인을 받으러 다녔다. 준수가 무고하다는 탄원서에 사인을 안 해주려는 주민들을 만나면 소리를 고래고래 지르고 난동을 부렸다.

"니들이 얼마나 잘 먹고 잘사는지 보자. 니들은 이런 일 안 겪고 천년만년 태평하게 살 거 같애? 육시럴것들, 에이!"

김순자의 패악을 말리면서 간신히 집으로 데리고 들어오면, 이번에는 희영에게 소리를 질렀다.

"너는 뭐하는 것이야. 니가 누나 맞아? 너는 왜 멀쩡혀? 니 동생은 구치소에서 찬 바닥에 누워 자는데 너는 왜 뜨신 밥 먹고 편하게 방에서 디비져 자느냐구!"

희영은 엄마의 모진 소리가 서운했지만 내색을 할 수 없었다. 그저 받아들이기만 할 뿐이었다.

어릴 때부터 엄마가 일하러 나간 동안 준수를 보는 것은 희영의 몫이었다. 그것은 희영이 기억을 더듬을 수 있는 나이 여섯 살 무렵부터였다. 아빠는 생수 대리점 사업에 실패하고 직장암 진단을 받았던 시기였다. 아빠는 집에 누워만 계셨다. 희영은 준수를 하루 종일 돌보는 게 지겨웠다. 막 돌이 지난 준수를 방에 가둬두거나, 아니면 동네에 데리고 나가서 놀다가 준수가 없어진 것 같으면 찾으러 다니기도 했다. 준수와 같이 어린이집에 다니게 되었지만 달라진 것은 없었다. 희영이 초등학교에 다니기 시작하면서부터 준수는 혼자 어린이집 종일반에 맡겨졌다.

"준수 데리고 집으로 가."

희영이 엄마에게 가장 듣기 싫었던 말이었다. 아침마다 들었고, 엄마가 집으로 전화해 숙제하다 듣기도 했다. 친구들과 놀 때도 뒷덜미를 잡아끄는 말이었다. 희영은 그 말이 그렇게 듣기가 싫었고, 준수를 데리러 가는 길이 싫어 일부러 빙빙 돌아 어린이집에 가고는 했다.

종일반 끝나는 저녁 7시까지 가지 않은 적도 많았다. 준수는 희영이 어린이집으로 데리러 오면 무척이나 좋아했다. 늘 눈을 초롱초롱 빛내면서 창밖을 내다보고 있다가 희영이 오면 환하게 웃었다. 준수는 희영과 눈을 마주치려 애썼고, 손을 내밀었지만 희영은 번번이 외면했다. 그리고 집으로 갈 때에도 발걸음을 부러 빨리해서 준수를 뒤에서 따라오게만 했다.

도시의 담벼락 안에 갇혀서 아빠는 잠만 자고 있고, 엄마는 밤늦게 언제 올지 모르는 불안감 속에서 희영은 분노와 울분을 준수에게 투사하여 준수가 불안감 속에 지내도록 하였다. 가끔은 때렸고, 울거나 보채도 돌아보지 않았다. 동네에서는 항상 우는 동생 안 달래는 누나로 알려져 있었다. 자정이 되어서야 야간작업을 끝마치고 돌아온 엄마는 잠자기에도 바빴다.

희영이 달라진 것은 제주도에 내려오고부터였다. 소정이라는 단짝 동네 친구가 생겼고, 도시에서처럼 갑갑한 방 속에 갇혀 지내지 않아도 되었다. 바닷가로 오름으로 지천으로 놀러 다녔고, 준수를 데리고 다녀도 차에 치일 염려 없이 안전하게 놀 수 있었다. 마음이 트였고 어린 동생에 대한 생각도 조금은 생겼다.

하지만 그때부터 이미 준수는 내성적이고 소심한 아이가 되었다. 늘 희영의 뒤꽁무니만 쫓아다닐 뿐, 또래의 친구들과 거의 어울리지를 않았다. 초등학교 6학년 때에는 희영이 1학년에 입학한 준수를 데리고 학교를 다녔다. 준수는 말이 없고 조용한 아이였다. 2학년, 3학년이 되자 또래들로부터 얻어맞기도 하고, 왕따를 당하기도 했다. 희영이 도와주려고 해도 친구 테두리 안에서 형성된 단단한 벽을 뚫고 들어가기가 어려웠다. 희영은 중학교, 고등학교를 거치면서 철이 들자, 자신이 준수를 너무 방치해서 저렇게 안으로 침거하게 만든 게 아닐까 자책할 때가 있었다. 하지만 여전히 나아지겠지 막연하게 기대만 하며 살아왔다.

"무슨 생각을 그렇게 골똘히 하세요?"

현우가 과거의 일들에서 헤어 나오지 못하는 희영을 일깨웠다.

"아무것도 아녜요. 그냥 생각할 게 좀 있어서요."

"이제 퀸 마트에 가봐야 돼요."

다행히 현우는 10년 전 사건을 더 이상 입에 올리지 않았다. 현우가 앞장서는 대로 희영은 따라 걸었다. 사건 현장에 증거물이 남아 있지도 않을 텐데, 자신이 보아야 무엇을 알겠는가 하는 생각도 들었다.

10년 전, 사건 수사에서 희영과 김순자는 배제되어 있었다.

흉측하다, 가슴에 잔상이 남을 거다, 그래봤자 아들만 탓할 거라는 이유로 현장 사진도 못 보았고 증거물들도 자세히 들여다보지 못했다. 무조건 담당형사의 그런 게 있다, 있으니 의심 말라는 말만 믿고 넘어갔다.

김수향이 발견된 오전 9시 준수는 학교에서 수업을 듣고 있었다. 김수향은 실종된 지 3일 만에 발견되었고 부패가 시작되어 있었다고 하였다. 사인은 경부압박 질식사였지만 얼굴과 목 부분에 주먹으로 인한 타박상 흔적이 발견되었고 입술 안쪽으로 피하출혈이 있었다고 했다. 하의 바지가 벗겨져 있었지만, 성폭행 흔적은 없어서 성추행에 그친 것으로 보았다.

김수향은 은행에서 마감을 하고 오후 5시경에 애월 읍내에서 31번 버스를 타고 집 근처인 봉성리로 향했다고 했다. 하지만 사건

56

당일로 추정되는 실종일 6월 1일 화요일 버스에서 김수향을 본 사람은 없었다. 그 부분이 이상하여 김순자와 희영이 캐고 다녔지만 목격자는 없었다.

"분명 다른 놈이 있다. 누군가 그 김수향인가 하는 여자를 차에 태워서 거 뭣이냐 히치하이킹인가 해서 데려가 오름 근처에서 그렇게 만들어버린 것이다."

김순자는 확신에 차서 경찰에게 이렇게 말했지만 그들은 고개를 도리질 쳤다. 시내버스에 사람이 많지 않아서 목격자가 나오지 않을 수 있다고만 했다. 김수향을 보았어도 평범한 외모에 기억을 못 할 수도 있다고 했다. 지금은 흔한 CCTV 카메라가 그 당시 제주에는 귀한 것이었다. 속도를 단속하는 카메라는 많았지만, 소도로 곳곳이나 인적 드문 곳에 설치된 카메라는 적었다.

게다가 새별 오름 근처에는 관광객도 많지 않았을 시절이었다. 오후만 되어도 인적이 드물어 사람이 없었고, 김수향이 버스에서 내려서 걷는 길은 나무에 가려 잘 보이지 않는 한적한 길이었다.

경찰들은 이준수가 시내버스에서 내려서 김수향을 미행했고 오름 근처에서 욕보이려다가 김수향이 반발을 하자 폭력을 행사해 죽이게 되었다고 했다. 그리고 사건 당일 이준수가 방과 후 집에 갔다고는 했지만 방에만 계속 머물고 있었는지 아닌지 증언이 모호한 점을 들었다. 오로지 모친의 증언으로 알리바이가 증명되는 점 등이 수상하다고 했다.

준수가 범인으로 몰린 결정적인 계기는 자백 때문이었다.

경찰들의 심문이 3일간 이어지자, 준수는 자백을 했다. 김순자는 압박과 강제에 의한 자백이라는 것을 증명하기 위해 유치장으로 준수를 찾아가 면회를 시도했지만 준수는 응하지 않았다. 사건이 준수의 자백으로 인하여 급진전되었고, 수사가 종결되었다. 사건은 검찰에 송치되었다. 검찰은 증인의 법정 자백만으로 구속하는 간이공판 절차에 착수해서 증거조사심리를 배제 생략하여 공판을 꾸려가려고 했다. 준수는 보강 증거 없이 구치소로 수감되었으며, 선임한 변호사는 형량을 줄이기 위해 준수가 반성하고 있다는 것을 강력하게 주장하자고 했다. 김순자는 결백을 주장하면서 변호사와 대판 싸우고 난 후 구치소로 면회 갔으나, 준수는 만나주지 않았다. 김순자는 시름시름 앓으면서 결국 드러누웠다.

"그 여리여리한 것이 뭘 안다고 그런 일을 벌여서 잡혀간 게냐. 그럴 리 없다. 내 속에서 나온 자식이 그럴 리 없다."

김순자는 제풀에 지쳐 드러누웠고, 희영이 보다 못해 구치소로 면회를 갔다. 수감번호 8705번으로 불리던 준수는 눈빛에 힘이 하나도 없었고, 어깨가 축 처져 있었다.

"힘들어?"

희영이 물어도 대답 없이 침묵을 지켰다. 고개를 숙인 채, 눈도 마주치지 않았다. 면회시간 15분이 거의 끝나갈 무렵 준수가 입을 떼었다.

"누나."

"어? 준수야, 말해봐."

희영은 눈물을 글썽이면서 둘 사이를 가로막는 유리벽을 쓰다듬었다.

"누나, 나 아냐."

"어? 다시 한 번 말해봐!"

준수는 자신의 결백을 주장했다.

"누나, 나 정말 아니야. 나 범인 아니라니까. 누나도 못 믿겠어?"

준수의 불안하고도 애처로운 눈망울이 가슴을 찔렀다. 희영은 준수가 결백을 주장했던 것을 드러누운 김순자에게는 비밀로 했다. 선임 변호사와 상의를 한 후에 나중에 말하려고 했다. 그러나 준수는 그다음 날 자살했다.

경찰에서 검찰로 송치되고 구치소에 수감된 후 열흘 만의 일이었다. 자신이 입고 있던 바지를 갈기갈기 찢어서 목을 매었다. 있을 수 없는 일이었다. 수감복을 찢으려면 가위나 날카로운 물건이 필요했을 텐데, 누군가의 도움 없이는 불가능한 일이었다.

누구일까. 준수의 손에 날카로운 물건을 들려서 자살로 몰아간 이는.

경찰이 수사를 했지만, 밝혀지지 않았다. 그리고 사건은 묻혔다. 피해자도 가해자도 죽은 상태에서 미제사건이 되어 그렇게 결말이 나버렸다.

희영은 지금도 입관할 당시의 준수 얼굴이 생생하게 떠오르곤 한다. 그때마다 목이 턱 메었고, 말이 나오지 않았다. 그리고 가슴이 꽉 막힌 듯이 먹먹하였다.

"엄마, 준수 왜 이렇게 편안해 보이지? 너무 예쁘잖아. 이렇게 해맑게 말이야."

희영이 관 속에 누워 있는 준수의 얼굴을 보고, 이 말을 담담하게 던졌을 때, 김순자는 꾹꾹 참고 눌러서 밀쳐놓았던 울음을 그제야 터뜨렸다.

아이처럼 큰 소리로 울면서 준수의 손을 붙들고 온몸을 사시나무 떨듯이 떨면서 바닥에 주저앉았다. 희영은 눈물이 나오지 않았다. 준수의 죽음이 와 닿지 않았다. 이게 현실이라는 게 실감나지 않았다. 멍한 얼굴로 한없이 준수를 내려다보고만 있었다. 곱게 화장을 해주어서 그런지 낯빛도 그렇게 어둡지 않았다. 그냥 잠든 아이처럼 보였다.

준수의 유해는 한담해변에 뿌려주었다. 납골당에 안치하면, 혹여나 해코지하러 오는 사람이 있지 않을까 걱정한 주변 사람들의 권유에 의해서였다. 김순자는 마지못해 그렇게 했지만, 서울에 올라와서 내내 후회를 하였다.

"하이고, 내가 준수를 집에 데리고 왔어야 하는데, 그 차가운 바다에서 떠돌 걸 생각하면, 하이고 준수야. 집에 데리고 왔어야 되는데……."

김순자는 후회를 하면서 희영을 노려보았다.

"너 그렇게 싫어했잖혀. 준수 집에 데리고 오는 거 말이야?"

희영이 놀란 눈으로 김순자를 쳐다보면 그녀는 차갑게 말을 내던졌다.

"어린이집에서 준수 데리고 집에 오는 그 15분! 15분이 그렇게 싫었냐구! 그러고도 니가 하나뿐인 누나냐구."

김순자가 그런 말을 할 때마다 희영의 가슴에는 대못이 박혔다. 희영은 당차게 대꾸했다.

"엄마, 나 어렸잖아. 나도 어렸다구!"

"니가 어리긴 뭘 어려. 싫은 거 좋은 거 가리는 나이였으면서."

김순자는 그렇게 툭하니 내뱉고는 희영의 시선을 외면했다. 희영은 말할 수 없는 서운함에 가슴 시린 채로 잠이 들고는 하였다. 늘 준수를 회상하면 가장 가슴 아프고, 겪기 싫은 기억들이 더불어 따라오고는 했다. 희영은 의도적으로 잊으려고 노력도 했지만 준수는 죽어도 잊히지 않을 것처럼 날카로운 돌이 되어 가슴에 박혀 있었다.

희영은 공터에 세워진 차 운전석에 오르면서 고개를 털었다. 제주도에 온 다음 날, 너무 무거운 기억들이 쓰나미처럼 몰려왔다. 그것들은 희영을 잠식하면서 집어삼키려 하고 있었다. 희영은 침착하려고 애썼다. 차분하게 객관적으로 살피면 진실에 도착할 수 있을지 모른다는 실낱같은 희망으로 여기까지 온 거였다. 그 기회를 놓칠 수는 없었다.

희영은 애써 밝은 표정으로 입을 열었다.

"정말 고마워요. 덕분에 도움 됐어요."

희영은 내비게이션에 퀸 마트를 입력하고 주변 검색을 누른 후

길안내 버튼을 눌렀다.

"그런데 혹시 서울서 내려온 경찰이세요?"

현우가 조심스레 물었다. 그의 표정이 살짝 굳어 있었다. 희영은 잠깐 당황했다.

"아, 아녜요."

"뭐, 프로파일러인가 TV에서 본 분인 줄 알았죠. 그럼 기자? 왜 르포기사 쓰는 기자들 같은 거 아녜요? 취재하러 오신 거예요?"

희영은 속으로 잠깐 생각하고는 고개를 끄덕였다.

"비슷해요. 인터넷 매체라 잘 모르실 거예요."

희영은 어디서 이런 거짓말이 툭 튀어나왔나 당황했지만 10년 전의 그 사건 이후로 집요하게 사생활을 캐는 사람들에게는 침묵보다는 둘러서 이야기하는 편이 나았다.

"사실은 체 형도 이 사건 관련해서 좀 그래요. 경찰서에 불려 다니고 고생했죠. 여대생 발견된 그날 6월 8일부터 세 번 불려갔어요. 일주일 새에."

희영은 운전대를 잡고 새별 오름을 빠져나갔다. 차는 서부관광 도로에 올라타서 중문단지 방향으로 달려 나갔다. 희영이 물었다.

"불려간 이유가 뭐죠? 이유가 있을 거 아녜요. 일반적인 숙박업소 주인이라면 그렇게까지 하지는 않았을 텐데요?"

"체 형이 서울에서 좀 안 좋은 사건에 연루되어 있었던 것 같아요."

희영이 잠시 뜸들이다 물었다.

"범죄 전과 같은 거 말이에요?"

"잘은 모르겠지만, 그것도 젊은 여자 관련된 일 같아요. 그래서 저렇게 조사받는 게 아닌가 하죠. 하아, 근데 이것 비밀로 해주세요."

현우가 난처한 듯 웃으며 말하였다.

"게스트하우스 머무시는 분들 모르게 해주세요. 그만 제 입이 방정이라 미안해요."

"그렇게 할게요."

"근데, 희영 누나라고 불러도 돼요?"

희영의 목에 무언가 콱 막힌 것처럼 묵직하게 올라오는 게 느껴졌다.

누나라…… 준수가 문득 떠올랐다.

"그건 좀 그렇고, 그냥 희영 씨라고 부르는 게 편해요."

"네. 그럴게요. 아, 여기예요. 저어기 도로변에 있는 퀸 마트 보이시죠? 이래 뵈어도 여기서는 가장 큰 가게죠."

희영은 단층집 양옥을 개조해서 만든 마트 앞에 차를 멈췄다. 현우가 가리키는 대로 마트 옆 공터에 주차했다.

"저는 여기서 내려주시고 다른 곳 볼일 보시러 다녀도 돼요."

현우가 환하게 웃으며 말했다.

"생수, 커피 좀 사려고요."

희영이 따라 들어갔다. 마침 마트에는 사람이 없어 한적했고, 가게 뒤편 구석에서 음료수 등을 정리하는 주인아저씨의 뒷모습이 보였다.

"사장님, 물건 부탁드린 거요. 바다 게스트하우스에서 왔어요."

"어 그래. 거기 카운터 뒤에 있는데, 잠깐만."

60대로 보이는 덩치가 크고 살집이 제법 오른 남자는 허겁지겁 일어나더니 목에 걸린 수건으로 얼굴에 흘러내리는 땀을 닦아내면서 카운터로 왔다. 그는 카운터 뒤에 놓인 상자를 들어 현우에게 내밀었다. 마트 사장이 어딘지 모르게 낯이 익었다. 희영은 유심히 보았다.

"누구야? 현우 여자친구 생긴 거야?"

"사장님도 참. 게스트하우스 손님이세요, 여기까지 태워다 주셨어요."

"가만 있자……."

"아, 아저씨. 소정이 아버님……."

"그, 그래. 너 희영이 아니냐?"

학교 가기 전에 해변가에 잠깐 희영과 준수, 소정을 내려놓고 물고기를 넘겨주던 소정의 아버지가 그녀 앞에 10년, 20년의 세월을 건너뛰어 서 있었다. 그는 여전히 처음 봤을 때와 비슷한 인상이었다. 사람 좋은 인상으로 덩치가 크고 항상 땀을 닦아내면서 큰 소리로 부르곤 했다.

놀멍대지 말고 혼저옵서!

그가 부르던 목소리가 귀에 앵앵 울리는 것 같았다.

"희영이 너 10년 만에 첨으로 보네. 그간 궁금했다. 어머니는 건강하셔?"

희영의 표정이 어두워졌다.

"작년 초에 가셨어요."

소정의 아버지, 한동민은 말없이 고개만 주억거렸다. 잠시 침묵 후 한동민이 물었다.

"너 여기 사는 거야?"

"아, 아뇨. 그냥 와봤어요. 일이 있어서."

현우는 모르는 척 상자 속에 들어 있는 커피 원두 등의 물건을 살피고 있었다.

"너 소정이 안 궁금해? 소정이는 가끔 니 얘기 하는데."

"소정이, 여기 살아요?"

"그럼, 서울 살았음 했는데, 서울서 공부 조금 하다 다시 내려오데. 지금은 펜션 운영하고 있다. 우리 집 터 기억나지? 그거 헐고 5년 전에 새로 지었다."

"그걸 혼자서 해요?"

"아니, 결혼해서 애가 둘인데, 남편이 군산 사람인데 엄청 부지런해. 오늘부터 손님 없어서 한가할 텐데. 펜션은 주말 장사잖아. 현우가 안내해줄래? 유수암 펜션 알지?"

희영이 고개를 저었다.

"제가 내비게이션 입력하고 가볼게요. 소정이한테 연락만 해주세요."

한동민이 고개를 끄덕였다.

"그래, 알았다."

현우가 상자를 박스테이프로 마무리 지으면서 끼어들었다.

"한 사장님. 제가 추억 속 지인도 모시고 왔는데, 가시는 길에 저 좀 게스트하우스에 떨구어주세요."

한동민이 고개를 끄덕였다.

"오케이, 나도 물건 떼러 나가봐야 되니까 가는 길에 내려줄게. 희영아, 전화 해놓을 테니 지금 꼭 가봐. 펜션 얼마 안 멀어. 15분 정도 걸릴 거야. 혹시 모르니까 소정이 명함 여기 있다."

"네. 지금 잠깐 들른다고 말씀해주세요."

한동민은 펜션 이름과 전화번호가 적힌 명함을 건네고 전화를 걸었다. 희영은 어색한 기분에 문으로 향하면서 말했다.

"아저씨, 차에 나가볼게요."

희영이 가게를 나오다가 유리창 너머로 한동민이 엄지와 집게 손가락으로 오케이 사인을 하는 것을 보았다. 현우가 나와 크게 소리 질렀다.

"지금 집에 계시대요. 보고 싶으시다는데, 꼭 가보세요."

희영은 밝은 얼굴로 고개를 끄덕여 보이고는 공터에 세워놓은 마티즈에 올라탔다. 내비게이션에 유수암 펜션을 입력한 후에 안내하는 방향으로 차를 움직여 나갔다.

애월읍 소길리에 있는 유수암 펜션으로 향하기 위해서는 새별 오름에서 서부관광도로를 타고 올라가서 소길리로 향하는 마을길로 빠져야 했다. 가는 도중에 제주경마공원을 가리키는 안내판을 지나서 소길리 마을로 빠지는 길로 접어들었다. 이내 곧 유수암서

길로 안내하는 이정표가 나왔다. 연달아 유수암 펜션이라고 쓰인 안내판이 나왔다. 구불구불한 길을 들어갔다. 낮이라서 찾아왔지 밤이면 가로등도 없고 운전하기 벅찼을 것 같았다.

희영은 오랜만에 친구를 본다는 생각에 마음이 긴장되었다. 펜션에 가까워올수록 낯익은 풍경이 나왔다. 어릴 적 소정이네 집으로 가는 길에 보았던 농가, 논밭 그리고 큰 당산나무 등이 눈에 띄었다. 지금은 포장도로지만 예전에 함께 트럭을 타고 나오던 삐뚤삐뚤한 그 길이 분명했다. 비가 오거나 태풍이 불어닥치면 넘어진 나뭇가지로 길이 막혔고, 그럴 때마다 소정 아버지와 함께 길을 막고 있는 나무들을 치운 후에 다시 트럭에 올라탔었다.

희영은 순간 긴장하였다.

엄마, 준수와 살았던 집을 지나지 않고는 소정의 집으로 들어갈 수 없다는 것을 그때 알아챘다.

사람이 살고나 있을까. 흉가가 되어 있지나 않을까. 아직도 '살인자의 집'이라고 붉은 낙서가 쓰여 있지는 않을까.

희영의 가슴이 콩닥콩닥 뛰었다. 유수암 마을로 들어가는 입구 즈음이 바로 희영의 집이었다. 내비게이션이 집 근처에 가까이 가고 있음을 알려주고 있었다. 희영의 눈은 눈앞에 펼쳐진 푸르른 수풀 사이로 난 좁은 도로를 향하고 있었지만 머릿속으로는 10년 전의 집을 보고 있었다.

희영이 제주관광대에서 사회복지학과를 다니고 있을 때였다. 학교에서 수업을 마치고 버스를 타고 집 근처 정류장에서 내렸다. 품에 든 책은 한 팔로 감싸안고 빠르게 걸었다. 혹시 준수가 조퇴를 하고 돌아와 있지 않나 걱정이 되었다. 원래도 몸이 아프다면서 일년에 몇 번씩은 학교를 쉬었던 준수가 일주일 동안은 거의 이틀 걸러서 학교를 쉬었다. 오늘 아침에는 학교에 간다고 집을 나섰지만 그래도 걱정이 되었다.

준수는 말없이 학교를 쉬는 일이 종종 있었다. 김순자와 희영이 타일러보고 화도 냈지만, 결국 그 고집에는 두 손 두 발을 들었다. 안 되는 일도 있지 하면서 포기하는 게 빨랐다. 어릴 때에는 말없이 온순하고 착하기만 해 보였던 동생이 이제는 그 속을 도저히 알 수 없는 사람이 되어 있었다.

집으로 가는 도중에 줄줄이 늘어선 차량이 보였고, 낯선 사람들도 제법 보였다. 이상하다는 생각이 들었다. 유수암이 당시에는 관광지가 아니었기에 사람들이 득시글거릴 이유가 없었다.

집에 도착해보니, 수많은 사람들이 산골에 있는 희영의 집을 에워싸고 있었다. 마을마다 집들이 띄엄띄엄 떨어져 있어서 평소에 사람들 구경하기 어려운 동네였다. 엄마는 마늘밭에 나갔을 때였다.

오후 4시에 그렇게 많은 사람들이 집을 둘러싸고 있는 모습은 그날이 처음이었다. 희영은 집으로 걸어오던 길에 보았던 방송사 취재 차량 스티커가 붙어 있던 승합차를 떠올렸다. 등덜미가 싸한 느낌이 들었다.

집 앞으로 진입하는 길에 처음 보는 덩치가 좋은 남자들이 분주하게 오가고 있었다. 경찰제복을 입은 경찰들도 여럿 보였다. 그들이 무전을 치는 소리가 귓가에 어지러이 들려왔다. 희영은 이상하게 생각했지만, 집으로 천천히 걸어갔다. 집에 도착하자마자 누군가 마이크를 들고 달려드는 것을 시작으로 수십 명의 사람들에게 둘러싸이게 되었다.

"지금 심정이 어때요?"

"동생이 용의자로 지목되어서 경찰서에 있는데 모르셨나요?"

희영은 '네?' 소리만 반복하고 있는데, 경찰복을 입은 한 남자가 휴대폰으로 통화를 하더니 희영을 둘러싼 기자들을 제치고 다가와 전화를 바꿔주었다.

"김순자 씨가 어머니 되시죠? 경찰서에서 전화주신 겁니다. 받아보세요."

"희영아, 희영아!"

"엄마, 이게 무슨 일이야!"

"너 집에 들어가지 마, 지금 어디야?"

"집 앞이야. 사람들이 많이 와 있어."

"똑바로 들어. 너 집에 들어가지 말고 여기 제주경찰서인데 이리로 얼릉 와!"

"엄마, 엄마가 거기 왜 가 있어? 어?"

"그냥, 어서 이리로 오라니까. 잔말 말고!"

휴대폰이 끊기고 희영이 어리둥절해져서 주위를 두리번거리는데, 갑자기 큰 소리가 났다.

"이준수다! 이준수야!"

사람들이 희영에게서 돌아서서 경찰차량에서 내리는 누군가를 향해 달려갔다. 희영은 두 눈을 크게 뜨고 똑바로 보았다. 10여 미터 떨어진 축사 앞에 세워진 경찰차 앞에서 준수가 두 손에 수갑이 채워진 채, 양옆에서 경찰들의 부축을 받고 비틀거리며 걸어오고 있었다. 어디선가 돌덩이가 날아들었다. 달걀이 날아들었다. 준수의 왼쪽 이마에 달걀 하나가 맞았다.

"이 살인자 변태 새끼야! 천하의 몹쓸 놈아! 죽어, 죽어버려!"

거칠게 외치는 사람들 목소리에도 준수는 끄덕도 하지 않고 땅바닥만 뚫어져라 쳐다보았다. 희영은 놀란 얼굴로 사색이 되어서 사람들을 천천히 밀치면서 다가갔다.

"준수야…… 준수야…… 누나야, 준수야……."

준수가 잠시 희영을 올려다보았으나 이내 다시 시선을 떨어뜨렸다. 준수의 하얀 교복 와이셔츠가 누군가 던진 토마토에 의해 붉게 물들었다. 형사들이 옆에서 막아주어도 헛수고였다. 온몸이 오물투성이가 되어서 욕설을 듣고 있는 사람이 동생일 리 없었다. 항상 말없이 양 볼에 홍조를 띤 채 고개만 끄덕거리고, 대답을 해도 잘 들리지 않게 샌님처럼 말하던 준수였다.

희영은 바로 앞까지 다가가려 애썼지만 순경들의 만류에 접근할 수 없었다. 형사들은 준수를 이끌고 집 안으로 들어갔다. 자물쇠가 채워져 있던 나무 문짝은 어느새 어디론가 사라져버렸다. 열린 문 안으로 희영의 옷가지들과 화장대, 그리고 이불을 올린 서랍장 등이 훤히 내다보였다. 형사들은 구둣발째 집으로 들어갔다. 그리고 준수가 애지중지하던 노트북과 두툼한 잡지들을 모두 수거해 내왔다.

"오마 숭시러워라, 꼽딱하게(예쁘게) 생겨가지고 애먼 비바리(처녀) 아이 하나 죽게 만들어수꽝."

동네 할머니들의 수군거리는 소리가 들려왔다. 순간 준수의 보얀 얼굴이 흑빛으로 변했고, 작은 듯 여린 체구는 사시나무 떨듯이 파르르 떨고 있었다. 희영이 가까스로 순경을 제치고 준수 앞으로 나섰다.

"나, 얘 누나예요. 무슨 일이에요, 대체?"

키가 작고 단단하게 생긴 형사가 희영을 가로막고 대답했다.

"이준수 군 가족 되십니까? 같이 서로 가시지요. 지난주에 새별오름 근처에서 시신으로 발견된 김수향 씨 사건 아시죠? 사건 용의자로 긴급 체포되었습니다."

"네? 그게 무슨 말씀이죠? 준수야, 대체 말 좀 해봐! 말 좀!"

희영은 준수를 붙들고 매달렸지만 그는 아무 말 없이 눈을 감았다. 형사가 담담하게 대신 말했다.

"이준수 씨를 봉성리 사는 김수향 씨 살인용의자로 체포합니다. 가족으로서 같이 가주시죠."

희영은 답답하여 미칠 것만 같았다. 순식간에 두 눈에서 눈물이 흘러내렸다. 가슴이 무언가로 꽉 막힌 것처럼 숨을 제대로 쉴 수가 없었다. 그리고 두 주먹이 불끈 쥐어졌고, 온갖 복잡한 생각이 머릿속을 메웠다. 두 다리에 힘이 풀려 더 이상 나갈 수 없었다. 여경

하나가 다가와 희영을 옆에서 부축하고 형사들 뒤를 따랐다. 뒤에서 누군가 고래고래 소리를 지르는 소리가 들리고, 머리채를 강하게 잡아채는 힘이 느껴졌다.

"이 살인자 새끼들! 감히 내 딸을 죽여? 내 금쪽같은 딸을 니들이 죽여? 이 세상에서 나가 뒈질 것들 캬악 퉤!"

러닝셔츠와 허름한 반바지 차림새에 머리카락은 쑥대밭처럼 형편없는 바싹 마른 남자가 눈이 풀린 채 희영의 머리채를 손 갈퀴로 부여잡고 놔주질 않았다. 형사 두 명과 여경이 매달려서 간신히 희영을 풀려나게 해주었다. 희영이 정신을 차려보니 그 남자가 발악하면서 난동을 부리는 모습 뒤로 한 아이가 보였다. 맑은 눈망울에 눈물이 떨어질 듯 말 듯한 눈으로 희영을 바라보고 있었다. 열두 살이나 먹었을까. 희영은 안타까운 얼굴로 소년을 망연히 쳐다볼 뿐 아무런 힘도 남아 있지 않았다. 형사들이 달래서 간신히 진정이 된 중년 남자는 연신 가래침을 뱉으면서 소년에게 소리를 질렀다.

"너 이 새끼야, 너그 누나 죽인 년놈들이야, 너도 침 뱉어뿌려! 어서!"

소년은 입에서 옹알옹알대더니, 자그마한 침을 희영의 발밑에 간신히 뱉어냈다. 희영은 기절할 것처럼 휘청댔지만 경찰들이 부축하는 탓에 그마저도 자유롭지 못했다.

"천하의 벌 받아 뒈질 것들! 너희들이 짐승이야, 사람이야!"

어제까지만 해도 인사를 주고받던 동네 사람들이 희영과 준수를 향하여 손가락질을 하였고 침을 뱉으면서 돌멩이를 던져댔다.

준수는 경찰차량에, 희영은 그 뒤의 승용차에 올라타면서 동네 주민들의 욕설이 점차 사그라들었다. 그러나 그 소리들은 귓가에 잔상처럼 남아서 희영을 괴롭혔다.

준수는 유치장에 남아서 계속 조사를 받고, 엄마도 경찰서에 남았다. 희영은 김순자의 부탁으로 필요한 옷가지들을 챙기기 위해 경찰차에 타고 집으로 돌아왔다. 집에 도착해보니 담벼락에 붉은 페인트로 '살인자의 집'이라고 크게 씌어 있는 낙서가 맨 먼저 눈에 띄었다. 희영은 두 눈을 질끈 감고 일부러 담벼락을 보지 않으려 애쓰면서 난장판이 된 집으로 들어갔다. 문짝이 떨어져 나간 집은 하루 만에 폐허처럼 변해 있었다. 구둣발 자국이 어지러이 찍혀 있었고 옷장, 문갑 어느 것 하나 멀쩡한 것이 없었다. 옷들은 구겨져 있었다. 희영은 준수와 김순자의 옷을 가방에 챙겨 담고 이것저것 세면도구와 감춰두었던 통장을 찾았다. 다행히 부엌 싱크대 안쪽에 깊숙이 숨겨두었던 통장은 그대로였다. 김순자가 그 안에 든 돈을 모두 찾아오라고 시켰다.

경찰서에서 고래고래 소리를 지르면서 당장에 변호사를 사서라도 이준수의 무죄를 밝혀내겠다고 호언장담하던 엄마의 모습이 눈에 어른거렸다. 온몸에서 힘이 모두 빠져나가 홀연히 앉아만 있던 희영과 달랐다. 김순자는 방방 뛰면서 활기 넘치게 형사들을 붙잡고 조사 순서와 과정을 묻고 또 물었다. 그리고 탄원서와 진정서를 준비하겠다면서 경찰서 옆에 있는 민원상담실을 들락날락거렸다. 엄마의 긴 치마는 경찰서 곳곳을 오가느라 활기차게 펄럭였지만, 희영은 엄마 뒤를 따라가서 가만히 앉아 있는 것밖에 할 수 있는 게 없었다.

과거의 기억 속에서 헤매던 희영의 눈앞에 엄마의 치마가 아른거렸다. 기억의 잔상에서 벗어나 '유수암 펜션'이라고 적힌 팻말을 보자 얼른 현실로 되돌아왔다. 희영은 흑돼지구이를 주종으로 하는 커다란 음식점이 펜션 진입로에 서 있는 것을 보았다. 분명 이 부근이 자신이 살던 집이 맞는 것 같은데, 식당 외에는 다른 건물이 없었다.

은근하게 안심이 되었다. '살인자의 집'이라는 낙서를 보지 못한 것만으로도 적잖이 위안이 되었다. 그 낙서는 김순자가 밤마다 하얀색 페인트로 덧칠하고 지워버려도 다음 날이면 누군가에 의해 다시 낙인처럼 새겨졌다. 누가 그렇게 희영의 집에 몰래 와서 칠해놓고 가는지 도통 모를 지경이었지만, 밤마다 띄엄띄엄 서 있는 집들 안에서 누군가 한 명이 나와서 그들을 엄청난 모멸감과 두려움에 사로잡히게 만들어버렸다. 그만큼 살인이라는 죄를 저지른 가족을 두고 있다는 것은 천형처럼 희영과 김순자를 옭아매고 붙들어버렸다. 그것은 아직도 끝없는 괴로움으로 붙들어매면서 종신형으로 집행이 되고 있었다.

희영은 서울로 올라가기 직전에 김순자와 집을 치우던 일이 생각났다. 희영의 방은 서울로 가지고 올라갈 것만 남겨놓고 거의 정리했지만, 준수의 방은 쉽사리 정리가 되지 않았다.

준수가 보던 교과서, 참고서, 책들 그리고 옷들은 사고가 일어난 후에도 그대로 치우지 않고 살았다. 물건 하나 내놓지 못했다. 김순자가 방을 치우지 못하고 멍하니 있는 것을 보다 못한 희영이 직접 마대 자루를 들고 와서 옷가지와 책들을 정리하려는데 빽 하니 큰 소리가 뒤에서 났다.

"그대로 놔둬!"

"엄마, 이것들 다 버리고 가야 돼. 서울 가면 놔둘 데도 없다고!"

"그대로 두라니까! 니 아들이야? 니가 그러고도 가족이야? 치워도 내가 치워!"

그 말에 희영은 무척 서운했지만, 그러려니 하고 들고 있던 짐들을 그대로 내팽개치고 방 밖으로 나왔다.

그날 밤, 김순자는 준수의 방에서 잤다. 한밤중에 희영이 일어나서 준수의 방을 들여다보니, 김순자는 희영이 내팽개친 옷가지와 책들을 껴안고 이불도 없이 바닥에 누워 자고 있었다. 안타까웠지만 한편으로는 더 이상 어쩔 수 없는데 저렇게 껴안고 살려는 행동이 어리석어 보였다. 화가 나고, 숨이 턱 막히는 것처럼 답답했다.

다음 날 희영은 제안을 했다.

"엄마, 그럼 준수 짐은 일단 두고 갈까? 나중에 차차 정리하러 다시 오면……."

"오긴 언제 와, 내가 니 속 모를 줄 알아? 다시는 준수 떠나보낸 바다도 안 보러 올 것처럼 굴면서."

김순자는 매몰차게 대답했다.

"그럼, 어떻게 하고 싶은데?"

"두고 가면 마을 사람들이 어떻게 할 줄 알고. 뭐라고 누명도 씌우는 판에 다들 몰아붙이잖아, 범인이라고! 그런데다 주인 없는 살. 인. 자. 옷가지 어떻게 해놓겠어? 발로 밟는 것도 모자라 후우…… 개놈시키들. 다 정리는 하고 가야지, 후우…….'"

김순자는 살인자라는 단어를 내뱉을 때 차마 목이 막혀서 단번에 말하지 못하는 것처럼 또박또박 끊어 발음했다. 희영은 애써 시선을 뒤로 돌렸다. 그날 처음으로 김순자가 준수를 살인자라고 지칭하는 모습을 보았고 나중에도 그런 적은 없었다.

결국 준수의 유품은 이사 가는 날 마당에서 태우고 몇 개는 서울로 가지고 왔다.

희영은 지금도 또렷하게 기억이 떠올랐다. 준수의 옷가지들과 책을 태울 때 김순자는 눈을 감고 두 손을 모아서 한없이 무슨 주문을 외우고 또 외웠다.

아마도 '잘 올라가라, 엄마가 너의 억울함을 풀어줄게. 우리는 잘 살고 있으니 걱정 말아라.' 이런 말들이 아니었을까.

그런데 정말 우리는 잘 살고 있는 것일까.

희영은 엄마와의 관계를 생각할 때마다 늘 그 생각부터 들었다.

어떻게 할 수 없는 현실, 변화가 안 되고 답답한 생활. 그리고 거기에서 조금도 헤어나오지 못하는 엄마. 그렇게 계속 가족이라는 테두리 안에서 둘이 얼굴을 마주보고 살아야 되는지 앞날이 검은 구름처럼 갑갑해 보였다. 가족이라는 울타리가 그때처럼 벗어날 수 없는 굴레처럼 느껴졌던 때도 없던 것 같다.

희영은 현실로 되돌아왔다.

그 집은 여전히 눈앞에 나타나지 않았다. 분명히 이 근방 어딘 것 같은데 보이질 않았다.

희영은 펜션의 진입로로 서서히 운전해 들어갔다. 몇 개의 축사와 빈 창고를 지나쳐서 펜션 건물이 보이는 곳에 도착했다. 펜션 앞마당으로 들어가서 차를 주차장에 세워두고 6채의 건물이 서 있는 마당으로 걸어갔다. 잘 깎인 잔디 위로 흔들그네, 노란색 초록색의 유아용 전동 차량과 미니 텐트가 보였다. 둥근 대형 튜브로 만들어진 물놀이장에 물이 가득 채워져 있었지만 실리콘 오리 등의 물놀이용품뿐 아이들은 어디에도 없었다. 희영은 천천히 걸어가면서 주변을 살폈다. 6채의 잘 단장된 펜션 건물만 있을 뿐 사람은 없었다. 희영은 한동민이 건넨 휴대폰 번호가 적힌 명함을 빼들었다. 전화를 받지 않았다. 희영이 중간에 위치한 가장 큰 집에서 머뭇거리는데 갑자기 큰 소리가 났다.

"야, 이희영! 여기 올려다봐!"

고개를 들어 건물을 올려다보니 옥상에서 하얀 침대 시트를 널고 있는 여자가 보였다. 머리는 갈색으로 염색하여 짧게 잘라 펌을 하였고, 얼굴은 살이 올라 통통했다. 어릴 적 얼굴과 모습 그대로였다.

"소정아!"

희영이 정겹게 불러주었다. 소정은 계단을 부랴부랴 내려와 환영해주었다. 주름치마에 하얀 레이스 앞치마를 두르고, 머리에는 자그마한 꽃무늬가 그려진 수건을 접어 머리띠 대용으로 한 소정은 영락없이 두 아이의 엄마처럼 보였다.

"넌 그대로네. 정말 살도 하나도 안 찌고 부럽다. 정말 반가워."

소정은 희영을 얼싸안고 방방 뛰면서 좋아했다.

"아이들은? 아저씨가 아이랑 같이 살고 있다던데? 남편은 어디 간 거야?"

"다들, 일보러 갔지. 남편은 펜션 물품 떼러 갔고 애들은 학교에 있어. 오후에나 와."

"애들 정말 심심하지 않겠다. 이렇게 그림같이 멋진 집에서 텐트 치고 그네 타고 정말 우리 어릴 때와 달라 보여."

"뭔 소리, 둘이서 얼마나 심심해하는데. 그나마 학교 폐교 안 된 게 다행이기는 해. 서울댁들이 내려와서 학교 정원 백 명 간신히 채웠어. 현지 애들은 삼십 명 정도고 나머지 애들은 모두 서울 애들이야."

"주말부부 하는 사람들인가봐."

"그런 사람도 있고 프리랜서도 있고 쉬는 사람도 있고 갖가지지, 뭐. 나처럼 펜션 하는 사람도 있고. 서울에서는 2억으로 전세도 못 들어가지만 여기서는 전원주택 지을 수 있으니까. 그나저나 너 여기 정말 오랜만 아냐? 거의 10년 만에 얼굴 보여주네? 우리 여기 흔들그네에 앉아서 얘기나 하자."

희영은 잔잔하게 불어오는 산들바람에 머리카락을 쓸어 올리면서 고개를 끄덕였다. 소정이 이끄는 대로 널찍한 흔들그네에 몸을 맡기면서 이야기를 나누었다.

"엄마 작년 초에 돌아가시고 나서 정말 간만에 온 거야."

소정이 심각한 표정으로 고개를 숙였다.

"가셨구나. 그렇게 고생만 하시다가. 가끔 뉴스에 나온 어머니 사진 보았어. 1인 시위 하고 그러시던데."

희영은 잠시 침묵하다 입을 열었다.

"우리 집을 못 찾겠어. 엄마가 팔았다고는 하셨는데, 그 집 자리도 없어졌나봐."

소정이 환하게 웃었다.

"못 찾다니. 오면서 봤을 텐데. 왜 흑돼지구이 식당 '제주 흑도새기' 말이야. 그게 너희 집 밀고 새로 지은 거야. 제주시에 살던 사람들이 이쪽으로 이사 오면서 열었는데, 벌써 5년 넘었고 장사도 꽤 잘 돼. 맛집이야. 애월읍 뜨면서 관광객들도 많이 찾아오고 말이야."

"여기가 뜬 거야?"

소정은 희영의 반문에 자랑스럽다는 듯이 대답했다.

"그럼, 서울서 유명한 연예인도 집짓고 내려와서 살고, 저명한 대학교수에, 작가, 화가도 내려와서 살아. 여기 애월읍이 정말 서울 말로 핫플레이스가 되었다구. 아빠가 5년 전에 집 헐고 펜션 짓기를 정말 잘하셨지."

"아빠도 여기서 같이 사시는 거야?"

"아니, 아빠는 퀸 마트 근처에 집이 따로 있어. 여긴 남편하고 우리 미루와 미니와 같이 살아. 미루가 오빠인데, 초등 2학년이고 까불이야. 미니는 초등 1학년 새침때기고."

희영의 얼굴에는 부러움이 물씬 올랐다. 자신은 아직도 혼자인데 어느덧 소정은 두 아이의 엄마에 펜션의 어엿한 주인이었다. 만약에 소정이에게도 준수 같은 동생이 있었다면 지금의 행복이 가능했을까. 10년 전 준수의 사건 이후로 희영은 단 한 번도 시원하게 웃은 적도 행복을 맛본 적도 없었다. 사귀게 될 계기가 있었던 남자에게도 희영은 항상 방어막을 치고 결국에 그를 보내주었다.

자신의 집에 얽힌 과거를 아는 그 누구와도 더 이상의 관계가 유지되지 않았다.

"희영아, 지금은 안 힘들어?"

소정이 무연하게 말간 얼굴로 스쳐지나가듯이 물었다. 만약에 걱정과 수심이 가득한 표정이었다면 도리어 화가 났을 터였다. 하지만 소정의 담담함에 희영은 태연하게 대꾸했다.

"아니. 힘들지는 않은데 자꾸 발목을 잡네."

소정이 알겠다는 듯이 흔들그네를 손으로 잡아끌면서 고개만 주억거렸다.

"어디서 묵는 거야? 우리 집으로 와. 공짜로 재워줄게."

희영이 환한 표정을 지었다.

"바다 게스트하우스. 거기서 일주일간 묵어."

소정의 얼굴에 잠깐 그늘이 드리웠다.

"한담해변가에 있는 거 말이야? 카페랑 겸하는 데."

"어. 맞아."

"거기 뭔 일 없어?"

"무슨 일이라니?"

소정은 오싹하다는 듯 어깨를 약간 올려 보였다.

"그 남자, 오영상인가 하는 사람 얼굴 봤지?"

희영은 심각한 표정으로 고개를 끄덕였다.

"사실은 이번에 왜 서울서 여대생 하나 내려와 새별 오름 근처에서 시신으로 발견됐잖아? 그 여대생 사건의 용의자가 그 주인이래."

희영은 집중하면서 재촉했다.

"무슨 말이니? 자세히 좀 말해봐."

"나도 잘은 몰라. 하지만 들리는 소문이 그래. 마을을 싸고도는 소문이. 벌써 경찰서에 몇 번 불려갔다면서. 오영상인가 하는 남자 이곳 제주도에 터 잡은 지 3년 정도 되었는데, 서울서 뭐 안 좋은 일이 있어서 여기 내려왔다나봐."

"안 좋은 일이 구체적으로 뭔데?"

소정은 눈을 동그랗게 뜨면서 희영을 마주보았다.

"불안하지? 그러니 얼른 거기 짐 빼고 여기로 와."

"더 자세히 말 좀 해줘."

"그게 말이지, 서울서 성폭행 같은 전과가 있었다고만 들었어. 그리고 10년 전에는 제주도에 살았는데, 애월에 땅이 좀 있었다나봐. 물려받았다나, 뭐라나. 하여간 3년 전에 내려와 게스트하우스

하고 있는 거야."

희영은 깜짝 놀랐다.

"그렇다면 여기 제주 사람이라는 거야?"

"그건 모르지. 하여간 10년 전 즈음에는 여기 오래도록 살고 있었나 봐. 여기 제주야 서울 오가고 하는 사람들이 워낙 많으니 애매한 거야. 너 혹시……."

소정이 궁금해하는 얼굴로 희영을 유심히 보았다.

"너 혹시, 그때 그 사건 범인 아직도 의심하는 거 아냐?"

속내를 들킨 희영은 화들짝 놀라 화를 냈다.

"무슨 말을 하는 거야?"

"아, 아냐. 하긴 나도 그래. 그 착한 준수가 그런 짓을 저질렀다는 게 믿어지니? 그치만 그건 변할 수 없는 일이잖아. 이미 다 끝났고. 그리고 너 이거 알아? 원래 살인자들이 아주 얌전하고 주변에서 좋은 사람이라고 평가받는대. 그런데 욱하니 행동하다 큰일도 저지르는 거지."

희영은 버럭 화를 냈다.

"소정아, 너 지금 무슨 말을 하는 거야? 그게 내 앞에서 할 소리야?"

"아, 아니 왜 그게 아니라 난 그저…… 잠깐 좀 있어 봐. 음료수좀 내올게."

소정이 중간에 위치한 펜션 안채로 들어가고 희영은 한숨을 내쉬면서 그네에 몸을 맡기고 그대로 흔들리고 있었다.

화를 갑자기 버럭 낸 것도 얼마만의 일인가.

희영은 그동안 감정의 동요 없이 살아가려고 노력했다. 자신과 준수가 찍은 사진이 인터넷에 올라가 있을 때에도 그냥 담담하게 포털사이트 관리자 이메일로 삭제 요청만 했다. 며칠이 지나도 삭제가 되어 있지 않을 때에도 평온한 목소리로 전화를 걸어서 본인 이름을 밝히고 본인 사진과 가족사진을 지워줄 것을 요구했다. 가끔은 범죄를 다루는 케이블 방송 시사 프로그램에서 가족사진을 접할 때도 있었다. 그때마다 방송사에 전화를 걸었지만 미안하다는 말뿐, 재방송에 그 사진은 그대로 나오고 있었다. 그때에는 재차 전화를 걸어서 조용히 사진을 편집해달라고 부탁했다. 결코 감정을 그대로 드러내고 따지거나 화내지 않았다.

아무런 감정 없이 메마르게 살아서 화를 낼 일도 기뻐할 일도 그다지 없었다. 다만 밤마다 아주 외롭고 쓸쓸하다고 생각될 때에는 사무치게 무언가가 그립고 허전했다. 그런 허전함도 사치라고 여겨질 때가 많았지만, 이상하게 그토록 떠나오고 싶었던 제주의 악몽 같은 기억들 중에서 보고 싶은 것들이 있었다.

한담해변가의 녹색 물빛, 새별 오름의 푸르뎅뎅한 풀빛과 억새풀이 바람에 잔잔하게 나부끼는 모습, 그리고 말들이 목초를 뜯어 먹는 모습들. 건초더미에서 나는 마른 냄새, 각종 잡풀들에서 나는 생생한 풀내음은 여전히 코밑을 근질거리면서 기억을 더듬게 했다. 제주의 사람은 잊었지만 제주의 풍광은 오래도록 잊히지 않았다.

차가운 레모네이드 유리잔이 뺨에 대어졌다.

"시원하지?"

어릴 적 소정이네 집에 놀러 가면 소정이 미숫가루에 얼음을 동동 띄워서 희영의 볼에 대주었던 기억이 났다. 소정은 음식이나 주스를 차려서 직접 내왔는데, 항상 아파서 누워 계시던 엄마 대신 집안일도 척척 하면서 손님상도 거뜬히 차려주었다.

"엄마는 좀 어떠셔?"

"응, 병원 들어가셨어. 요양병원. 나중에 류머티즘이 너무 악화되어서 도저히 집에서 모실 수 없었어. 온종일 누워 계셨거든. 제주도 서귀포 쪽에 있는 병원이야. 한 달에 두어 번 아빠랑 가봐."

희영은 안타까워했다.

"너희 어머니, 무척 예쁘시지 않았니? 너무 안타깝다. 어머니 얼굴 기억 나."

소정이 희미하게 웃었다.

"담임선생님, 정화숙 선생님 아직도 학교에 계셔. 가끔 찾아가서 식사하고 그래."

"진짜, 네가 역시 진정한 제자였구나. 나는 연락도 끊어진 지 오래인데 말이야."

소정은 고개를 끄덕였다.

"아직 여기 살고 있는 애들도 몇 명 있어. 너 얼굴 보면 놀랄 거야. 애들이 그대로야, 하나도 안 변했어."

희영은 잠시 추억을 되새기면서 미소만 지었다. 소정이 떠보듯이 슬쩍 말을 건넸다.

"희영아, 너 근데 그거 기억나니? 왜 애월읍에 귀신 소리 울리던 밤 말이야. <u>ㅎㅎㅎㅎ</u> 하면서."

"귀신 소리? 기억 안 나는데, 그냥 바람이 세차게 불어서 나는 소리 아니었어?"

희영이 가물거리는 기억을 더듬으면서 말했다.

"그거 누구 소리였는지 기억 안 나?"

"누구 소리라니? 대체 무슨 말이야?"

"너 기억 안 나? 왜 초등학교 6학년 때 우리 반 아이, 예선이 말이야."

"예선이?"

희영이 되물었다.

"응, 5월이던가 걔 학교 3일째 안 나와서 실종신고 되고 경찰들이 걔네 아버지 경찰서 데려가고 그랬잖아?"

"그랬었나?"

희영은 고개를 저으면서 눈을 살포시 감았다. 잘 기억나지 않았다. 하지만 귓가를 웽웽거리는 찌르라기 소음에 잠깐 눈을 크게 뜨고 소정을 보았다. 번뜩이는 게 있었다.

"기억 나. 걔네 아버지가 범인이라고 했잖아. 맞아?"

"아냐. 결국 극락 오름 근처 물웅덩이에서 발견되어서 단순 익사사고라고 했어. 발 헛디뎌서 진흙에 미끄러져 빠졌는데 뭐 순간적으로 깜짝 놀라서 빠져나오지 못한 거라고. 그렇게 끝났다."

희영은 기억을 차츰 더듬어갔다. 말을 어눌하게 하였고, 반 남학생들이 매일 놀리던 아이. 장애가 있다고 하였으나, 몸집도 왜소하였고 씻지 않고 다녀서 친구들이 왕따를 시키고는 하였다. 항상 낡은 검정 구두에 불그죽죽한 치마를 며칠씩 입고 다녔고, 머리는 헝클어져 있었다. 이름은 이예선이었다.

희영과 소정은 예선이를 놀리지 않았지만, 그렇다고 같이 놀아주지도 않았다. 예선이가 항상 단짝 희영과 소정을 부러워하면서 쳐다보던 시선이 잠깐 떠올랐다. 희영은 가끔 예선에게 간식거리를 건넨 적이 있었다.

"근데 예선이 발견되고 나서 그 술만 먹던 예선이 아버지 술도 안 먹고 미친 사람처럼 막 나다니다가 결국 서울 갔다던가 없어졌잖아. 기억 안 나?"

희영은 고개를 갸웃하였다. 순간 기억이 그제야 떠올랐다. 예선이 죽고 나서 애월읍에 안개가 종종 끼면 어린 여자아이가 흐흐흐 흐흐 우는 소리가 동네 곳곳마다 난다고들 하였다. 그러는 밤에는 개들도 컹컹 짖어대었고, 안개가 걷히기 전까지는 그 귀곡성 같은 소리가 흉흉하게 들려왔다고들 하였다. 희영은 듣지 못했지만 마을 주민들은 너도나도 모두 들었다고 하였고, 그런 날 밤에는 바깥 외출을 삼갔다. 범인이 제대로 밝혀지지 않아서 원한에 사무쳐서 내는 호곡성이라는 소문이 나돌았다. 소문 한 자락에는 예선의 아버지가 범인이라는 말도 있었다.

"예선이, 확실히 누군지 알겠어. 너도 들은 거야, 그 소리? 정말 그런 소리가 여기서 났던 거였어?"

희영이 깜짝 놀라서 소정을 보자 그녀는 사람 좋은 미소로 헤헤 거리며 웃었다.

"그런 게 어딨어? 다 추억이고 전설이다, 얘. 그냥 니가 기억하는가 싶어서 물어본 거야. 지금은 중국인 관광객들이 여기까지 들어와 숙박하고 가고, 유명 연예인들도 여기 집짓고 살아. 사람들이 얼마나 드글드글한데. 그냥 사람 살지 않던 한적한 예전 동네 유수 암이 떠올라서 해본 소리야.

그것보다 지금, 여기 마을 사람들 모두 쉬쉬하고 있어. 여대생 사건 그냥 묻히거나 했으면 하는 분위기야. 범인 잡아도 시끌벅적할 거 아냐. 걔는 왜 여기서 그렇게 됐다니? 그 사건 때문에 관광객 떨어져 나가고 있어서 속상해. 이번 주에도 예약 취소 세 건이나 있었어. 빨리 범인 잡히던가 해야지, 원. 너 그나저나 게스트하우스 주인한테 내가 한 얘기 절대 하면 안 된다. 알았지? 너는 서울 올라가도 우리는 마을서 언젠가는 다 마주치게 될 사이란 말이야. 범인 인지 아닌지 확실하지 않지, 뭐."

소정은 죽은 여대생에 관하여 아무렇지도 않게 툭하니 말을 뱉고는 다정하게 희영을 보았다.

"그나저나 너 밥 먹고 가라."

희영은 애월읍에 퍼지던 과거의 흉흉한 일들과 현재의 사건 그리고 준수의 일이 겹쳐지면서 마음이 불편했다. 일어서려는데 어디선가 꽥! 하는 소리가 났다.

"뭐? 무슨 소리야?"

"응, 노루소리. 저번에는 문 앞에서 나를 보고 짖어대는데 좀 놀라기는 했어. 여기가 그래 벌레 천지, 야생 동물 천지야. 우리가 강도지. 지들 생활 터전 빼앗아 이러고 살고 있으니."

희영은 소정이 잡는 것을 뿌리치고 마티즈 차량에 올랐다.

"아, 아냐. 가볼 데가 있어. 소정아 시간 나면 다시 들를게."

소정은 희영의 팔을 다시 붙잡고 애원하듯이 부탁했다.

"꼭 다시 들러, 너 정말 보고 싶었어."

"어, 그래. 그만 가볼게." 소정은 희영의 차가 펜션 앞마당을 나갈 때까지 뒤에서 지켜보고 있었다.

희영은 찝찝한 기분으로 차를 운전해서 게스트하우스로 돌아왔다. 초등학교 동창생을 오랜만에 만났지만, 과거에서 헤어나오지 못하고 발목이 붙잡혀 있는 그녀로서는 부담스럽기만 했다. 게다가 20년 전 친구 이예선이 실족사로 물웅덩이에 빠져 죽었다는 사실도 마음을 불편하게 만들었다. 무엇 하나 기분 좋게 여겨지지 않았다.

왜 소정이가 그 이야기를 꺼내서 불편하게 했는지 그 저의가 파악되지 않았다.

희영은 불쾌감을 떨치기 위해 샤워할 준비를 마치고 샤워장으로 걸어갔다. 문을 여는데 오수경이 젖은 머리로 티셔츠와 반바지 차림인 채 황급하게 샤워실에서 달려 나왔다.

"엄마야! 아 몰라, 진짜!"

희영이 놀란 얼굴로 물었다.

"무슨 일이죠?"

"벌레, 엄지손가락만 한 벌레가 있어요. 시커멓고 징그러운 게 꼭 바퀴벌레 같아요!"

희영은 어릴 때 맨손으로 잡았던 갯강구가 떠올랐다.

"뭐야, 무슨 일이에요?"

복도 끝에서 방에 들어가려던 정영기가 큰 덩치로 복도를 꽉 채우면서 달려왔다.

"에프 킬라! 에프 킬라 좀 갖다 주세요. 너무 큰 벌레라 휴지로는 어림없어요."

"이크, 나도 벌레라면 질겁하는데, 여자들이 그런 거는 더 잘 잡지 않아요?"

이때 상황을 대충 파악한 현우가 복도 끝에서 성큼거리면서 다가와 샤워실의 열린 문 앞에 섰다.

"제가 잠깐 여자 샤워실 들어가도 될까요? 실례할게요."

현우가 들어가자 그 뒤로 희영이 따라 들어갔다. 현우는 꼬물거리는 검은색 벌레를 엄지와 집게손가락으로 붙잡았다. 그러고는 샤워실 천장 아래 달린 쪽창 문을 열고 방충망을 잠시 연 뒤 하늘로 날려 보냈다.

"별거 아네요, 풍뎅이예요."

검은색 벌레가 안개가 껴서 부연 하늘로 홀연히 사라지는 것을 본 희영은 참으로 시원하다고 느꼈다.

"자아 이제 됐죠? 그럼 숙녀분들 이따 맥주 파티에서 만나요."

정영기는 자신이 문제를 해결한 것처럼 페도라 모자를 깊게 눌러쓰고 방으로 들어갔다. 오수경은 재수 없다는 표정으로 젖은 머리를 수건으로 닦으면서 방으로 들어갔다.

"벌레 손으로 잡는 거 쉬운 일 아닌데."

희영이 현우에게 말을 걸었다.

"후후, 여기서는 흔한 일이라 오히려 친근해요. 친구분이 한다는 유수암 펜션에는 잘 다녀오셨어요?"

"네."

"운전 어렵지 않죠? 서울보다는 나을 거예요. 차가 그렇게 많지 않아서."

희영은 살짝 고개만 끄덕여 보였다.

"이따 모임장으로 오세요."

저녁 8시 정시에 시작된 맥주 파티에는 오영상이 부지런하게 낙지볶음 소시지야채볶음 등의 안주를 만들어내고 있었고, 현우가 맥주 캔을 하나씩 돌리고 있었다. 정영기는 여전히 페도라를 쓰고 있었고, 임영철은 두 손을 들어 올리면서 무언가를 오수경에게 설명해주고 있었다. 희영은 오수경 옆자리로 자연스레 다가갔다. 모임장 벽에 난 창문으로 비가 쏴아 하고 쏟아지는 모습이 보였다. 시원한 빗소리가 창문을 두들겨댔다.

"비 한번 끝내주게 오네. 제주도 날씨는 참 변덕스러워. 낮에는 그렇게 화창했는데 말이지."

정영기가 말했다. 오수경과 임영철이 끝도 없는 영화 토론으로 시간을 지루하게 끌고 있었다. 정영기가 비와 날씨로 화제를 돌리려고 했지만 그들은 어림도 없이 토론에 열중했다. 임영철이 목청을 틔워서 말을 길게 내뱉었다.

"그러니까, 오수경 씨. 그런 거 아녜요. 스탠리 큐브릭 감독의 〈풀 메탈 재킷〉은 단순한 전쟁 영화가 아니에요. 올리버 스톤이 만든 〈플래툰〉 같은 전쟁 속 휴머니즘을 마구 설파하는 가식적인 영화가 아니라구요. 수경 씨가 군생활 안 해봐서 뭘 모르나본데, 그 미묘한 차이를 모르면 안 돼요. 영화를 좋아하는 사람으로서 말이죠. 엄연히 그 영화는 다르다구요."

오수경은 안경 너머로 불쾌한 표정을 짓고 있었다.

"현우야, 이리 와봐. 감독 될 사람이 설명 좀 해줘. 수경 씨한테."

임영철이 다급하게 현우를 불렀다.

"〈풀 메탈 재킷〉 얘기하는 거예요?"

정영기가 고개를 끄덕였다.

"눈치 빠르네. 수경 씨는 착각을 하는 것 같아. 스탠리 큐브릭 감독 작품이 왜 기존 전쟁 영화와 대척점에 서 있는지 말 좀 해줘."

"〈풀 메탈 재킷〉은 이렇게 구성이 되어 있죠. 긴장과 활기가 가득한 신병 훈련소와 그들이 파병되는 전쟁터의 지치고 피곤한 신들로 말이죠. 병사들은 그들이 대적하는 적들이 누구인지 모르고 그 적들은 사회의 횡포를 나타내는 상징적인 것이죠. 그런 점들이 〈플래툰〉과 다른 거라고 생각합니다. 일반적인 휴머니티를 강조하는 베트남전 영화와는 다른 것이죠. 그러니까 베트남전은 미국, 정글, 아픈 기억과 동등한 단어로 형상화되고, 그것이 시간과 국가를 탈피한 세대를 관통하는 이미지를 영화로 표현한 것이죠."

현우의 자세한 설명에 임영철은 자신의 모든 말이 맞는다는 듯이 맥주를 수경을 향해 쑥 내밀고 '치어스'를 외쳤다. 오수경은 잠시 기분 나쁜 표정으로 현우를 쏘아보았다.

"그 말 어디서 들어본 것 같은데."

현우는 미소를 잃지 않고 말했다.

"그냥 제 생각이에요. 아니면 아닌 거죠."

아무렇지 않게 머리를 긁적이는 현우를 정영기와 임영철이 등과 어깨를 두드리며 다독거렸다.

"역시 이현우 감독이야, 너 나중에 크게 되면 우리와 마주쳐도 생까지 말고 아는 척해야 돼. 알았지? 여기 바다 게스트하우스 동지들 잊으면 안 된다구."

현우는 멋쩍은 듯 활짝 웃어 보였다.

"거봐, 수경 씨. 내 말이 맞죠?"

오수경은 고개를 돌리고 맥주만 연거푸 마셨다. 이때 모임장 문이 삐거덕 열리더니 키가 작달막하고 땅땅한 체격의 중년남자가 들어섰다. 비를 맞았는지 남자는 손바닥으로 옷에서 물기를 탈탈 쳐내고는 숱이 적고 새치가 가득한 머리를 손으로 가다듬었다. 마흔은 훌쩍 넘어 보이는 모습은 게스트하우스의 손님들과는 분위기가 달라 보였다. 베이지색의 여름용 골프 재킷을 입었고, 아래에는 약간 물이 빠진 청바지를 입고 있었다.

"어떻게 오셨나요? 여기는 투숙객들만 참여할 수 있습니다."

현우가 다가가자 오영상이 긴장된 표정으로 말렸다.

"내 손님이야, 괜찮아. 가서 일 봐."

"오영상 씨, 괜찮다면 투숙한 사람들과 어울리고 싶은데 괜찮소?"

"좋을 대로 하세요. 말리지는 않겠습니다."

오영상은 말은 그렇게 했지만 접시에 요리를 담던 손이 떨리면서 동시에 입가가 파르르 하였다. 오영상이 긴장한 모습을 희영은 놓치지 않았다. 남자는 임영철과 정영기, 오수경이 앉은 테이블로 성큼 와서는 재킷을 의자에 걸치고 덥석 앉았다.

"거, 실례 좀 하겠소, 난 양구동이라고 합니다. 대학생들 같은데, 편하게 생각해요. 나 꼰대노릇 하고 나이 따지는 사람 아니니까."

현우는 접시와 맥주 캔을 양구동 앞에 놓아주었다. 오수경이 되바라진 표정으로 물었다.

"아저씨, 누구예요? 우리가 싫다고 하면 다른 테이블 가실 거예요? 하던 말이 있거든요."

양구동은 약간 놀랐지만 싫지는 않은 듯 만면에 미소를 띠었다. 작고 가느다란 눈에서 오묘한 빛 같은 게 나오는 것을 희영이 보았다. 눈빛이 자못 날카로웠다. 희영은 어디선가 많이 본 듯한 느낌이었다.

"나, 뭣 좀 알아보려고 온 건데, 아무리 나이 들었다 해도 중늙은이 취급 말고 좀 끼워주소."

"거참, 물건 팔러 온 거면 본건만 말하세요."

정영기가 시답지 않다는 듯이 안주를 젓가락으로 집어먹으면서 대꾸했다.

"그건 아니고 새별 오름 근처에서 일어난 여대생 사건 관련해서 이것저것 알아보러 다니는 거지."

갑자기 테이블에 둘러앉은 일동이 조용해졌다. 모두들 맥주에서도 안주에서도 손을 떼고 양구동의 입에서 나올 다음 말만 기다리고 있었다.

"그럼, 뭐 반장님 같은 거세요?"

임영철이 갑자기 공손한 말투로 물었다.

"비슷해. 요즘은 팀장이라고 호칭하니까. 제주서부경찰서 형사 3팀장 양구동이야. 나이 먹어도 승진 안 되니 아직도 팀장이지 뭐. 히히."

끝 웃음이 약간 귀에 거슬렸다. 희영은 걱정스러운 얼굴로 양구동을 힐끔 보았다.

기억이 날 듯 말 듯하였다. 10년 전 준수를 붙잡아갈 때 오른쪽 팔을 끼고 있던 형사. 그때 당시에는 일반 형사였었다. 희영에게서 진술을 받던 형사는 아니었지만 주변에서 일을 돕고, 수사 상황을 정리하여 윗선에 보고해주던 역할을 하던 사람이었다. 지금보다는 훨씬 젊어 보일 때의 모습이 언뜻 현재의 늙수그레한 모습과 겹쳐 보였다. 희영은 그가 자신을 못 알아본다는 것을 확신하고는 내심 가슴을 쓸어내렸다. 희영이 오영상을 곁눈으로 슬쩍 살폈다.

오영상은 아무렇지도 않은 듯이 다른 테이블에 안주를 가져다 주고 있지만 여느 때와 달리 굳은 얼굴이었고 고개를 들지 않았다.

"바다 게스트하우스와 그 사건이 무슨 관계가 있는데요?"

정영기의 진지한 질문에 양구동은 허허거리면서 마른안주를 집어먹었다.

"별거 아니고, 여기 숙박업소 모두 탐문차 가보고 있어요, 걱정들 말고 들어요, 어서."

양구동의 너스레에 정영기를 비롯하여 모두들 불편한 반응을 보였다. 희영은 양구동을 뚫어져라 보면서 그의 다음 행동을 기다렸다. 양구동은 편하게 자세를 취하고 안주를 이것저것 먹다가 재킷 안주머니에서 사진을 하나 꺼냈다.

"자아 여기 여대생 피해자 사진 좀 한번 봐줘요. 어디서 본 적 있나요?"

테이블에 앉은 일동의 표정이 순간 굳었다. 마지못해 정영기가 조심스레 사진을 받아들었다. 앞머리를 가지런히 내려뜨리고, 큰 눈에, 높은 코, 미소를 짓고 있는 모습은 귀엽고 상큼하게 보였다. 셀프카메라로 찍은 듯이 약간 사선을 향해 보면서 웃고 있었다. 이름은 고미연이었다.

"이렇게 아리따운 젊은 여학생이 희생되어서 새별 오름 근처에서 발견되었지. 그 부모는 얼마나 가슴이 무너져 내리겠어요. 자 찬찬히 돌려보고 말씀 좀 해줘요."

오수경이 사진을 받아들고 무심코 말을 던졌다.

"이 사진은 어디서 찍은 거래요?"

"아, 페이스북에서 찾아내서 확대 출력한 거요. 이 숙박업소나 다른 데서라도 본 적 없는지 꼼꼼히 봐요. 학생은 무척 똑똑하게 생겼으니, 내 믿고 묻는 거야."

오수경은 고개를 갸우뚱하였다.

"모르겠어요. 이렇게 생긴 여자애들 흔하잖아요, 성형한 티 나는 것 같은데."

"무슨 말을 그렇게 해요, 수경 씨. 예쁘다고 질투하면 안 돼. 게다가 고인한테 함부로 그러고 말이야. 비매녀인데?"

임영철의 말에 오수경이 발끈하였다.

"보자보자 하니까, 내가 여기서 같이 묵고 있으니까 우스운가 보죠? 안 그래요?"

임영철도 지지 않았다.

"무슨 소리야. 나이도 후배뻘이지만 대접 좀 해주느라 꼬박꼬박 씨 붙이고 존대 좀 해줬더니만."

"당신이 왜 내 선배야?"

오수경이 발끈하자 현우가 가로막았다.

"왜들 그러세요. 참으세요, 좀. 저어 그리고 양 형사님. 이제 그만 가주셨으면 합니다. 아무도 모른다잖아요."

양구동은 너털웃음을 지으면서 담배를 재킷의 바깥 주머니에서 찾아 물었다.

"여기 금연입니다."

현우의 말에 양구동은 담배를 그대로 짓이기면서 눈을 찡긋거려 보였다.

"경찰서나 어디나 왜 이렇게 금연이 많아? 좀만 있다 갈게, 기다려 좀. 나 원 참."

양구동이 기분 나쁘다는 투로 굴다가 좌중이 침묵하자 다시 말을 이어나갔다.

"다들 서울서 제주 관광하려고 놀러 온 대학생들로 보이는데 재밌는 얘기나 하나 해줄까? 제주도에 신들이 많은데 그중에 매고할망이라고 알란가 모르겠네?"

오수경이 대답했다.

"들어본 적 있는 거 같은데. 왜 아들 아홉 형제 낳은 할머니 얘기하시는 거 아녜요?"

"얘기를 처음부터 알아야지. 어쩌다 아홉 형제씩이나 낳았는지."

양구동은 맥주 한 모금을 마시고 말을 이어나갔다.

"할머니가 젊어서 남편을 두었는데 그 남자가 홀연히 사라졌지 뭐야. 그래서 다른 남자와 인연이 되어서 아들을 자그마치 아홉 명이나 낳아서 잘 길러냈지. 그런데 비가 몹시도 쏟아지던 어느 날, 꼭 오늘 같은 밤 얘기하는 거야. 비가 으스스하게 오는데, 두 번째 남편이 빗물이 떨어져서 거품이 일어나는 것을 보고 파드득 웃었지. 매고할망이 이상해서 왜 웃느냐고 물으니 남편이 이러는 거야. '이제는 아들을 아홉이나 낳았으니까 괜찮겠지.' 그러면서 사실은 결혼 전에 자신이 할머니 남편을 죽였다고 말했지. 오늘 밤 물거품을 보니까 그 남자가 화살을 맞고 죽어갈 때 피 뱉어내던 것과 비슷해서 웃기다고 했어. 할머니가 슬슬 구슬려서 남편이 죽어간 곳을 캐물었어. 다음 날 할머니는 전 남편의 뼈를 잘 추슬러서 어떻게 하였게?"

정영기가 페도라를 벗어서 테이블에 두고는 고개를 갸우뚱하였다.

"글쎄요, 아들이 많으니까 그냥 살지 않았을까?"

양구동은 고개를 저었다.

"아니, 바로 남편의 뼈를 들고 관가에 가서 고발하였고, 관에서 시키는 대로 지금의 남편을 때려죽이고 나서 아홉 아들을 집에 가두고 모두 불질러 죽여버렸지. 그러고 나서 손수 무덤을 파고 들어가 죽음을 맞이하지."

임영철이 발끈하였다.

"아니, 남편을 죽인 것은 알겠는데 무슨 어머니가 아들을 아홉 명씩이나 죽여요?"

"후후, 관에서 아들 하나는 살려두라고 했지만 매고할망이 뭐라고 했는지 알아? 이런 살인자의 종자를 그대로 두었다가 다시 이런 일을 저지르면 어찌하느냐고 모조리 죽여달라고 되레 부탁하였는걸?"

희영은 가만히 듣고 있다 온몸에 소름이 주르륵 끼치면서 '살인자의 종자'라는 단어에 두 눈을 바닥으로 두고 최대한 양구동과 눈을 마주치지 않으려 애썼다. 다른 사람들은 재미로 듣는지 몰라도 희영에게는 비수로 가슴을 파는 전설이었다. 양구동이 말을 마치고 씩 웃자, 입술 사이로 어금니에 박힌 금니가 뚜렷하게 보였다.

"여기서 가장 중요한 것은 바로 어머니도 정의를 위해 관가에 가서 고발을 했다는 것이야. 어머니도 아들을 용서 못하는 거야. 살인이라는 범죄 앞에서는. 뭍에서는 모르겠지만 여기 제주 애월읍은 하여간 그래!"

마지막 단어에 힘을 주면서 양구동은 오영상을 똑바로 보았다. 오영상은 설거지를 하면서 물을 틀어놓고 있어서 양구동의 말을 들었는지는 모르겠으나 희영의 시선으로는 어깨나 등허리가 약간 움찔하였던 것처럼 보였다.

"자자 이거 말고 슬픈 이야기가 또 있는데 빌레못 동굴에 관한 일이지. 아는 사람은 알 거고. 하여간 그건 나중에 하도록 하고 사건을 조금만 알아볼까? 수사의 시작은 고미연 양이 가련하게 피해를 입은 날부터 추정해보는 게 당연지사지. 사체를 부검한 법의 말이 그래. 부패한 정도나 시반이나 몸의 사후 강직도나 직장 온도 잰 것을 검토해서 종합적으로 판단해보니 6월 8일 오전 11시에 발견되었는데, 발견 당시에 35시간에서 40시간 전에 사망했을 가능성을 점쳤어. 그래서 사망 추정 시각은 6월 6일 저녁 7시에서 밤 12시경 사이가 되는 거지. 그런데 고미연 양이 오후에 7시 25분 비행기 KE1241을 타고 내려왔으니 도착은 8시 20분 정도. 그리고 공항에서 택시를 타고 간 것으로 추정되니까 애월읍 근처 숙박업소로 왔다고 생각하면, 사망시각은 9시에서 12시 사이로 볼 수 있지."

임영철이 양구동에게 새 맥주를 가져다주면서 감탄을 하였다.

"우와, 이거 시사프로에서나 접하던 과학수사를 듣고 있는 거네요."

오수경은 임영철을 노려보았다.

"이게 지금 장난인 줄 알아요?"

정영기가 물었다.

"아니, 왜 TV 보니까 근처 CCTV나 콜택시 회사에 전화 걸어서 승객 확인해보고 그러던데요?"

양구동이 말을 이어나갔다.

"그게 우리도 CCTV를 100개 넘게 수거해서 조사해나가고 있는데 결정적으로 애월읍 한담해변이나 기타 다른 곳에 CCTV가 설치돼 있지 않은 곳이 너무 많고, 택시 회사도 많은 관광객들을 태우고 다니니까, 조회해볼 곳이 참 많아."

오수경이 질문을 던졌다.

"왜 혼자서 왔대요?"

"요즘은 제주에 혼자 오는 여성도 많더라구. 자네는 친구랑 왔나?"

양구동이 희영과 오수경을 번갈아 보았다. 오수경이 발끈하였다.

"저분 언니예요, 친구라뇨?"

"하여간에 택시나 버스를 타고 이곳 애월읍 근처에 왔는가 하는 것도 기사 탐문과 버스 내 장착된 카메라를 확인하여 조사 중인데, 혹시 히치하이킹을 해서 여기까지 왔다면 골치 아픈 일이지. 하여간 여기까지 어떻게 왔느냐를 밝혀내고 있는 중이야."

희영이 가만히 듣고 있다 처음으로 말문을 열었다.

"혹시 고미연 씨가 여기 사는 누군가와 만나려고 했다거나 하는 것은 없었나요?"

양구동이 희영의 눈을 바로 쳐다보고 답하였다.

"꽤나 날카로운 질문인데, 아무리 여자 혼자서 여행 다니는 게 유행이라고는 하지만, 그 밤에 내려와서 애월읍으로 와서 실종되었다. 충분히 어디론가 가서 자살이라도 하지 않았을까 추정이 되었지, 처음에는."

양구동은 이어서 조심스레 입을 열었다.

"가족 말로는 미연 양이 서울서 실연을 당해서 가족들에게 아무 말도 안 하고, 제주까지 내려왔대. 결국 그날 밤에 전화를 안 받으니까 걱정이 되어서, 신고 들어간 거지. 우울증에 자살할 확률도 있다는 식으로 119와 112에 동시 신고한 거고, 휴대폰 추적 들어가니까 밤 9시 제주도 공항 근처 기지국에서 신호가 잡혔어. 그리고 가족들이 전화를 걸어보니까 받지 않았고. 그다음에는 10시에서 11시 사이에 애월읍으로 나왔는데 11시 이후에 전화가 강제로 배터리가 종료되어서 뚝 끊긴 거야. 그래서 우리가 그다음 날 정식으로 탐문하고 조사하러 다닌 거지. 수사 진행한 다음 날 관광객이 오름 근처에서 시신을 발견한 것이고."

현우가 오영상의 눈치를 보면서 다가와 제안을 했다.

"형사님, 이거 맥주 한 캔 더 드시고 그만 가주세요. 아무래도 그런 이야기가 여기 숙박하신 분들에게 불편을 끼쳐드려서요."

오영상이 심드렁하게 설거지를 마치고 큰 소리로 말했다.

"난 괜찮아요, 편히 쉬시다 가세요."

정영기가 일어나려는 양구동을 만류했다.

"체 형이 괜찮다는데 더 앉았다 가세요."

오수경이 궁금하다는 듯 물었다.

"그 빌레못 동굴에 얽힌 이야기는 뭐예요?"

"그건 나중에! 자아 나는 술 깰 때까지 오 사장하고 말 좀 나누고 갈게요. 편히들 쉬세요."

양구동은 벌떡 일어나 재킷을 챙겨 입고는 주머니에서 만원을 꺼내 테이블 위에 얹어놓았다. 그리고 오영상 앞으로 가서 카운터를 사이에 두고 마주 앉았다.

"오 사장, 신발 밑창 좀 볼 수 있을까?"

오영상이 한숨을 내쉬며 대꾸했다.

"거 또, 뭔 소리입니까?"

"범행 현장에 뭉개진 족적 하나 없는 걸 보면 아무래도 사포로 밑창 밀어내고 다니는 전문적인 범인 같아서 말이지."

"나는 떳떳합니다."

"그거야 조사해보면 나오는 거고. 밑창 좀 들여다보겠다는데 영장 필요한 거 아니지?"

오영상이 인상을 찌푸리면서 답했다.

"손님들 있는데 신발 뒤집어 보여줘요? 나중에 무슨 말이 나오겠어요. 대충 합시다. 냉수 한 사발 들이켜고 가세요, 제발."

양구동은 낄낄거리는 웃음을 띠고 말없이 오영상이 내미는 물을 받아 마셨다.

정영기, 임영철, 오수경, 희영은 앉아 있던 테이블에서 대화를 시작했다. 임영철이 오수경을 비웃음 담긴 눈으로 보았다.

"빌레못 동굴을 왜 똑똑이 아가씨가 모르실까?"

임영철의 말에 정영기가 툭 치면서 말조심하라는 제스처를 취했다.

"나랑 영철이가 여기 애월읍에서 독특한 관광지 보러 다니다가 가보았잖아. 여기서 멀지 않아. 어음리에 있어. 용암 동굴이고, 선사시대 유적이 있어서 천연기념물로 지정된 곳이에요."

"정영기, 그게 중요한 게 아닌 거 알잖아. 이렇게 애월읍의 밤에 비가 내리면 으스스한 이야기가 이어져야 되잖아."

현우가 어느새 다가와 접시와 빈 캔을 치우면서 이야기에 끼어들었다.

"으스스한 이야기가 아니라 슬픈 현대사의 일부분이죠. 저도 여기 와서 자세하게 알았어요. 빌레못 동굴은 총길이가 10여 킬로미터가 넘는 깊은 굴이에요. 애월의 납읍리 지역은 제주 4·3항쟁 주동자들이 많아서 전부 불을 지르라는 소개령이 내려졌는데, 두려움에 떨던 마을 주민들 30여 명이 빌레못 동굴에 숨어 있었던 거죠. 1949년 1월에 군대와 경찰 등이 주축이 된 합동토벌대에 의해서 29명의 사람들이 동굴 입구에서 총살되었어요. 어느 정도로 잔인했느냐면 남자아이를 동굴 입구에서 순경에게 맡긴 엄마가 그 순경이 아이를 눈앞에서 돌로 쳐 죽이는 것을 보았을 정도였어요. 이 아이의 어머니와 젖먹이 여동생은 동굴 깊은 곳으로 숨어들었 다가 굶어 죽었다고 해요. 강제로 끌려나온 마을 주민들이 총살을 당하고 시신 수습도 안 되었죠. 수십 년이 흐른 뒤에 동굴 속에 숨 어 살다 아사한 이들의 유해도 발견되었어요.

제주에서 이런 일들이 굉장히 많았는데, 대정읍에는 총살된 2백 명의 시신을 수습해서 백조일손지묘(百祖一孫之墓)를 만들어주었 을 정도죠. 조상은 백 분인데 후손이 끊겨서 한 명이라는 뜻이죠."

오수경의 눈빛이 번득였다.

"이거 독립영화 〈지슬〉에서 자세히 다루었는데. 그 빌레못 동굴 저도 한번 가보고 싶은데 누구 안내해주실 분 계세요?"

임영철이 고개를 도리질 쳤다.

"들어가서 볼 수는 없지, 아마. 굴은 깊다는데 들어가는 입구는 엄청나게 작고 철문이 쳐져 있는데다가 자물쇠로 잠겨 있죠. 못 들 어갈걸요."

현우가 발그레 웃었다.

"제가 위치를 자세히 가르쳐드릴 테니까, 한번 찾아가보세요."

오수경은 뾰로통한 얼굴로 안주를 집어먹었다. 현우는 접시와 컵 등을 치워서 카운터 뒤 싱크대로 가져갔다.

희영은 휴대폰으로 포털사이트 카페에서 쪽지가 도착했다는 문 자 알림음을 받았다. 오랜만에 포털사이트 카페에 접속했다. '부모 없는 하늘 아래' 카페에는 부모님이 일찍 돌아가셨거나, 아니면 입양되어서 친부모님과 헤어진 사람들 혹은 부모에게 양육되지 못하고 시설에서 자란 사람들이 50명 정도 가입되어 있는 카페였다. 희영은 어느 날 밤 입양과 미혼모에 관한 다큐멘터리를 보다가 우연히 이 카페에 접속하게 되었다. 그곳에는 가족이 없는 외로움과 서러움의 절절한 사정을 이야기해주는 동병상련의 친구들이 있었다. 비록 오프라인에서 자주 만나는 것은 아니었지만, 회원들이 각기 가족을 이루고, 아픔을 보듬으면서 서로 좋은 일은 축하해주고 안타까운 일은 위로해주면서 소통을 나누고 있었다. 일주일 동안 들어가보지 않았던 카페에서 쪽지가 날아왔다.

희망님, 저 카페 매니저 '수'예요. 어떻게 지내는지 궁금해서요. 혹시 시간 되시면 내일 오프라인 정기 모임에 나올 수 있어요?

두 달 전에 카페 매니저 수와 쪽지를 주고받은 적이 있었다. 한 회원의 집들이 파티에 초대했지만 희영은 간곡하게 거절했고, 수는 아쉬워했다. 서로 나이도, 얼굴도 심지어 성별조차 몰랐지만 그냥 대화는 몇 번 나누었다. 희영은 쪽지를 열어보고 답을 했다.

지금 제주도에 내려와 있어요. 일이 있어서요. 죄송해요, 못 갈 거 같아요.

쪽지를 보내고 1분 후에 채팅창 초대 메시지가 날아왔다. 수였다. 희영은 접속했다.

우와, 저도 제주도예요. 여기 내려온 지 좀 됐어요. 인터넷으로 일은 봐주고 오프라인 참석은 부매니저와 운영진들이 해주세요. 저는 회원들께 인터넷으로 초대를 하고 인원수 파악하는 정도만 일해주고 있죠. 그나저나 어디 계세요?

희영은 잠시 망설였다. 수와 그렇게 친하지는 않지만 쪽지로라도 살뜰하게 챙기는 수가 고맙게 여겨진 적이 많았다.

여기는 해변가예요. 자세한 것은 좀 그렇고. 일 때문에 와 있어요.

인사를 건네고 채팅창을 나갈까 망설이던 희영에게 수가 말을 건넸다.

내일 만나요. 혹시 제주도에서 비자림 가보셨어요? 태고의 식물인 비자나무가 2800여 그루가 넘고 그 안으로 들어가면 피톤치드 향기가 끝내주게 좋아요.

수는 어떤 사람일까 생각해본 적이 있었다. 친절한 것을 보니 여성, 그리고 활발한 20대의 다정다감한 사람으로 여겨졌다. 하지만 오프라인으로 만나는 것은 망설여졌다.

저 제주도 내려온 지 꽤 되어서 도움 줄 수 있는 건 뭐든지 할 수 있어요. 비자림은 버스 타고도 찾아오실 수 있는 데예요. 타향에 혼자 머무니 너무 외로워서 그래요, 꼭 나와요.

희영은 잠시 망설였지만 수의 간곡한 부탁, 그리고 지척에 있다는 친근한 느낌, 게다가 누군가의 도움을 받을 수 있으면 좋겠다는 생각에 일단 답장을 보냈다.

희망: 내일 몇 시에 비자림으로 가면 되죠?
수: 오전 10시 어때요? 정말 아름답고 상쾌한 공기가 온몸을 휘감아 돌면 마음도 머리도 맑아질 거예요. 버스 번호는 700번 일주버스인데 평대초등학교에서 하차하시면 돼요.
희망: 아뇨, 차량 렌트했어요. 알아서 찾아가볼게요.
수: 희망님과 오프라인에서 만나다니 정말 좋아요, 내일 꼭 비자림 숲으로 나오세요. 약속 어기면 아니되옵니다. 숲 입구에서 뵈어요.

희영은 답변을 보내고 휴대폰을 주머니에 집어넣었다. 양구동 형사는 오영상과 마주 앉아서 무슨 말인가 진지하게 주고받더니 잠시 후에 모임장 문을 열고 나갔다. 그 뒷모습을 바라보는 오영상의 눈빛이 싸하였다. 양구동이 나가자 오영상은 다리에 힘이 풀린다는 듯이 손에 쥔 행주를 싱크대 위에 던지고 간이의자에 앉았다.

희영은 의아함을 느끼면서 무심코 현우를 보았다. 현우는 모임 장 뒤쪽에서 컴퓨터를 시스템 종료하면서 정리하고 있었다. 오수경은 어느덧 방으로 돌아갔는지 보이지 않았고 임영철과 정영기가 다른 테이블의 대학생들과 열띤 토론을 주고받고 있었다. 방금전 양구동 형사의 말을 전달해주고 있는 느낌이었다. 여대생 사건을 놓고 어떻게 수사를 진행해 나가야 하는지 열띤 토론을 벌이고 있는 듯했다.

희영은 일단 오영상에 대해 인터넷으로 좀 더 알아보기로 결심하고 방으로 돌아와보니 오수경은 보이지 않았다. 희영은 휴대폰으로 오영상과 바다 게스트하우스에 대한 문건을 찾아보았다. 일반적인 게스트하우스 이용후기 글이 많았고, 특별히 이상하게 여겨지는 글은 없었다. 침대에 누워서 눈을 감았다. 피곤했다. 내일 약속을 잘 지킬 수 있을까 싶을 정도로 온몸이 노곤했다. 휴대폰을 탁자 위에 올려두고 몸을 뒤척이며 잠을 청했다. 얼마 지나지 않아 문이 열리고 닫히는 소리가 나더니 불이 탁 꺼졌다. 오수경이 들어와 소등을 한 것 같았다.

희영은 점점 잠으로 슬며시 빠져들었다.

비자림에서의 약속

6월 18일

　날이 화창했다. 바람은 선선하고 햇살은 온몸에 따뜻한 온기를 살짝 전해주었다. 바다에는 녹색 물빛이 반짝이고 있었다. 가벼운 마음으로 왔다면 다시 보지 못할 정도의 아름다운 정경에 가슴이 벅차올랐겠지만 희영에게는 찌를 듯이 아름다운 풍광이 오히려 잔인하게 느껴졌다.

　희영은 임영철과 정영기가 아침 인사를 건네자 목례만 가볍게 하고 오영상이 만들어주는 테이크아웃 커피를 들고 주차장으로 나왔다. 현우와 오수경은 보이지 않았다. 내비게이션에 '비자림'을 입력하고 방향을 잡았다.

　12번 일주도로를 타고서 해변을 한눈으로 바라보면서 시원하게 달렸다. 내비게이션에서 중간에 단속카메라가 있다면서 속력을 70킬로미터 이하로 줄이라고 기계음성이 나왔다. 희영은 속력을 줄이면서 창밖을 내다보았다. 눈이 부시게 푸르른 바다가 펼쳐져 보였다. 1112번 도로 비자림로로 빠져 내려왔다. 잠시 후, 비자림이란 간판이 보이면서 '목적지 도착'이라는 문구가 내비게이션에 떴다. 입구에서 표를 끊어서 숲 입구로 향하는 길로 접어들었다. 5분여를 자갈길을 걷자, 숲 입구가 보였다. 희영은 잠시 주위를 두리번거렸다. 그 순간 누군가 다가와 알은체를 했다.

"어? 여기 웬일이세요?"

현우였다.

"저야말로 궁금하네요. 현우 씨는 여기 웬일이죠?"

현우는 청바지에 두 손을 넣으면서 어깨를 으쓱했다.

"제가 인터넷 포털사이트 카페에서 매니저 일을 하는데, 거기 회원분과 오프라인에서 만나려고 왔어요."

희영의 두 눈이 휘둥그레졌다.

"저기 혹시, '수'님 아니세요?"

"어? '부모 없는 하늘 아래'에서 '희망'님으로 활동하세요?"

희영은 차분하게 웃어 보였다.

"네, 맞아요."

"이럴 수가. 아하, '희영', '희망' 이렇게 이름 지었구나. 난 보리수나무를 좋아해서 보리수의 끝자만 따와서 매니저 아이디로 정했어요. 어서 숲 안으로 들어가면서 이야기 나눠요. 이런 인연이 다 있다니."

비자림 숲 안으로 들어가자, 갑자기 온도가 삼사 도는 떨어진 것처럼 시원하게 느껴졌다. 끝이 갈라진 세세한 잎사귀들이 나뭇가지마다 달려 있었고, 나무들 키 높이가 커서 하늘을 뚫고 올라갈 것처럼 무성했다. 강렬한 숲내음이 온몸을 휘감으면서 오지에 희영과 현우만이 거닐고 있다는 느낌을 주었다. 이상하게 마음이 편해졌고, 얼굴 근육이 풀리면서 마음이 열려나갔다. 신기한 체험이었다. 숲내음에 몸과 마음의 긴장이 풀렸다. 현우의 말이 숲의 정적을 깼다.

"이런 인연이 있어요? 원래 온라인에서 카페 회원으로 알던 사람이 제주도 내려왔다기에 만나자고 했는데, 그게 희영 씨일 줄 알았겠어요?"

현우가 부산을 떨면서 기뻐했다.

"저는 수 매니저 님은 여자분인 줄 알았어요."

"그렇게 생각하는 분들 많아요. 인터넷 말투가 그런가보죠. 여기 비자림에는 몇 백 년이나 묵은 비자나무들이 3천 그루 가까이 있어요. 어때요? 숨은 비경이어서 아직은 그렇게 관광객이 많지 않죠."

희영은 비자나무 잎의 갈라진 부분을 손가락 끝으로 만져보다가 무릎을 구부리고 앉아서 나무그루 근처 고사리 잎이 길게 뻗어나간 것을 살펴보았다. 비자림의 강렬한 피톤치드 향기는 희영의 후각을 마비시켰다. 후각이 마비되면 경계심이 풀리는 걸까? 희영은 이상하게 현우를 처음 만나던 날 들었던 경계심이 서서히 풀려갔다. 게다가 그가 자신을 각별히 챙겨준 수 매니저라고 생각하니 조금 더 고마운 느낌도 들었다. 비자림에서 그와 산책을 하고 있자니 압박감이 풀리면서 온몸이 유연해지는 듯했다.

"꼭 태곳적 시대로 돌아와 있는 것 같네요. 공룡들이 튀어나올 것 같은 분위기인데요."

"비자나무는 향이 강해서 삼림욕에 좋고, 약으로도 많이 쓰였대요. 근데 정말 궁금한 거 물어봐도 돼요?"

비자나무들을 스치듯이 지나가면서 현우가 진지한 얼굴로 물었다.

"기자 아니죠?"

희영은 조용히 걸음만 옮겼다. 야생화들이 저마다 색색들이 꽃잎을 피워 올리고 있었다. 가냘픈 꽃잎 대에 희영의 시선이 옮겨졌다. 그녀가 뜸을 들이다가 입을 열었다.

"알아봐야 될 게 있어서 서울서 왔어요."

"그게 체 형에 관계된 일이에요?"

현우가 되물었다. 희영은 고개를 끄덕였다.

"무슨 일이죠? 제가 알면 안 되나요? 체 형과 관계된 일이라면 저도 알아야겠다는 생각이 드네요."

희영은 잠시 침묵하였다. 피톤치드 향이 코끝을 간질였다. 희영은 천천히 입을 열었다.

"이런 말을 어떻게 꺼내야 되나 싶어요. 한 번도 누구한테 제대로 이야기해본 적이 없어요."

"힘들면 이야기 안 하셔도 돼요."

희영의 목소리가 약간 떨렸다.

"아니, 해보고 싶어요. 현우 씨라면 잘 들어줄 수 있을 것 같아요. 10년 전 그러니까, 2004년 6월에 일어난 일. 아직도 날짜를 잊어버리지 않았어요. 6월 8일 오후 4시 정도에 집에 와보니까, 경찰들과 기자들, 그리고 동네 아줌마 아저씨들이 우리 집을 둘러싸고 있었죠."

현우는 조용히 경청을 하면서 비자나무숲 깊은 곳으로 희영과 나란히 걸어갔다. 희영은 무언가에 홀린 것처럼 자연스럽게 말했다. 그동안 결코 말하지 않으리라 속다짐을 천번만번 하였던 비밀을 술술 털어놓았다.

"내 동생, 이준수가 살인사건 용의자로 그날 붙들려갔죠. 아직도 잊을 수가 없어요. 나를 벌레 보듯이 하던 아줌마 아저씨들의 시선, 그리고 나를 향해 침을 뱉고 욕을 하던 피해자 가족들."

희영의 머릿속으로 말간 눈망울로 바라보던 소년의 얼굴이 떠올랐다. 그 소년이 입을 옹알대다가 마지못해 뱉어내던 침. 그리고 저주하던 소년의 아버지.

그 모든 게 영화처럼 밤마다 떠오르고는 하였다. 희영은 자신의 운동화를 내려다보았다. 그리고 발을 털었다. 소년의 침을 벗어나고 싶은 것처럼 움직여보았지만 그 침은 여전히 끈덕지게 달라붙어 있었다.

"준수는 재판을 기다리던 중에 구치소에서 자살했어요. 자살하기 전날에 면회 온 나에게 범인이 아니라고 말하고 그렇게 갔어요. 엄마는 결백을 주장하는 1인 시위를 고등법원 앞에서 하시고 진정서, 탄원서도 많이 내셨지만 모두 소용이 없었어요. 피의자가 죽었고, 피해자도 죽었고 이미 너무 오래된 사건이니까요. 어머니는 작년에 돌아가셨죠."

희영은 차마 말을 잇지 못했다. 잠시 비자나무 숲길만 저벅저벅 걷고 있을 뿐이었다. 현우가 침묵을 지키고 있다가 입을 열었다.

"많이 아프셨겠어요."

현우는 진심을 담아서 말한 뒤, 담담하게 이어나갔다.

"지금 제가 하는 말이 어떻게도 위로가 안 되겠지만, 불행이 있고 나서 '왜 나에게만 이런 일이 일어났는가'를 곰곰이 생각하다보면 영적인 성숙과 더불어 인생의 의미를 깨달을 수 있대요."

희영은 숲의 향기와 교감하였다. 강한 향이 차가운 공기와 뒤섞여서 후각을 근질였고, 온몸이 생생하게 세포 하나하나마다 살아나는 기분이 들었다. 얼마 만에 생명력을 이렇게 강하게 느껴보는지 모를 정도였다.

"체 형과는 무슨 관계가 있는 거죠?"

현우가 중요한 질문을 던졌고 순간 희영은 걸음을 멈췄다.

"혹시 이번 여대생 실종 사건과 관련이 있다면 혹시 그때 사건도 오영상 씨가……."

희영은 심각한 눈빛으로 현우와 마주쳤다. 현우는 멈칫거렸다.

"아, 이렇게 중요한 이야기가 오늘 나올 줄은 몰랐어요. 6월 8일 발견된 고미연 대학생 말하는 거죠? 새별 오름 근처에서요. 사실은 말하기 좀 껄끄러운 게 하나 있어요, 6월 6일 밤에 우리 게스트하우스에 그 여대생하고 비슷하게 생긴 분이 검은색 캐리어를 끌고 찾아왔어요."

"네? 뭐라고요?"

"내가 카운터 볼 때 밤 11시 넘어서 혹시 빈방 있느냐고 찾아왔어요. 빈방은 있었지만 여름 성수기철에만 오픈하고 현재는 각종 비품을 넣어둬서 대여해줄 수 없었고, 우리 룰이 11시 소등이 되면 예약한 손님도 안 받기로 했거든요. 근데 비예약 손님에다가 저 혼자서 결정하기 애매해서 근처 민박집 위치 알려주고 보냈어요. 그러고 카운터 정리하고 저는 방으로 자러 갔죠. 기숙사 뒤쪽에 있는 자그마한 별채가 체 형과 제가 쓰는 숙소예요. 근데 체 형이 방에 안 들어왔더라구요. 신발도 없고 불도 꺼져 있고 난 잠들었죠. 체 형은 아마 새벽에 들어왔던 것 같아요."

희영이 다급한 어투로 물었다.

"오영상 씨가 어디로 간 거죠?"

"사실은 그다음 날 6월 7일 고미연 씨가 실종됐다면서 경찰이 전화하고 그랬죠. 사진도 팩스로 보내주고요. 그런데 사진을 받아 본 체 형이 물었어요. 어제 이상한 일은 없었느냐면서요. 저는 11시 정도에 실종된 사람인지는 모르겠지만 여대생처럼 보이는 사람이 분명 왔다갔다고 했죠. 방 임대는 거절했다고요. 근데 체 형이 눈빛이 묘해지면서 자신은 그 시간 해변에서 소주 걸치면서 속

타는 거 진정시키고 왔다고 했어요. 그리고 괜히 의심 살지 모르니 방 빌리러 왔다는 거 비밀로 하자고 했어요. 저는 그런가보다 하고 7일 날 오후에 순경이 찾아와서 고미연 양 사진을 보여주면서 묻는데도 모른다고 했어요. 확실치는 않지만, 전날 왔던 그 여학생 맞는 거 같더라고요."

희영은 의미심장한 얼굴로 질문을 던졌다.

"오영상 씨가 여기 와서 숙박업소 차린 것도 서울에서 불미스러운 일을 피하기 위해 내려왔다고 하던데 정확하게 무슨 일이죠?"

현우는 고개를 뒤흔들었다.

"저도 잘은 몰라요. 하지만 체 형이 그렇게 나쁜 사람은 아닐 거라고 믿어요."

"사실은 제주도까지 내려오기로 결심하게 된 계기가 있어요. 인터넷에서 떠도는 문건 중에 제주도 새별 오름 근처에서 발견된 여대생 범인이 인근 게스트하우스 B의 주인이라고 하는 글을 봤어요."

현우는 간만에 웃음을 보였다.

"하아, 그건 말도 안돼요. 인터넷에 얼마나 거짓 정보가 많은데 그걸 믿어요?"

"하지만 그 글에는 10년 전 사건도 연관이 있다고 쓰여 있었어요."

"지금도 볼 수 있어요, 그 글? 어느 사이트예요?"

"나중에 들어가보니 지워져 있었어요. 하지만 그 글 하나 때문에 여기까지 내려오게 된 거예요. 저는 무척이나 진지해요."

희영의 마지막 말에 현우는 웃음기를 거두고 진정을 담아 말했다.

"알았어요. 제가 도울 수 있는 만큼 도울게요. 체 형에 관해서 궁금한 것은 조금씩 알아보도록 할게요. 너무 걱정 말아요. 그렇지만 막무가내로 제가 한 말 경찰에 신고하고 그러면 안 돼요. 이건 체형과 저의 신의가 달려 있다구요. 확실한 증거도 없구요."

"네, 알겠어요."

어느덧 화산토가 깔린 붉은 자갈길이 나타났다. 화산토에 들어서면 뱀을 피하고, 하이힐이 화산토 사이에 낄지 모르니 조심하라는 경고문을 읽은 후에 들어섰다. 현우가 나란히 걸으면서 부드러운 목소리로 말했다.

"근데 이거 아세요? 10년 전 사건으로 그렇게 괴로워하고 있지만 이 비자림 숲의 수천 그루가 넘는 비자나무들은 6백 년 넘게, 길게는 8백 년 동안 이 숲을 지키면서 향기를 내뿜어 사람들 심신을 달래주고 귀한 약재로 쓰였대요. 우리들 세상사 10년은 이들에 비하면 정말 짧은 세월이죠. 내가 왜 '부모 없는 하늘 아래'를 만들었는지 알아요? 저 사실은 아버지 살아 계세요. 근데 연락 안 한 지 오래됐어요. 그만큼 아픈 사연이 있어요."

희영은 걱정을 담아 현우를 보았다.

"학교 다닐 때 아버지한테 엄청나게 얻어맞고 무서워하면서 컸고 일찍 독립했어요. 너무 화가 나요. 왜 남들은 친절하고 다정한 아버지를 두었는데 저는 그토록 심하게 학대만 당하고 살았는지.

근데 연락이 끊기고 보니까, 객관적으로 아버지가 이해가 갈 때가 있더라구요. 아버지도 세상살이가 무척이나 힘들었겠구나. 그리고 그걸 감당하느라 무척 외로웠겠구나 하는 감정이 느껴지더라구요. 항상 소주를 사발에 따라 드시고는 하는 게 그렇게 밉고 또 미웠는데, 이제는 거기에 담긴 게 어느 시인의 말처럼 눈물덩어리라는 것도 짐작은 되죠."

현우는 눈가에 붉은 기운을 담고 억지로 눈물을 집어삼켰다.

"왜, 나는 예외의 부모에게서 태어났는가. 엄마는 일찍 돌아가시고 하나 남은 아버지는 나를 이토록 미워하는 집에서 태어났는가 하는 한탄이 예전에는 많이 나왔지만 지금은 괜찮아요."

예외의 가족, 예외의 가정.

희영이 지녀온 상념들이었다. 하필이면 이렇게 안 좋은 일들이 왜 내게 일어났는가. 희영의 지난 10년을 지배하고 앞으로의 10년을 지배할지도 모를 끊임없는 의문이었다.

현우는 가까스로 울음을 참고 희영의 왼팔을 붙잡아 마주보게 했다.

"난 그런 아픔이 있는 줄 정말 몰랐어요. 저 부탁 하나 들어주세요."

희영이 궁금한 표정으로 현우를 보았다. 무척 진지한 얼굴이었다.

"이제 누나라고 불러도 되죠? 제가 적극적으로 도와주는 대신이에요."

희영은 고개를 살짝 끄덕여 보였다.

애월읍 애조로 215번지에 위치한 제주서부경찰서는 뒤편에 시원한 바다를 등지고 서 있다. 아마 전국에서 가장 풍광이 좋은 곳에 들어선 경찰서일지는 몰라도, 강력사건이 터질 때마다 분위기가 심각하고 급박하게 돌아가는 것은 여느 경찰서와 다름없었다.

형사과 형사 3팀 사무실에서 양구동은 입맛을 다시면서 숱 적은 머리카락을 애꿎게 손가락으로 훑어내려 빠지는 머리카락을 모으고 있었다. 빠지는 머리카락 중에 새치가 제법 보였다. 양구동은 머리카락을 모아서 배배꼬이게 만들어 하나의 큰 터럭으로 만들었다. 양구동 팀장이 무언가에 골몰하면 나오는 버릇이었다. 양구동은 입맛을 다시면서 뭔가 골똘히 생각 중이었다.

30대의 날렵한 체구에 몸에 붙는 청바지와 스포티한 점퍼를 입은 정영호 형사는 그 옆에 앉아서 제주도 새별 오름 여대생 사건에 관련된 참고인 조서를 정리하고 있는 중이었다.

양구동은 고미연 사건 현장을 찍은 감식 사진이 들어간 과학수사팀 보고서를 자세히 들여다보면서 미간을 찌푸렸다.

"이게 말이지, 시신이 너무 깨끗해. 과학수사팀 보고서에도 변사자가 현장에서 살해된 것이 아니라 다른 곳에서 살해된 후에 옮겨진 것으로 추정한다고 하는데, 대체 어디에서 일이 벌어진 걸까? 시신의 몸이나 손톱에서 유전자 한 점 나오지 않은 것으로 보면, 범인이 상당히 용의주도한 놈인데 말이야."

정영호가 서류를 정리하면서 대답했다.

"그건 맞는 말씀입니다. 제주도 주요 도로에서 새별 오름으로 향하는 길에 설치된 CCTV를 조사 중이지만, 아직 범인이다 싶은 차량을 특정 짓지 못한 것으로 보아 분명히 소도로나 농지에 면한 도로 등을 교묘하게 이동하면서 카메라가 없는 곳으로만 오름에 접근한 것으로 추정됩니다."

"오름에서 제대로 된 족적이 관찰되지 않는 것으로 봐서는 분명히 캔버스화 밑창을 사포로 갈아서 신고 다니는 놈 같은데 말이야. 인천에서 이런 놈 하나 연쇄 성폭행범으로 잡힌 적 있잖아."

"아, 신발 갈아 신고 다니면서 여자 혼자 사는 집에 몰래 들어가 기다리다가 여자 들어오면 성범죄 저지른 놈이요?"

"그렇지, 이게 어찌 보면 초범이 아닐 거라는 생각도 들고 말이야. 성추행 하려다 멋모르고 살인까지 한 케이스가 되는 것 같은데, 왜 사건 현장 인근에 거주하는 성범죄자 리스트 중에 면담한 사람들은 빼고, 면담 안 한 사람들과 타 지역 사람들 중에서 성범죄 전과 있는 사람 좀 추려놓고 만나보러 가자고. 좀 더 파악해보잔 말이야."

"잘 알겠습니다, 팀장님. 참, 오늘 오후에 서울에서 감건호 교수가 내려와 뵙겠다고 합니다."

양구동은 머리카락을 잡아 내리던 손을 풀고 눈을 크게 떴다.

"누구? 감건호? 그 인간이 왜?"

"지금 여대생 사건을 인터넷 포털사이트에서 크게 다뤘잖아요. 언론사와 같이 내려온다고 하는데요?"

양구동은 엄지와 집게손가락으로 코 양옆을 지그시 누르면서 짜증을 냈다.

"지금 사건 며칠 됐다고 난리야 들?"

투덜거리는 양구동 뒤에서 박한영 형사과장이 어깨를 꽉 붙잡고 누르면서 엄한 목소리로 훈계했다.

"실종된 게 6월 6일이고 발견된 게 8일. 지금 날짜 봐봐. 6월 18일이야. 그동안 형사 3팀에서 한 게 뭐가 있어? 일주일 동안 숙박업소 주인들 탐문한 거밖에. 오래전에는 사건 터지고 한 달 내에 잡아도 성공이었지만 지금은 일주일 안에 못 잡으면 포털이고 SNS고 경찰 무능력하다고 난리가 나! 관련사건 댓글도 안 읽어보나? 게으른 거야, 털털한 거야?"

키가 크고 얼굴이 길쭉하게 생긴 박한영 형사과장이 얼굴에 불편한 기색을 드러내면서 조곤조곤 따졌다.

"이렇게 앉아서 늘어져만 있으니, 뭐가 돼? 좀 나가서 알아온 거라도 있어? 구두 보고 좀 해봐!"

양구동과 정영호가 얼른 의자에서 일어났다.

"최선을 다하고 있습니다, 과장님."

양구동의 말에 박 과장이 인상을 썼다.

"양 팀장, 실종 당시 재빠르게 대처를 안 해서 살해당했다는 말들 인터넷에서 떠도는 것 알아, 몰라. 제주지방경찰청에 따로 수사본부가 차려져서 이제 자네 이 일 그만둬도 돼."

양구동이 벌컥 화를 냈다.

"뭐라구요? 어떻게 된 겁니까, 박 과장님?"

"뭐긴 뭐야, 서울에서 광역수사대가 내려온다는 거 제주지방경찰청에서 간신히 막아서 여기서 해보자는 데 의견이 모아졌어. 그러니 모든 자료, 참고인 조사 자료도 포함해서 제주지방경찰청 수사과 강력계에 넘겨. 어차피 과학수사 감식 자료는 거기 과학수사계에서 나와서 증거 수거해 갔으니 그쪽이 수사에 더 유리하지. 오늘 중에 공경민 형사 4팀장이 제주지방경찰청을 방문하니까 그 편에 건네."

"수사 공조하겠습니다."

양구동의 강한 어조에 박 과장은 코웃음을 쳤다.

"누가 끼워준대? 자네는 감건호 교수 내려오면 언론 취재 돕는 역할이라도 맡아. 그래야 우리 제주서부경찰서 형사과도 면이 서지. 알았나? 오후 3시경 여기 서에 온다고 했으니, 잘 안내하라고."

양구동은 인상을 찡그렸다.

"감건호 교수, 완전히 사기꾼입니다. 10년 전에도 새별 오름 근처에서 고등학생이 여 은행원 죽인 사건을 언론사에 오프더레코드 정보 흘려놓는 통에 고생 많이 했어요. 사기꾼이라니까요. 제 입으로 그럽디다. 자기는 완전히 감으로 찍는 프로파일러라구."

박 과장이 양구동에게 강하게 반문했다.

"내가 그때 책임자는 아니었지만 자네도 같이 동해서 움직였던 걸로 알고 있는데? 아닌가?"

양구동은 할 말이 없어 한숨을 쉬었다. 박 과장의 말이 이어졌다.

"프로파일러가 감으로 찍든, 과학수사를 하든 그건 본인의 자유고, 하여간에 지금은 감건호 교수가 그래도 먹어주잖아. 시사프로에도 나오고 케이블 뉴스채널에서 범죄비평도 하고, 인터넷에서 꽤 스타란 말이야. 트위터는 팔로워가 몇 십만 명이 넘는다고 하던데 그런 사람을 대접해주지 않으면 누구를 대접해줘야 해!"

양구동은 화를 버럭 냈다.

"내가 왜 그런 놈의 허수아비가 되어서 사건 현장 안내하고 수사 과정 소개하고 그래요? 네? 지금 용의자 특정 직전입니다. 오영상이라고 바다 게스트하우스 주인으로 서울에서 성폭행 전과가 있는 놈이고 새별 오름에서 멀지 않은 곳에서 숙박업 해요. 제발 부탁입니다. 저도 수사에 참여하게 해주십시오."

박 과장은 고개를 저었다.

"아니, 이미 수사본부 경찰청에 차려졌고, 자료만 어서 넘기면 돼. 오후 가기 전에 자료 전부 넘기고 그 숙박업소 주인이라는 용의자도 의심 가는 부분 낱낱이 설명해서 일러주기만 해. 알았지?"

박 과장이 형사3팀 사무실을 나가자 가만히 대화를 듣고 있던 정영호 형사가 물었다.

"팀장님, 감건호 교수님과 안 좋은 일이라도 있으셨습니까?"

양구동은 한숨을 푹푹 내쉬었다.

"참, 나도 과학수사에 발맞추지 못하는 바보라지만 거기는 완전히 꼴통이야. 어떻게 촬영에 임해야 가장 잘 나오는지 그거만 계산하는 놈이란 말이야. 프로파일러가 과학수사 한다고 부르짖을 때도 본인은 감만 믿고 촉으로 수사한다고 헛발 치던 놈이란 말이야."

정영호는 고개를 갸웃했다.

"그런데, 정말 이상한데요. 그분 채무자가 채권자를 살해한 안산 살인사건 관련해서 시사프로에서 몇 마디 말하고 들어갔잖아요. 그런데 나중에 범인 잡아서 보니 범인 프로파일 거의 똑같이 맞춰서 꽤 유명해졌잖아요. 그게 촉으로만 될 일인가요?"

감건호는 다른 프로파일러들이 범죄학, 심리학, 지리학까지 동원하여 과학수사를 한다고 할 때 자신은 심령학까지 동원하여 범죄를 분석한다고 말하여 유명세를 타기도 했다.

감건호는 새별 오름 근처에서 일어난 김수향 은행원 살인사건에서 양구동과 처음 만났다. 당시 강력반 형사였던 양구동은 서울경찰청에서 파견 나온 국내 첫 프로파일러 중 하나라는 감건호를 만났다. 꽤 샤프하게 생긴 외모에, 호리호리한 체구 그리고 큰 키에 새초롬하게 생긴 얼굴은 얼핏 기생오라비처럼 보였다. 하지만 무테안경 너머의 눈빛에는 공명심보다는 사건을 해결하여 프로파일러로서 독보적 존재로 보이려는 사적인 욕심이 순간순간 내비쳤다.

당시만 해도 형사들에게도 생소한 프로파일러는 양구동과 사건 현장, 용의자 탐문, 참고인 조사에까지 동행하려고 애썼고, 과학수사 자료를 비롯한 감식자료, 부검보고서, 참고인 조서 등의 모든 서류를 검토하려 애썼다.

양구동은 당시에 직접 수사에 참여한다기보다는 수사 상황을 정리해 수사과장에게 보고하고, 홍보물을 만들어 언론사에 나눠주는 정리 역할을 했었다. 감건호가 되도 않는 헛소리를 기자들에게 지껄여 양구동은 그와 많이 부딪혔다. 게다가 TV나 신문의 기자들에게 오프더레코드 하기로 한 내용까지 발설하여 양구동이 윗선으로부터 혼나고 질책 받게 만들기도 했다.

감건호는 당시에 김수향의 하의가 벗겨져 있었으나 성폭행 흔적은 없는 것으로 보아 범죄에 초짜인 미성년자일 확률이 높다고 하였고, 근처에 부모 중 한쪽이 부재한 가정의 학생, 학교에서 친구가 적고 여자친구도 없으며 소심하고 조용한 성격의 학생일 확률이 높다고 했다. 아울러 가학성향의 일본 음란 비디오를 다운 받아서 볼 정도로 성에 관심은 높으나, 배출할 방법이 없어 답답해한다고 했다. 거칠고 잔인한 성격보다는 조용하고 음산하며, 학교에 있는 듯 없는 듯 여겨지는 학생일 확률이 높다고 했다. 결석이 잦거나, 혹은 학교를 다니지 않는 학생일 확률도 있다고 했다.

양구동은 처음에 이 프로파일링을 무시했다. 당최 점쟁이가 하는 말로만 들렸다. 2004년만 하더라고 유전자 감식과 지문, 미세 증거물 찾는 과학수사가 꽤 활발히 진척되고 있던 시점이어서 감만 믿고 움직인다고 밥 먹듯이 말하면서 깔끔한 외모에나 신경 쓰는 것처럼 보이는 심리학과 조교수 출신의 프로파일러 말은 귀에 들어오지 않았다.

그런데 놀랄 만한 일이 벌어졌다. 수사를 하던 형사 중 하나가 감건호의 말을 믿고서 애월읍 내 고등학교에서 최근에 결석률이 높았고, 특히 사건 이후 결석한 학생들 위주로 명단을 뽑고, 그중에서 성향이 얌전하고 말수가 거의 없고, 친구들이 없는 학생을 추렸다. 그렇게 추린 학생들 세 명의 사진을 감건호에게 들고 갔다. 결국 감건호에 의해서 범인 이준수를 낙점 받은 것이었다. 형사들은 귀신 잡는 프로파일러라면서 칭송을 했고, 방송에 사건 관련해서 감건호의 인터뷰가 여럿 나왔다.

그 후로도 여러 번 강력사건에서 활약을 하는 것 같더니 5년 전즈음부터 경찰 옷을 벗고, 범죄심리학자 겸 프로파일러로 언론과 인터넷에서 종횡무진 활약을 하였다. 특히 범죄 관련 프로그램에서 얼굴을 비치지 않는 날이 없었다.

양구동과 감건호와의 악연은 3년 전에도 있었다. 양구동이 예전에 맡아서 종결한 살인사건 수사를 감건호가 방송 프로그램에서 용의자에게 자백을 받아내려 가혹행위를 했다는 것과, 증거 불충분을 들먹이면서 사건 증거가 조작되었다는 의견을 내세웠다.

양구동은 프로그램 방영 후 꽤나 애를 먹었다. 재수사 결과 정확한 근거가 없는 것으로 드러났지만, 양구동은 징계를 먹을 뻔했고, 경찰서로 민원이 수십여 건 들어오면서 고생했다. 감건호에게 당하는 형사가 자신만은 아니었지만, 하여간 증거보다는 추정을 위주로 하여 방송용 재미를 추구하는 그가 마땅치 않았다.

양구동은 고개를 절레절레 흔들면서 고미연 사건 관련 자료를 정리해, 내근 여경에게 제주지방경찰청으로 가는 공경민 팀장에게 전달해달라고 부탁하고 건넸다. 다른 사무실에 잠시 가 있었던 정영호 형사가 양구동에게 다가와 보고를 했다.

"양 팀장님, 112 콜센터를 통해 도난 신고 들어왔습니다."

"어딘데?"

"봉성리 35번지요. 신고자는 김용규 씨입니다."

"가만 있자, 어디서 들어본 이름 같은데? 인적 사항이 어때?"

"58세 되시구요. 소일거리 삼아서 농사지으시는 분인데, 최근에 베트남 분하고 결혼하셨대요. 그렇게 가족은 두 분이서 사신답니다."

"대단하시네. 젊은 분하고 결혼하신 거 아냐."

양구동이 놀란 얼굴로 답했다. 정영호가 이어서 말했다.

"그렇겠죠? 잃어버린 물건은 없지만, 문을 누군가 따고 들어온 흔적이 있답니다. 분명히 닫고 나갔는데 1층 창문이 열려 있었구요. 발자국이 있었대요."

제주도에 도둑, 거지, 대문이 없다는 말도 다 옛말이었다. 관광객들뿐 아니라 육지에서 외지인들이 뒤섞여 들어오는 통에 절도 상해 사건도 기하급수적으로 늘었고, 술 취한 관광객 사이에 다툼과 시비도 늘었다.

"짐작 가는 사람이라도 있는 건가?"

"애월읍에 관광객들도 많이 들락날락거리니 외지에서 온 사람일지도 모르죠."

"가보자구."

"그 감건호 교수인가 하는 사람은 어떻게 하죠? 3시에 오면 안내하고 도와주라고 하셨잖아요."

"내가 없으면 알아서 다른 형사한테 비빌 양반이니까, 걱정 말라구. 나보다야 다른 형사들이 비주얼이 좋잖아. 그걸 더 좋아한다니까. 어서 가보기나 하자구. 큰 사건에 몰려 있어서 작은 신고는 무시한다 어쩐다 말 듣기 전에 말이야."

경찰서에서 봉성리로 향한 지 채 20여 분도 지나지 않아 현장에 도착했다. 봉성리 마을 초입에 있는 이층 양옥집은 신축한 지 얼마 안 되어 보이는 깨끗한 새 집이었다.

"여기가 35번지입니다. 김용규 씨 집 맞는데요?"

운전석에서 내려 문패를 확인한 정영호가 "김용규 씨 계십니까?"라고 크게 외쳤다. 차에서 내린 양구동은 고개를 두리번거렸다.

"벨 좀 눌러봐."

정영호가 철문 옆에 설치된 벨을 눌렀지만 응답이 없었다.

"집에 계신다고 하셨는데, 외출하셨나봐요."

양구동이 주변을 둘러보았다. 집 앞 너른 평야에 있는 밭들이 눈에 들어왔다. 마늘은 수확중이었고, 파는 길게 자라 있었다. 양구동이 밭에 쭈그리고 앉아서 넓적하고 끝이 자잘하게 갈라진 잎을 가리켰다.

"이건 땅콩 아닌가? 꼭 땅콩 같네."

"아, 그 잎 땅콩 맞습니다. 저어기 아주머니 계신데 여쭤볼까요?"

정영호는 밭 한가운데에서 머리에 수건을 쓰고 작업용 바지를 입고 김을 매고 있는 여자에게 다가갔다.

"아주머니, 여기 김용규 씨 어디 가셨나요?"

여자가 들고 있던 호미를 내려놓고 고개를 들어 돌아보았다. 젊은 여자였다. 긴 머리를 틀어올리고 있었고, 갸름한 눈과 고운 얼굴선, 그리고 하얀 피부가 고와 보였다.

"용규 씨, 막걸리 사러 갔어요."

서툰 한국어 발음에 외국인임을 알아챘다.

"김용규 씨와 어떻게 되시죠?"

"아내인데요. 왜 그러시죠?"

"도둑맞았다고 신고하셔서 와봤습니다."

여자가 허리를 펴고 일어나 정영호와 마주보았다. 양구동이 밭으로 들어와 그들 곁으로 와서 지켜보았다.

"잘 모르겠어요. 저기, 오시네요. 용규 씨!"

양구동이 뒤돌아보자, 러닝셔츠를 입고, 다리 부분을 접어 입은 면바지를 주춤하게 걸친 60대로 보이는 마른 체구의 남자가 비닐 봉투를 들고 집 앞에 서 있었다.

"김용규 씨 맞으시죠? 신고 받고 나왔습니다."

양구동이 밭을 성큼성큼 걸어 나가면서 큰 소리로 물었다. 뒤돌아보는 김용규와 눈이 마주친 양구동은 무언가 생각났다는 듯이 입을 슬쩍 벌리고 턱을 바짝 치켜들고 김용규를 유심히 살폈다. 양구동은 고개를 갸웃하면서 기억을 떠올리려 애썼다. 뒤따라온 정영호는 김용규가 열어주는 대문으로 먼저 들어갔고, 양구동도 뒤

따라갔다. 김용규의 아내는 밭에서 계속 일하고 있었다.

마루에는 각종 잡동사니가 벽에 늘어서 있었고, 작은 TV와 소파가 놓여 있었다. 그리고 한구석에는 낡은 신문지와 잡지들이 쌓여 있었다.

김용규는 마룻바닥에 철퍼덕 앉아서 막걸리를 뜯고 굴러다니는 종이컵을 찾아서 한 잔씩 따라 정영호와 양구동 앞에 내놓았다.

"좀 드시죠. 날도 더운데요."

"도난 신고 들어왔다고 해서 왔습니다. 정확하게 언제 도둑이 든 거죠?"

"아, 그거요. 어제입니다. 어제 응우엔이랑 아침에 읍내에 다녀왔는데, 창문이 열려 있고, 마루에 발자국이 몇 개 있어서요. 도둑이 든 것 같아요."

"아내분 성함이 응우엔이십니까?"

양구동이 물었다.

"왜요? 너무 예쁘고 젊으니까 나랑 안 어울려 트집 잡는 게요?"

김용규는 막걸리를 입에 털어넣고 거칠게 응수했다.

"뭔 소리입니까? 조서 작성해야 되니까, 자세히 묻는 거죠."

"그래? 성이 응우엔, 이름은 티아이라고 하지."

정영호가 옆에서 수첩에 받아 적었다.

"근데 이렇게 족적 뭉개지도록 마루에 앉아버리고 그러면 증거 못 찾아냅니다. 족적이 어디에 있죠?"

김용규는 귀찮다는 듯 두 손을 내저었다.

"아, 몰라. 어차피 없어진 것도 없고, 그냥 돌아들 가슈."

정영호가 난처하다는 듯 대꾸했다.

"김용규 씨, 안 되는데요. 절도 신고 들어오면 저희 과학수사팀에서 지문이나 족적 뜨러 사람도 보내고 증거 채집해야 되는데요. 그런데 이렇게 현장 어지럽히고, 신고가 늦어지면 증거 못 찾아내요. 일단 신고한 이상 저희가 신고자 진술조서 꾸며야 됩니다."

"하이고 복잡도 허네. 그럼 신고 취소합니다. 허위로 해주쇼. 내가 경찰이라면 지긋지긋하게 겪은 일이 있으니까. 됐다고요."

양구동이 눈에 빛을 드러내고 집요한 어투로 물고 늘어졌다.

"혼자서 사신 지 꽤 되셨죠? 근데 언제 다시 결혼하셨어요?"

김용규가 기분 나쁘다는 듯이 양구동을 노려보았다.

"당신 뭐야? 나에 대해 뭐 조사한 적 있어?"

"10년 전 따님 사건 직접 수사한 것은 아니지만, 선배들 쫓아다니면서 자료 정리해서 언론사에 넘겨주는 일을 했습니다. 워낙에 큰 사건이어서 여러 사람이 관여했었죠."

김용규가 한숨을 내쉬더니 신문지 쌓아둔 구석에서 재떨이와 담배, 라이터를 찾아내 담배 한 개비를 빼물었다.

"그 일 왜 또 꺼내. 며칠 전에는 감건호인가 하는 개새끼가 전화 걸어서 다시 이 집으로 취재 온다기에 버럭 소리 지르고 난리 쳐버렸구만."

"감건호 교수가 여기도 온대요? 사람 참."

"오면 죽여버린다고 했어. 씨발."

김용규는 회한이 가득 찬 표정을 지으면서 허공을 응시하였다.

"10년 전만 해도 딸 죽은 흉가 터니 뭐니 내놓아도 사가는 사람 코빼기 구경할 수 없었는데, 지금은 연예인들이 내려와 살고 그런 지 몰라도 한 평에 몇 십만 원씩 해대니 땅 한두 떼기 떼어 팔아도 장가 새로 들고 할 수 있었지. 나 10년 전 일은 몰라. 더 이상 기억 도 안 나."

양구동이 슬슬 입질을 물었다는 생각을 하면서 야금야금 물었다.

"어린 아들 하나 있지 않았습니까? 재동인가 뭐 그런 이름이었 던 것 같은데. 제가 과자도 주고 그랬던 기억이 있습니다."

김수향이 죽은 채 발견되고 나서, 그 동생 김재동을 불러서 어르 고 달래서 진술을 받아내었다. 동생은 중요한 진술을 하지 않았지 만, 제법 또렷하게 말을 잘하여 형사들이 과자와 사탕을 주면서 귀 여워했다.

"재동이? 집 나간 지 5년 정도 돼. 얼굴 안 본 지 오래야. 나도 몰 라. 내가 소식을 들은 적도 본 적도 없어. 아마도 서울 가서 잘 살 고 있겠지."

"김용규 씨, 새별 오름 근처에서 여대생 살인사건 난 거 알고 계 세요?"

양구동이 단도직입으로 물었다.

"하도 뉴스가 시끄러워서 보고는 있는데, 왜?"

"뭐, 짚이는 일이 없으신가 묻는 겁니다. 10년 전 사건하고 비슷 합니다. 장소나, 범행을 한 패턴과 피해자의 연령대가 거의 비슷합니다."

"수향이······."

김용규는 잠시 목이 메는지 말을 멈추고 막걸리 한 잔을 더 마시고는 이어 말했다.

"그놈은 잡았는데, 목매달아 죽었잖아. 지가 범인이라는 걸 인정하는 거지."

"그게 말이죠. 또 그렇게 재판도 안 받고 가버리니, 미제사건 식으로 되어버린 거죠."

"미제는 무슨 얼어죽을 미제, 무서운 소리 마. 난 그놈이 범인이라고 믿어. 그놈 눈빛 못 봤어? 싸한 게 정말, 아직까지 살아 있었다면 그리고 잡히지 않았더라면 또 다른 짓 했을 놈이야. 후우─내가 후회되는 건 수향이가 그렇게 가고 나서 내가 아들 재동이 작작좀 잡을 걸 하는 거란 말이야. 아비가 그렇게 제 속 풀자고 하나 남은 자식 쥐어패고 괴롭히니, 많이도 참다가 결국 도망나간 게지."

김용규는 담배 연기를 한 모금 빨다가 이어서 말했다.

"재동이 보면 얼마나 화가 났는데. 즈이 누나는 그렇게 비참하게 저승 갔는데, 아무렇지도 않은 얼굴로 학교 가고 밥 먹고 내가얼마나 속상했는데. 그러니 남은 아들 하나 있는 거 꼴을 못 봤어요. 괜히 밉고, 누나 생각도 않는 것 같아서. 지금 지나니 모두 내잘못이야."

"그럼 아드님은 연락 한 번도 안 왔어요?"

김용규는 등을 보이며 드러누웠다.

"이제 그만들 가봐."

현관문이 열리는 소리가 났다. 응우엔이 들어와서 머리 수건을 벗어 소파에 두고는 호미를 농기구 옆에 두었다. 그러고 방으로 들어가 문을 쾅 닫았다.

"현관문 잘 닫아주고 가요. 도둑 든 거는 내가 헛봤다고 다시 전화할 테니."

양구동과 정영호는 잠이 든 김용규를 두고 밖으로 나왔다.

"양 팀장님, 저분이 김수향 사건 가족이세요?"

"그렇지."

"근데 뭐 짚이시는 거 있습니까? 10년 전 사건과 이번 고미연 사건이 동일 연장선상인 겁니까? 10년 전 사건은 범인 이준수가 자살하여 종결된 것으로 알고 있는데요?"

"재판, 선고가 안 내려졌으니까. 미제인 거야. 범인으로 확정짓지 못했으니까. 다들 그렇게 종결짓고 싶겠지만 말이야."

양구동과 정영호가 대문을 나서면서 대화를 이어나갔다.

"결국 내 생각에는 말이야, 지금 오영상 바다 게스트하우스 사장이 혹시 10년 전에 여기 내려와서 그런 사건을 벌이지 않았나 하는 심증은 있는데 말이야. 사실 항공기 기록을 따져본다는 게 의미가 없어. 선박을 타고 내려왔을 수 있지, 선박은 또 10년 전 승선 기록은 남아 있지도 않고 말이야. 그리고 승선 기록이 얼마나 어이가 없는지 배 침몰 사고를 보더라도 알잖아. 누가 탔는지 파악을 하지 못하니까. 하여간 오영상은 주민등록초본을 살펴보니, 2004

년에 서울에서 살고 있었어. 서울에 주소지가 되어 있지만, 할머니가 제주도 애월읍에 살고 있어서 아마도 1년에 몇 차례는 왔다갔을 거란 말이지. 그리고 지금은 할머니가 물려준 땅에 게스트하우스 짓고 사장 노릇을 하고 있는데 사건이 또 터졌단 말이야. 충분히 의심이 갈 만한 상황이야."

"팀장님, 제주지방경찰청에 알려줘야 되는 거 아닙니까?"

"참고인 조사 서류 다 넘겼는데, 뭘. 알아서 하겠지. 나는 단지 그놈이 범인이 맞는지 밝혀내는 것만 하면 돼!"

양구동과 정영호가 주차해둔 차량에 오르려는데, '감건호의 현장 추적'이라고 크게 래핑 된 승합차량이 옆에 멈춰서더니 승합차 문이 열리고, 검은색 슈트 정장을 차려입고, 노타이에 얼굴에는 짙은 무대용 화장을 한 남자가 내려섰다. 호리호리한 체구에 날카로워 보이는 얼굴선과 눈빛이 인상적이었다.

"어이구, 이게 누구십니까? 몇 년 만이에요? 양구동 팀장님, 저 감건호입니다. 반갑습니다."

양구동은 어이쿠 하는 당황스러운 표정을 지어 보이면서 감건호와 마주섰다.

"이거, 원수는 외나무다리에서 만난다더니."

감건호가 시원하게 웃었다.

"우리가 왜 원수입니까? 동종업계 종사자죠."

양구동은 비웃듯이 입꼬리를 슬쩍 들어올리며 감건호의 양복깃을 털어주었다.

"나는 여전히 형사고, 자네는 이미 옷 벗고 나가서 사이비 무당 짓 하고 다니잖아? 방송사 비위 살살 맞춰주면서. 1회인가? 보험 사기 연루된 사건 잘 보았네. 근데 욕 좀 먹었겠어. 재판 앞두고 피의자한테 너무 불리하게 프로파일링 하고 있던데?"

"그거야 뭐. 제가 여러 말 해도 방송에서 편집 제멋대로 해서 그렇게 된 걸요. 그런데 여긴 웬일이시죠? 혹시 김용규 씨가 이번 사건 관련해서 뭔가 중요한 진술이라도 한 건가요? 저야 김수향 사건의 피해자 가족 인터뷰 때문에 왔는데요."

"아, 그러셔? 들어가봐. 대환영해주실 거야."

감건호는 활짝 웃으면서 손가락으로 총을 쏘는 시늉을 하였다.

"이따 저녁에 찾아뵐게요. 낮에 촬영해놓고 들르려구요. 3시 약속 연기입니다요."

"나 경찰서 안 들어가. 그리고 사건도 제주지방경찰청으로 이관됐으니까 그리로 가봐. 자네 만나서 인터뷰 하고 싶어 하는 높은 분들 많을 거야. 거기로 가, 알았지? 그럼 이만. 어서 들어가봐."

감건호가 카메라 세팅 준비를 하는 촬영팀과 함께 대문 앞에 서서 벨을 누르고 있었다. 양구동은 보조석에 오르면서 후하하, 큰 소리로 웃었다. 정영호가 걱정스럽다는 듯이 말했다.

"이제 큰일 날 일만 남았는데요?"

감건호가 벨을 연달아 누르자, 몇 번 담장 너머로 큰 소리가 들린 후에 갑자기 대문이 활짝 열리면서 양동이에 든 찬물이 벌컥 감건호와 촬영팀에게 쏟아져 내렸다. 김용규였다. 그는 러닝셔츠를 벗어젖히고 바지는 허벅다리까지 올리고 나타나서 걸쭉한 욕을 감건호의 면전에 퍼부었다.

"어이쿠, 자아 우리는 어서 돌아가자구. 물바가지 맞기는 싫으니까."

양구동이 히죽 웃으면서 손으로 차를 후진시키라는 신호를 주었다. 정영호는 차량을 빼서 그대로 일주도로로 빠지는 포장도로로 진입시켰다.

ST방송차량 스티커가 앞 유리에 붙어 있는 승합차는 봉성리 마을 초입의 사거리 신호에 걸려 멈춰 서 있었다. 신호가 파란색으로 바뀌자, 사거리에서 유수암 마을을 가리키는 이정표 방향대로 좌회전했다. '감건호의 현장 추적'이라고 래핑된 부분에 진흙 같은 오물이 덕지덕지 붙어 있었다.

차 안에서는 머리와 양복 깃이 흠뻑 젖은 남자가 투덜대고 있었다.

"아휴, 나 정말. 일진 사납네. 여기 덜 말랐어요."

감건호는 젖은 양복 깃을 분장사가 헤어드라이어로 말리는 와중에 대본을 살펴보다가 화를 버럭 냈다.

"이거 내레이션, 대본에서 삭제하라고 부탁했잖아요. 지루하게 늘어질 수 있다고. 작가가 일을 왜 그렇게 해요!"

그 옆에 앉은 스냅백 모자를 깊게 눌러쓰고 긴 염색 펌 머리를 질끈 동여맨 여인정 피디가 대본을 짚으면서 대답을 했다.

"그 부분 삭제할게요, 죄송합니다. 작가분에게 전달이 잘 안 됐나봐요. 그나저나 김수향 가족 분들 인터뷰 분량이 삭제되면서 시간이 좀 비는데요. 어떻게 하죠?"

"할 수 없죠. 일단 김수향 사건 가해자 가족이 살던 집으로 갑시다. 서울로 이사는 갔지만, 예고편에는 가해자 가족사진을 내보내서 만날 것처럼 분위기만 조성해놓도록 해요. 인터뷰는 못 따도 할 수 없지. 시청자들에게 기대감만 주면 일단 시청률 확보되니까. 참 서울 촬영 팀들 고미연 서울 가족 인터뷰 따냈어요?"

여인정 피디가 고개를 저었다.

"아뇨, 안 된다고 하세요. 경찰들이 말리고 있대요."

"할 수 없지. 목소리만 딴다고 말들 좀 해보지."

"아예 응하지 않으세요. 아무래도 사건수사에 영향을 미칠까 두려워하세요."

"그러다 속병만 나지. 죽었던 딸이 살아 돌아오나? 범인 찾는 데 내가 이렇게 지대하게 돕는데 말이야. 협조들도 안 하고. 내가 김수향 사건 범인 찾는 데 얼마나 큰 힘을 실어줬는지 알아요?"

여인정은 눈을 내리깔고 잠자코 듣기만 했다. 감건호의 자랑 레퍼토리가 또 시작되려는 찰나였다.

"내가 왜 경찰 제복을 벗어던지고 들판으로 나온 줄 알아요? 경직된 경찰사회에서 나를 얼마나 견제했겠어. 범인 잡는 것은 곧 승진을 의미하고, 승진은 타인의 불운을 의미하는데. 나이는 먹어가고, 승진은 안 되고 그러다 자살하는 경찰도 나오는 판이야. 그런데 나만 승승장구하니 얼마나 싫겠어. 그래서 내가 먼저 사직서 쓰

고 나온 거야. 견제하고 밀쳐내고 하는 조직의 비합리적인 모습이
역겨워서."

여인정 피디는 수긍하는 태도로 듣고 있었지만 감건호가 경찰
을 관둔 속내는 다른 데 있다는 소문을 들어서 속으로는 쓴웃음만
짓고 있었다.

감 교수, 당신 경찰 조직에서 밀려난 거잖아. 여기서도 밀려날까
봐 용 쓰는 것이고.

여인정 피디는 쓴웃음을 띤 채, 속으로는 그렇게 되뇌었다.

정영호가 제주서부경찰서 방향으로 좌회전 신호를 기다리며 물
었다.

"근데 감건호 교수 왜 저렇게 쓰레기 된 거예요?"

정영호가 의아하다는 듯 물어보았다.

"뭐, 우리는 안 그런가? 수사하다보면, 한군데 집중해서 큰 숲 못
보고, 엉뚱한 데 뒷다리 긁다가 억울한 사람 만들어내기도 하는데."

"저 정도는 아니잖아요? 감건호 교수는 돈에 혈안이 되어서 저
러고 다니는 것 같은데, 대체 경찰제복은 왜 벗어던진 겁니까?"

양구동이 한숨을 얕게 쉬면서 창문을 열었다.

"덥네, 오늘따라. 우리는 뭐, 사표 안 쓰고 싶어? 경찰 마음 우리
가 알지, 누가 알아. 이준수 사건 범인 찍어내면 뭐해, 몇 번 헛다리
짚고, 윗선 눈 밖에 나고, 승진 안 되고 그러다 보면 저렇게 되는
거지. 소문 듣기로는 서울지방경찰청에서 근무할 때, 형사과장하

고 사이가 더럽게 안 좋았다는데. 형사과장은 증거주의 원칙에 입각해서 과학수사에 목숨 거는 유형이었고, 감건호야 워낙 족집게로 찍어주는 선생 같아 보이잖아. 아무리 심리학이니 통계학이니 범죄학이니 들먹거려도 직접 증거 없이는 만날 정황 증거뿐이니 돗자리 펴놓고 범인 프로파일링 양상이나 들먹거리고 있는 거지. 맞으면 대박이지만, 틀리면 완전히 쪽박도 그런 쪽박이 없는 거야. 다들 목숨 걸고 수사하는데 대역죄인 되는 거지. 그에 반해 과학수사는 검출된 증거와 유전자 정보 가지고 증거 삼으니 얼마나 합리적이고 과학적으로 보여. 다 그런 거지, 뭐. 그 형사과장한테 밀려났다는 소문만 무성해.”

정영호가 에이, 하면서 고개를 설레설레 저었다.

“과학수사도 허점 많아요. 물론 과학수사 없이는 이만큼 범인 검거율 올리지 못했겠지만, 용의자 머리카락 한 올만 현장에 몰래 심어놓으면 그게 또 확실한 증거가 된다니까요. 하여간 저치는 그래도 방송에서는 인기도 많고 잘 어울리니 얼마나 좋아요. 우리야말로 이거 관두면 방송 패널 한 자리도 못 얻죠. 경비업체에서 와달라고 하면 땡큐고요.”

양구동이 한숨을 푸욱 내쉬었다.

“그래서 만날 이렇게 늙어죽도록 어디가도 환영 못 받으면서 싸돌아다니는 팔자가 됐는지 모르지. 자식이나 나 존경하면 그거 보는 낙으로라도 살겠는데, 딸 하나 있는 것도 연예인은 엄청 좋아하면서 저희 아비는 집에 들어와도 본체만체하니까.”

정영호가 히죽댔다.

"헤헤, 그래서 저는 결혼 안 하는 거 아닙니까? 싱글라이프가 편하다니까요."

"푸후후, 그래서 개에 그렇게 목매고 사는 건가?"

정영호가 발끈하였다.

"뭔 소리세요? 몽돌이는 제 식구예요. 누가 집에 오면 반겨줘요? 따님이 그렇게 안 한다면서요. 몽돌이는 저만 보면 죽는 시늉한다니까요? 헤헤."

양구동이 낄낄댔다.

"세상 많이 좋아졌다. 형사가 개아범 노릇이나 하고 있고 말이야."

어느덧 차량이 경찰서 앞마당 주차장으로 들어섰다. 양구동이 시동을 끄는 정영호에게 고개를 갸웃하며 말했다.

"그나저나, 이준수 사건의 피해자, 김용규 씨 말이야. 절도 피해를 봤다는 게 좀 의아한데?"

"피해 안 봤다고 신고 취하한다잖아요."

"아, 아냐. 이상해. 김수향 사건과 비슷한 사건이 새별 오름 근처에서 일어났어. 그리고 그 아버지는 도난 관련 신고를 했어. 연락안 되는 아들 김재동 말이야, 나이는 10년 전에 열두 살, 지금은 스물두 살 정도 됐을 거고. 좀 느낌이 그러네. 김용규, 김재동 가족관계증명서와 주민등록등초본 파악해보고, 김재동 현재 거처 알아봐야겠어."

정영호가 메모를 하면서 되물었다.

"바다 게스트하우스 주인 오영상에 대한 수사는 진행하실 겁니까?"

"일단 수사권이 제주지방경찰청에 넘어갔는데, 택시기사 탐문이나 도로 구역 간 CCTV는 모조리 거기서 훑겠지. 오영상도 참고인으로 넘긴 이상 거기서 조사할 거고. 우리는 다른 방향을 파보자구. 감건호 교수가 들쑤시고 다니는 것도 의미심장하고. 저치가 이번에도 또 한 건 할지 누가 알아. 자아 어서 사무실 들어가서 좀 쑤셔보자구."

경찰서 정문으로 양구동이 앞장을 섰고 정영호가 뒤따라 들어갔다.

감건호는 잠시 졸았다. 제주도에 내려와 한시도 쉬지 못하는 노곤함에 눈을 감고 있었지만 머릿속은 어떻게 하면 좀 더 효과적으로 영상을 만들어낼 수 있을까 늘 고민하였다. 차량이 덜컥거리는 움직임과 함께 멈췄다. 감건호도 눈을 살포시 떴다.

"도착하셨습니다, 교수님. 여기가 이준수 가족이 살던 데예요. 지금은 흑돼지구이 식당으로 바뀌었지만, 주소지로 확인해봤는데 확실해요."

여인정 피디의 말에 감건호가 분장사가 내민 거울을 들여다보면서 입가 근육을 이리저리 위 아래로 당기고 늘려서 풀어주었다.

"됐어, 이만하면 괜찮아요. 가족사진 넣고 그 뒤로 현재는 이 식당 배경을 집어넣어. 그런 다음에 이렇게 변했다 자막 두어 마디 첨가해요. 그리고 내 촬영 분량을 박진감 나게 끼워넣는 거야. 괜찮을 거야."

감건호는 분장사에게 거울을 들고 서 있게 하고는 자기의 모습을 이 각도 저 각도에서 비쳐보았다.

"헤어스타일 어때? 손색없죠? 고마워. 덕분에 새롭게 머리 만진 기분이네. 자아 카메라 감독님은 저 위주로 클로즈업 하시되 제가 가리키는 것들은 집중적으로 잡으면서 빠르게 줌인해서 다가가는 느낌, 추적하는 그런 기분 살려주셔야 됩니다. 자아 스타트 합시다. 따라들 나오세요."

감건호가 앞장서 나가고 촬영 팀들이 나왔다. 여인정 피디가 나오면서 이리저리 지시를 하였다.

"준비 다 되었습니다. 촬영 시작합니다. 이준수 집 전경 찍고, 교수님 들어갑니다. 레디 고우!"

감건호는 빠르게 걸어 다니면서 '제주 흑도새기' 식당 여기저기를 훑었다.

"바로 여기입니다. 10년 전 김수향 은행원 살인사건의 범인, 이준수가 일곱 살 때부터 살았던 집입니다. 지금은 흑돼지 식당이 되었지만, 당시에는 제주도의 전통 가옥이 있었던 곳입니다. 여기 즈음이 앞마당으로 각종 농기구 등이 있었고, 나지막한 나무도 있었죠. 야트막한 담도 있었습니다. 저기 저쯤 자리에 축사가 있었는데 거기 세워진 경찰차에서 이준수가 수갑을 찬 채 내렸습니다. 이준수는 집 안으로 들어가서 관련 증거들을 압수수색하는 데 동의를 하였고, 그의 노트북 컴퓨터와 포르노 잡지들을 순순히 압수하게 했습니다. 이준수가 소지한 노트북에는 일본에서 만든 가학성 장면이 담긴 음란물이 30여 개가 넘었고 잡지는 10개가 넘었습니다. 이준수는 잡혔을 당시에는 장시간의 조사를 통해 범인임을 자백하였지만 범행 현장에서 나온 족적과 동일한 신발을 내놓지 못하였고, 정황 증거와 자백으로 구속됐습니다. 당시 상황을 재구성해 보겠습니다.

2004년 6월 1일의 저녁이었습니다. 김수향은 은행에서 마감을 하고 오후 5시경에 애월 읍내에서 31번 버스를 타고 집 근처인 봉성리로 향한다고 했습니다. 하지만 사건 당일로 추정되는 실종일 6월 1일 화요일 버스에서 김수향을 본 사람은 없었다고 합니다."

"컷!"

여인정 피디가 감건호와 카메라 감독에게 지시를 내렸다.

"됐습니다. 감 교수님, 이 부분부터는 스튜디오에서 작가 대본으로 다시 녹화 들어갈 겁니다."

감건호가 입가에 미소를 띠며 사정했다.

"다시 한 번 찍어봅시다. 느낌 좋은데요! 이거 파일럿이 아니라 정착해야지. 고정 프로그램으로 말이야. 근데 렌즈를 껴서 그런가 눈이 시리네. 라섹 수술이라도 받던가 해야지."

감건호는 방송사 승합차량에 올라타서 분장사가 건네는 생수를 마시며 머리와 화장을 단장 받았다. 여인정 피디가 다급하게 차량으로 다가와 휴대폰을 건넸다.

"교수님, 그 사람인데요. 왜, 보험사기사건 용의자 말이에요."

감건호가 당황했다.

"뭐야? 나 서울에 없다고 그래! 여기 제주도잖아. 제주도라고 그 러라구."

"알고 있다는데요. 여기까지 내려와서 따진대요."

감건호는 여인정 피디가 건네는 휴대폰을 받아서 배터리를 빼 서 강제 종료시켰다.

"그렇게 막무가내로 끊으셔도 돼요?"

"계속 전화 오는데 어떡해? 일은 해야 되고 정말 피곤하네. 지금 촬영 중인데 심신 피곤해요. 자극 받고 싶지 않아. 대체 왜 그러는 거야?"

"아무래도 지난 번 1회 촬영 때 사건이 판결 내려지지도 않았는 데 너무 단정적으로 말씀하셔서 서운해서 그런가봐요."

"이봐요, 여 피디. 내가 정말 피해자 상황, 그리고 김종기 씨 상 황에서 둘 다 다른 관점에서 말했는데 여 피디가 마음대로 용의자 를 김종기 씨로 몰아서 집중적으로 다루는 바람에 나만 곤란하게 됐잖아요. 이거 큰일이네. 전화 안 받는 것도 한두 번이지, 분노만 더 키우는데 말이야."

전화를 반복해서 걸었던 김종기는 보험사기사건에 연루되어 있 었다. 3개월 전에 강원도 춘천의 국도에서 일어났던 사건으로, 당 시 김종기는 도로에 사슴으로 보이는 동물이 뛰어나와서 급하게 핸들을 꺾다가 갓길에 세워져 있던 전봇대에 심하게 부딪혔다고 증언했다. 보조석에 앉았던 여자친구는 사망하였고 김종기는 전치 2주를 받았던 사건이었다.

〈감건호의 현장 추적〉 1회에서 이 사건을 다루면서 운전자가 고의로 보조석에 앉은 동승자를 사망하게 하였을 것 같은 뉘앙스를 풍기고, 실제 실험을 통해 감건호의 주장이 확률적으로 맞을 수 있다는 것을 보여주었다. 방송이 방영된 이후, 시청자들의 반응이 뜨거웠지만 아울러 김종기의 전화 공격이 시작되었다. 불구속 수사를 받고 있던 그는 구속영장 실질심사 중이라면서 불리한 내용을 방송하였다는 이유로 거센 항의를 하였다. 재방송을 반복하는 케이블 방송의 특성상, 불특정 다수가 무한 시청 가능하다면서 사과 방송을 내보내줄 것을 요청하였다. 하지만 감건호가 전화를 피하고 뜨듯 미지근하게 반응을 보이자 김종기는 대놓고 욕설 문자를 보내고, SNS 상에서 감건호를 욕하기 시작했으며, 자신의 억울함을 주장했다. 감건호는 김종기를 달래야겠다는 생각에 그에게 전화를 걸었다. 하지만 김종기는 감건호의 사과에도 막무가내로 소리를 지르면서 지구 끝까지 따라와 죽일 거라는 폭언도 하였다. 그동안 수없이 많은 범죄자를 만나면서 단련이 되어왔지만 나이가 들면서부터는 사건 관련자들의 협박이 부담되는 것이 사실이었다. 게다가 경찰 신분도 아니고 민간인 신분이기에 더 만만하게 보이는 것도 있었다. 감건호는 고개를 저었다. 지금은 김종기에게 한눈 팔 때가 아니었다. 파일럿 프로그램을 고정 프로그램으로 만들기 위해 최선을 다해야 했다. 감건호는 휴대폰을 켜고 파일을 불러와 보여주었다.

"휴우, 여 피디, 우리 지금은 프로그램만 생각하자. 자아 그리고 오늘 밤에 1회 재방송 끝나고 2회 방송예고 나갈 때 내가 파일로 보낸 사진 추가해서 편집해요. 이준수가 억울하게 누명을 썼다고 시위하는 모친 김순자고, 다음은 이준수의 가족사진. 누나와 어머니."

여 피디가 고개를 갸웃거렸다.

"저도 생각은 해봤는데 아무래도 가족 모습은 조금 그렇지 않나요? 동의를 구할 시간도 없는데."

"아마 동의 안 할 거야. 이준수는 얼굴 내보내고, 가족들은 얼굴 부분 살짝 모자이크 처리하면 되지. 다 프로그램을 위한 거야. 걱정 말아요. 무슨 일 나면 내가 책임질게. 그리고 2회, 3회는 다 이 사건으로 가는 거야. 김수향 사건과 최근에 일어난 고미연 사건 엮어서 2회 분량이고, 사건 해결 추이를 지켜보면서 고미연 사건 용의자가 잡히는 순간부터 추가로 1회 더 늘려나가야지. 그러니 최소 3부작으로 만들 각오해야 돼. 심혈 기울여서. 김종기 때문에 여기서 힘 뺄 수 없다고. 여 피디만 믿어요."

"네, 알겠습니다. 교수님."

감건호는 눈을 감고 양 미간을 손가락으로 지그시 누르면서 마음을 다잡았다. 항상 걸어온 길이 피곤하고 지치는 길이었다. 여태까지 쌓아온 경력을 생각해도 한시도 쉴 수 없었다. 가끔은 누가 알아주나 싶을 때도 있지만, 억울한 피해자들 한을 풀어주고, 범인을 잡는 데 일조를 하였다는 뿌듯한 마음은 여전했다.

희영은 비자림 근처에서 현우와 같이 늦은 점심식사를 했다. 현우가 스쿠터로 이동을 하였고 희영은 그 뒤를 따라갔다. 하늘색 몸체에 뒤에 자그마한 깃발이 달린 스쿠터는 경쾌하게 도로를 달렸다. 희영이 뒤따라오기 쉽게 무리하지도 않았고 옆에서 차근차근 길 안내를 해주었다.

'달콤한 휴식'이라고 이름 붙은 식당에서는 간단한 돈가스 류의 식사를 팔고 있었는데, 현우가 수줍게 안내하면서 가장 맛있는 메뉴를 시켜주었다. 희영은 모처럼 긴장을 풀고 현우와 즐거운 시간을 보냈다. 자신의 비밀과 아픔을 허심탄회하게 털어놓은 것도, 그리고 자신을 돕겠다는 조력자를 만났다는 것도 기분이 나아지게 했다.

현우와 희영은 한담해변가에 차를 세워두고, 한참 산책을 하면서 이런저런 이야기를 나누었다.

따뜻한 햇살 아래, 희영은 아픔과 상처를 많이 위로받았다. 힐링받는 느낌이었다.

게스트하우스로 돌아와서는 따로 만난 것을 모른 척하기로 했다. 희영의 일을 그가 돕고 있다는 것을 비밀에 부칠 필요가 있어서였다.

현우는 모임장으로 희영은 방으로 들어가 각자의 일을 보았다. 희영은 샤워를 한 후에 간편한 니트와 반바지로 옷을 갈아입고 짐을 정리했다. 그리고 저녁때가 되어서 모임장으로 나갔다. 현우는 한참 음식을 준비하고 테이블과 의자를 정리하는 등 일에 열중하고 있었다.

모임장에는 임영철과 정영기가 나와 있었고, 희영은 그들과 좀 떨어진 테이블로 가서 커피 한 잔을 마시면서 오늘 있었던 일을 떠올렸다.

"야, 뭘 그렇게 열심히 보나?"

정영기가 책을 덮고서 노트북에 코를 박고 무언가를 보는 임영철에게 질문을 던졌다. 임영철은 이어폰을 빼고 노트북 화면을 정영기에게 보여주면서 말했다.

"TV에서는 〈감건호의 현장 추적〉 1회 재방송 중인데 난 인터넷에서 피투피로 다운 받아서 시청한다네. 지난번에 방송 놓쳐서 보는데 거의 끝나가. 1회는 보험사기 사건이고, 2회 예고는 10년 전 제주 애월읍 새별 오름 근처에서 일어난 김수향 살인사건, 이번에 여대생 사건과 엮어서 방송한대. 연작으로 한다는데?"

임영철의 말에 정영기가 코웃음 쳤다.

"너도 참 그런 거 좋아한다. 왜 여기 내려와 놀고 있는 동안에 여대생 사건 범인 잡아서 양구동 형사님한테 인계해주지 그래."

"감건호 프로파일러가 해준다는데 내가 프로파일링 한 게 비교나 되겠냐?"

테이블에 앉아서 커피를 마시다가 정영기, 임영철 말을 우연찮게 듣게 된 희영은 놀란 기색을 감추지 못했다. 희영은 현우에게 잠깐 할 말이 있다고 문자를 보냈다.

현우가 투숙객이 식사하고 나간 테이블을 정리하고 나서 희영에게 다가왔다.

"누나, 무슨 일이에요?"

"여기서 얘기하기는 그렇고 잠깐 나가요."

희영은 현우와 함께 모임장 밖으로 나가 뒷마당 분리수거장으로 자리를 옮겨서 대화를 나눴다. 구름에 가린 달이 얼굴을 반만 내밀고 있었고, 가로등 불빛이 게스트하우스 뒷마당을 환히 비추고 있었다. 희영은 머뭇거렸다. 현우가 재촉했다.

"걱정 말고 말해봐요, 비자림에서 제가 약속드렸잖아요. 어려운 일이 있으면 도와주겠다고요, 희영 누나."

희영은 오랜만에 들어보는 '누나'라는 호칭에 흥분되었던 마음이 조금 누그러졌다.

"저어, 〈감건호의 현장 추적〉이라는 방송 들어봤어요?"

"들어본 거 같은데, 아 맞다! 담당 피디가 여대생 발견되고 나서 이틀 있다 전화했어요. 우리 게스트하우스에서 스태프들 묵으면서 촬영 협조 부탁했는데, 체 형이 거절했어요."

"왜, 여기에 협조를 구했죠?"

"지금 이 사건 때문에 방송사에서 많이 내려와서 애월읍 숙박업소도 모자란대요. 근데 무슨 일이세요?"

희영은 심각한 표정을 지어 보였다.

"감건호 교수라는 사람, 준수가 용의자로 몰린 사건 때 경찰이었어요. 프로파일러 1호인가 뭔가라면서 준수를 범인 리스트로 올려서 수사하게끔 한 장본인으로 알고 있어요. 그리고 잊을 만하면 TV에 나와서 그 사건을 이야기하고요."

희영은 휴대폰으로 포털사이트를 열어서 〈감건호의 현장 추적〉을 검색했다. 관련 동영상 중에서 2회 예고편 〈10년 전 애월에서 일어난 사건이 다시 재현되다〉를 열어보았다.

동영상은 감건호가 10년 전 김수향 사건을 수사하는 화면이 나왔다.

희영의 집을 에워쌌던 경찰, 그리고 감건호의 인터뷰 모습과 김순자의 1인 시위 장면, 그리고 김순자와 희영과 준수가 찍은 어릴 적 사진들이 이어 나왔다. 희영과 김순자의 얼굴에는 희미하게 모자이크가 되어 있었다. 희영은 소름이 끼쳤다. 희영은 휴대폰을 뒤집어놓고, 손으로 입을 가려서 비어져 나오려는 탄성을 막아버렸다.

"있을 수 없는 일이에요. 내가 매일 밤마다 포털사이트에서 검색해서 찾아내 지워달라고 하는 사진들이에요. 다시 TV에 내보낼 수는 없어요."

희영의 몸이 덜덜 떨렸다. 현우는 진심으로 걱정하는 눈으로 보았다.

"걱정 말아요, 내일이라도 당장 방송사에 전화해서 항의하면 되잖아요. 제작사가 아마 ST 케이블 방송사일걸요."

"지금 그것도 걱정되지만, 감건호라는 사람이 보통 고집이 센 사람이 아네요. 내가 수차례 케이블 방송이나 종편방송 나와서 김수향 사건 언급할 때 가해자 측 가족사진 쓰지 말라고 항의를 했는데도 감건호 교수가 그렇게 원해서 내보냈다라는 말을 들은 적도 있거든요."

희영은 우연히 시청하게 된 케이블 방송의 뉴스에서 준수가 죽기 1개월 전의 얼굴을 볼 수 있었고 깜짝 놀랐다. 앳된 얼굴, 좌절한 얼굴이 희영의 머릿속에서 잊히지 않았다.

일본이나 미국의 뉴스에서는 가해자나 용의자 얼굴을 보여준다. 하지만 아직 국내에서는 보여주지 않고 모자로 가리거나, 모자이크 처리를 하도록 하였다. 그러나 이제 케이블 방송 뉴스를 중심으로 수년 전 사건의 범인 얼굴이 버젓이 방송에 나오기도 하였다. 희영으로서는 불만이 많았다. 준수는 재판 판결이 내려지기 전에 죽었기 때문에 범인이 아니라는 마음속 일말의 희망도 뭉개버리는 것이 바로 언론의 횡포였고 인터넷의 폐해였다. 그들은 무차별적인 사진이나 문건으로 그리고 감건호 같은 전문가의 인터뷰를 통하여 이준수가 범인임을 확정지어버렸다. 재판에서 판결을 받은 것보다 더 확실하게 범죄자로 낙인을 찍었고 그 얼굴을 전 국민에게 알려주었다.

"그렇게 걱정돼요? 희영 누나, 알겠어요. 제가 방송사 이메일이나 24시 콜센터 알아봐서 일단 항의해보고, 예고편에서 과거 가족사진이나 관련 내용 방송하지 말라고 항의할게요. 아주 강력하게 해볼게요. 너무 걱정 말아요."

"고, 고마워요. 현우 씨. 나는 정말 누가 이렇게 도와준 것도 거의 처음이어서 어떻게 말해야 될지 모르겠어요. 그런데, 정말 고마워요."

희영의 눈시울이 붉어졌다. 9년간은 엄마와 둘이서, 그리고 엄마가 돌아가시고 나서 1년간은 혼자서 싸매온 비밀이었고, 아픔이었다. 이렇게 누군가 옆에서 말을 들어주고, 편 들어주기는 거의 처음이었다. 너무도 고마웠다.

"고맙긴요. 그냥 알 것 같아요. 그 아픈 마음. 돕고 싶어요."

현우는 눈가에 친절한 미소를 담고 고개를 끄덕여 보였다.

이때 모임장 뒷문이 삐거덕 소리를 내며 열렸고 오수경이 나왔다.

"두 분이서 무슨 이야기를 그렇게 긴히 하세요?"

"아, 수경 씨."

희영은 얼른 눈가를 훔쳤다.

"되게 진지한 이야기 하시나부다."

"아, 아뇨. 그냥 현우 씨와 할 이야기가 있어서요."

"그래요? 현우 씨는 영화 이야기 할 때나 말 섞지 나하고는 거의 개인적인 이야기 안 하는데. 열흘 넘게 묵으면서 봤어도요. 근데 희영 언니는 온 지 며칠 안 돼서 벌써 개인적 이야기도 텄나보네?"

오수경의 볼멘소리에 현우가 두 손을 내저었다.

"아이 참, 너무 몰아친다. 제가 뭐 도와드려요? 저 찾으러 나오신 거예요?"

오수경이 되받아쳤다.

"아뇨, 담배 좀 태우려요."

희영이 고개를 약간 숙여 보이고 모임장으로 향하는 문을 열고 들어서는데, 뒤따라가려던 현우를 오수경이 잡았다.

"현우 씨, 할 얘기 있어요. 잠깐만요. 나랑도 개인적인 이야기 좀 해요."

현우는 남고 희영은 모임장으로 들어와 문을 닫았다.

정영기는 모자를 벗어서 테이블 위에 놓은 채, 임영철과 함께 새별 오름에서 일어났던 김수향 사건과 현재 일어난 고미연 여대생 사건을 비교분석하고 토론하는 중이었다. 임영철이 불렀다.

"어이, 희영 누나. 이리 와요. 재밌는 이야기에 좀 껴요. 왜 감건호 프로파일러 알죠? 범죄심리학 교수요. 그 사람이 10년 전 사건과 지금 일어난 사건을 비교분석하는데 저는 의견이 다르거든요. 영기랑 저랑 의견 좀 들어보고 편 좀 들어주세요. 한마디로 이 지역 애월읍이 모두 이 사건으로 핫이슈가 되었잖아요."

희영은 난처한 얼굴로 고개를 푹 숙이고 모임장 정문으로 걸어가면서 답했다.

"죄송해요, 제가 너무 피곤해서요. 나중에 뵈어요."

희영은 모임장을 나와서 방으로 향했다. 저들이 이준수 사건에 대해 구글링을 하여 검색이라도 한다면 가족사진에서 희영을 발견할지도 모른다. 희영은 가슴이 몹시도 쓰리고 아팠다. 그리고 속상했다. 또다시 이곳에서 가해자 가족으로 알려지는 것은 원치 않았다. 그렇게 되면 애월에 내려와서 오영상에 대해 알아보고, 김수향 사건의 진범이 누구인지 캐보려는 노력도 허사가 될지 몰랐다.

그러면 서울로 얼른 도망치듯이 올라가야 할지도 몰랐다. 희영은 복도로 들어가 맨 끝 바다방으로 들어가면서 이 일을 어떻게 해야 하나 곰곰이 생각해보았다. 머리가 고민으로 꽉 들어차 터질 것만 같았다.

진통제를 가지고 왔나 기억을 더듬었다. 도저히 약 없이는 오늘 밤을 보내기 어려울 것 같았다.

잊힐 권리

6월 19일

일어나보니, 아침 8시였다. 밤새도록 잠들지 못하다가 간신히 새벽녘에야 눈을 붙였다. 오수경에게 괜히 미안했다. 자신이 뒤척이면서 수면을 방해한 것 같았다. 밤새 그녀도 일어났다 앉았다 하면서 서성이는 느낌이 있었다.

오수경의 자리를 보니 침대 이불이 조금 흐트러져 있을 뿐, 소지품이 거의 보이지 않았다. 휴대폰과 이어폰, 그리고 영화 관련 책과 노트 등이 보이지 않았고, 침대 옆 탁자에 메모지 몇 장뿐이었다. 작달막한 캐리어도 보이지 않았다. 희영은 의아했지만, 정신을 차리고, 샤워 준비를 하고 샤워실로 향했다. 나갈 준비를 하고서, 모임장으로 갔다. 희영은 커피를 머그잔에 따르고, 토스트를 구워서 잼을 얇게 발라 접시에 놓고 테이블에 자리 잡았다.

현우가 희영에게 번호가 적힌 쪽지를 내밀었다.

"이게 뭐죠?"

현우는 두 눈을 피곤하다는 듯이 지긋하게 누르면서 입꼬리를 들어올려 보였다.

"어제 소기의 목적을 달성했어요. 감건호 교수 휴대폰 번호입니다. 지금 제주도에 내려와 있어요. 〈감건호의 현장 추적〉 2회분 새별 오름 10년 전 사건과 현재의 사건을 비교해 프로파일링 프로그램을 촬영하기 위해 내려와 있어요. 방송은 21일 토요일 밤 10시에 한대요. 어서 전화해보고 만나야죠."

희영은 반신반의하면서 물었다.

"정말, 감건호 교수 전화번호 맞아요? 내가 그토록 알아내고 만나려고 했지만 방송사에서 번번이 신상 정보 알려주는 것을 막았어요."

현우가 배시시 웃었다.

"그러니까, 제가 어젯밤에 얼마나 난리를 쳐댔겠어요. 콜센터 전화하고, 이메일 계속 보내고 그랬죠. 어서 전화해봐요. 여기 와 있다니까 만나봐야죠."

희영은 현우가 건네는 번호로 전화를 걸었다. 젊은 남자가 전화를 받았다.

"감건호 교수님 휴대폰입니다."

"……여보세요."

희영이 잠시 뜸을 들였다.

"네, 말씀하세요."

"감건호 교수님과 통화할 수 있을까요?"

"지금 교수님, TV 프로그램 촬영 중이라 어려운데요, 저는 프로그램 조연출하는 사람이구요. 어디라고 전해드릴까요?"

"저, 저는 이희영이라고 합니다. 저는…….."

희영이 차마 말을 못 하는데, 현우가 어서 계속하라는 손짓을 보였다.

"새별 오름 김수향 사건의 용의자 이준수의 가족 되는 사람입니다."

희영이 말을 하자, 휴대폰 건너로 침묵이 흘렀다.

"감건호 교수님께 드릴 말씀이 있어요, 전화를 언제 받으실까요?"

조연출이라고 밝힌 남자가 답했다.

"촬영이 1시간 후면 끝나는데 말씀드릴게요. 지금 이 번호로 연락드리면 되죠?"

"네, 그런데 아주 중요한 말입니다. 지금 프로그램과 관련해서 말씀드리고 싶은데요. 마침 저도 제주도에 내려와 있어요. 만나보고 싶습니다."

"알겠습니다. 그럼 말씀 전해드리도록 하겠습니다."

남자는 그렇게 답하고 끊었다.

"뭐래요?"

"일단 촬영 끝나고 말 전해준다고요."

"참 나, 피하려고 수 쓰는 것은 아닐까요?"

희영은 고개를 저었다.

"모르겠어요. 하지만, 불편한 전화는 피하고만 싶겠죠."

희영은 그 심정을 너무도 잘 알고 있었다. 준수가 용의자로 구속되고 나서 수많은 언론사의 인터뷰 요청 전화를 받았지만, 몇 번 응해서 준수에 대한 결백을 주장하다가 곧 더 이상 인터뷰를 하지 않기로 결심했다. 방송에는 절실한 부분은 편집되고 시청자 구미에 맞을 법한 흥미로운 부분만 나갔다. 준수에 관한 결백 주장이나, 누명을 썼다는 김순자나 희영의 주장은 거의 나오지 않았다. 변호사를 만나 물어도 한결같이 인터뷰에 응하면 불리하니 전화를 받지 말라고 했다.

그때부터 희영은 집 전화, 휴대폰 전화를 받지 않았고, 집에 누군가 찾아오면 절대 문을 열어주지 않았다. 감건호도 그런 식으로 받지 않는 전화가 꽤 있을 거라는 생각이 들자, 이제 더 이상 어찌해볼 도리가 없다는 생각이 들었다. 희영이 절망적인 얼굴로 현우를 보자 그는 고개를 도리질 치면서 두 손을 잡아주었다.

"걱정 말아요, 계속 전화해보죠. 안 되면 아마 이 근방에서 찍고 있을지 모르니 현장에 찾아가면 되는 거잖아요. 우리가 감건호 현장을 추적해서 찾아가면 되는 거예요. 내가 도울게요."

희영은 조금이나마 안도를 하였다.

여인정 피디는 감건호에게 이희영에게서 걸려온 전화 이야기를 건넸다.

"가해자 가족이라는데, 아마 가족사진 내보낸 것 관련해서 항의하려는 것이겠죠?"

"그런 항의라면 지긋지긋하지만 어때요? 타이밍은 좋지 않나? 이준수 누나인 것 같은데, 한번 만나보고 카메라 뜨는 것은 어떨까?"

여인정 피디가 고개를 저었다.

"가능하겠어요? 허락 안 해줄 것 같아요."

"촬영 안 되면 목소리 뜨고 그리고 정지화면과 자막 섞어서 목소리만 방송에 내보냅시다. 뭔가 할 말이 있다는 게 의미심장하기도 하고, 그렇잖아요. 10년 전 사건의 가해자 측 가족의 이야기를 들어보는 것도 꽤 도움이 될 것 같잖아요."

여인정 피디는 잠깐 감건호 교수의 도움이라는 것은 시청률을 말하는 것인가, 사건의 진실에 접근해 나가는 것인가. 그것도 아니라면 고미연 사건의 범인을 잡기 위해 도움이 된다는 것인가 가늠해보았다. 아무리 생각해보아도 최우선 목적은 시청률이지 싶었다.

"그럼, 감건호 교수님이 직접 통화해보시고, 진행해보도록 할까요?"

"아니 내 휴대폰으로 객관적 삼자가 전달해주는 게 나을 것 같은데요, 중문단지 호텔 커피숍에서 담담하게 인터뷰 하는 게 그림도 좋고, 바다 배경으로 카메라 뜨면 시청자들에게 보는 맛도 제공해주는 거니까. 그러니까 여 피디가 말 전달해줘요. 약속 장소하고 시간 정해서. 괜히 내가 말려들었다가는 안 나올 확률도 있고, 나한테 할 말 있다니까 분명 나오도록 하려면 내가 전화로 대화하는 것보다는 삼자에 의한 일방적 전달이 나아요."

"네, 알겠어요. 저녁 먹고 커피 마실 즈음이 좋겠네요."

여인정 피디는 왠지 장면이 괜찮을 것 같다는 생각이 들었다. 현재 고미연 피해자 측 부모는 인터뷰를 거절했고, 김수향 가족도 마찬가지였다. 경찰 측은 협조가 뜨듯미지근하였다. 양구동 팀장이 감건호에게 하는 행동을 보니, 적극적으로 협조 받기는 글렀다는 판단이 들었다. 게다가 고미연 사건의 범인은 누구인지 모른다. 용의자도 확정 안 됐다.

이럴 바에야, 김수향 사건의 가해자 가족이라도 만나서 인터뷰를 담는 게 의미가 있을지 몰랐다. 여인정 피디는 조연출을 불러서 만날 호텔을 예약하고 시간과 장소를 이희영에게 알려주라고 시켰다. 반드시 약속에 나올 수 있도록 하라고 신신당부했다.

제주도의 저녁 하늘은 점차 붉어져버렸다. 푸른 바다 위로 붉은 놀이 물감 번지듯이 서서히 퍼져서 바다 위까지 침식하고 있었다. 바다색은 어느덧 버건디 색상으로 물들어버렸다.

희영은 자줏빛 바다를 보면서 서귀포 중문단지로 향하고 있었다. 보조석에는 현우가 앉아서 차분한 표정과 따뜻한 미소를 지어 보였다. 엄청난 높이의 야자수가 나란히 심어져 있는 길을 따라서 S호텔로 접어들었다.

차를 지하주차장에 대고서 엘리베이터를 타고 로비 층으로 올라왔다. 화려한 분수와 조각상들로 치장된 호텔 로비 커피숍에는 감건호가 먼저 나와 있었다. TV에서 본 그대로 자신만만한 표정이 완연한 그는 단정하게 슈트를 차려입고 서 있었다. 간혹 지나가던 사람이 사인요청을 하면 정중하게 사양하였다. 희영은 현우와 함께 천천히 다가갔다. 감건호는 진중한 얼굴로 인사를 했고, 희영은 약간 고개를 숙여 보였다. 스냅백 모자를 쓴 여성이 다가왔다.

"여기는 우리 프로그램 여인정 피디님입니다. 자리를 옮겨서 진지한 이야기를 나눠봅시다. 들어갑시다."

감건호는 여인정 피디와 함께 커피숍으로 들어가 테이블에 자리 잡고 앉았다. 희영이 맞은편 자리에 앉고 보니 저만치에서 촬영진들이 무언가를 의논하고 있는 게 보였다. 카메라를 촬영하는 기사와, 조연출로 보이는 남자가 카메라의 각도를 잡아보면서 이야기를 나누고 있었다. 희영은 현우와 나란히 앉아서 잠시 지켜보다 입을 열었다.

"이게 다 뭐죠?"

감건호는 호기롭게 미소를 보이면서 걱정 말라는 투로 받았다.

"아, 걱정 말아요. 허락 받기 전에는 카메라 안 찍어요. 그냥 따라온 거예요."

희영은 강한 어조로 말했다.

"불쾌하네요. 어서 치우세요."

감건호는 고개를 끄덕였다.

"알았어요. 카메라 철수 부탁해요. 여 피디, 일단 저쪽 테이블에서 대기해요."

감건호의 말에 카메라 스태프들과 여인정 피디는 구석에 위치한 테이블로 이동했다.

"누구?"

감건호가 현우를 위아래로 잠시 살펴보았다. 희영이 대꾸할 말을 찾는데 현우가 먼저 답했다.

"대학교 후배예요. 희영 선배 부탁으로 같이 나왔어요."

현우는 희영에게 살짝 고개를 끄덕여 보이며 잠자코 있으라는 신호를 주었다.

"좋아요, 난 또…… 하도 요즘에 나를 적으로 삼고 전화질하고 협박하는 스토커들이 생겨나서 말이지."

현우는 분위기를 돋우려는 듯이 응수하였다.

"아예 전화 안 받으시면 되잖아요?"

감건호는 재밌겠다는 듯이 현우를 보면서 상체를 앞으로 당겨 앉았다.

"아니, 안 받으면 더 열 받잖아. 무슨 큰일이 벌어질지 몰라. 세 번에 한 번은 받아줘야지. 주로 가해자들이나 용의자들이 자기 재판에 불리하게 나올 것 같으면 난리를 쳐대거든. 하이고, 근데 나도 정말이지 괴로운 게 저기 앉아 있는 피디가 자기 입맛대로 편집을 하니 내가 길게 얘기해도 가장 자극적인 부분만 쏙 나가는 거야. 나도 악마의 편집 피해자라구. 저어기, 이희영 씨. 이제 본론으로 들어갑시다. 저를 만나자고 한 이유가 뭐죠?"

감건호는 테이블 아래에 둔 오른손으로 여인정 피디가 볼 수 있
게끔 오케이 사인을 보냈다. 여인정 피디는 카메라 감독과 함께 소
형 카메라를 조심스레 설치했다. 포커스를 맞춰서 테이블 아래, 희
영과 현우의 다리 부분을 찍을 수 있도록 몰래 설치했다.

"일단 예고편에 나오는 저희 가족사진 삭제해주세요."

"모자이크 되어서 못 알아보는데 괜찮지 않나요?"

"아니요. 당장 삭제해주시고, 10년 전 사건, 새별 오름에서 일어
난 사건……."

희영은 피해자인 김수향이나 동생 이준수 이름을 이야기해야
되는데 입 밖으로 차마 그 이름들이 나오지 않았다. 목이 턱 막히
고, 숨이 가빠왔다.

"이준수 씨 누나로서 참 힘들었죠?"

희영은 당황하였다. 몇 년 만에 남의 입에서 동생의 이름을 직접
들었다. 사정을 아는 이도 자신 앞에서 함부로 꺼내지 못하는 망자
의 이름이었다.

"어머니 돌아가셨다는 소식 들었어요. 정말 안 되셨어요. 고생
많이 하셨을 텐데, 자식 그렇게 앞세우고요."

감건호가 누그러지는 목소리로 달래듯이 말했다. 희영은 눈시울
이 잠시 뜨거워졌지만, 두 주먹을 꼭 쥐고 울음을 간신히 참았다.
그리고 짜내듯이 말했다.

"사진 내려주시고, 그 사건 이번 프로그램에서 빼주세요."

감건호는 잠시 피곤한지 두 손을 모아 양 미간을 지긋하게 누르

면서 도리질 쳤다. 눈가가 촉촉한 것이 누가 보아도 진심으로 슬퍼하는 표정을 지어 보였다.

"아니, 그럴 게 아녜요. 이 사건은 다시 다뤄져야 돼요. 이준수가 범인으로 몰리고 재판을 기다리다가 억울한 마음에 그렇게 갔지만……."

희영은 '억울한'이라는 단어에 시선을 테이블로 떨어뜨리고, 다소곳이 다음 말을 기다렸다. 현우는 감건호와 희영을 번갈아 보면서 최대한 객관적이려고 애를 쓰고 있었다.

"이준수가 범인이 아닐지도 몰라요."

희영은 두 눈을 크게 뜨고 감건호를 응시했다. 감건호가 이어 말했다.

"〈감건호의 현장 추적〉 2회에서 난 이걸 제시할 거예요. 이준수가 억울하게 누명을 썼고, 다른 범인이 10년 만에 다시 범행을 저지른 것이다. 연쇄살인범이 있을 수 있다. 그렇게 주장을 할 겁니다. 그런데, 그러기 위해서는 희영 씨 도움이 필요해요. 이번 주 토요일 밤에 방송 내보내기 위해서 인터뷰도 하고 도와줘야 돼요. 할 수 있겠어요?"

희영이 머뭇거렸다. 어쩌면 누군가 나서서 동생의 결백을 주장해주기를 꿈에도 바랐는지 몰랐다. 하지만 이런 식으로 갑자기 닥치니 오히려 마음속에서 겁이 나고, 더 큰 재앙이 올까 두려웠다.

희영이 현우와 눈을 잠시 마주쳤다가 입을 열었다.

"저어, 드릴 말씀이 있어요. 바다 게스트하우스 숙박업소에 실종 당일······."

희영이 계속 이야기하려는데 현우가 거칠게 팔목을 잡아끌어 일으켰다.

"누나, 아, 아니 희영 선배. 나하고 잠시 대화 좀 해요."

희영은 현우에게 잡혀서 테이블 뒤쪽 구석으로 끌려갔다.

"지금 그 말 하려는 거죠? 고미연이 우리 바다 게스트하우스에 실종 당일 잠시 들렀다는 거."

희영은 고개를 끄덕였다.

"그거, 말해주면 안 돼요. 저런 사람을 어떻게 믿고요. 아마 바다 게스트하우스로 카메라 들고 쳐들어올걸요. 제가 조만간 경찰에게 말할 테니까, 일단 누나 입 다물어요. 체 형 곤란하게 만들 수 없다 구요. 이런 식으로는 곤란해요, 정말. 나 믿고 내 말대로 해줘요. 부탁해요."

현우가 절실한 눈빛으로 호소하였다. 그건 맞는 말이었다. 개인 적으로 경찰서에서 조사를 받는 것과 전 국민을 상대로 숙박업소 가 프로그램에 나오고, 주인 얼굴이 용의자처럼 포장되어서 나오 는 일은 전혀 다른 문제였다.

"알았어요, 말 안 할게요."

감건호는 자리로 되돌아와서 앉은 그들을 살펴보면서 물었다.

"두 분이서 무슨 대화를 그렇게 긴하게······."

"그냥 어떻게 할지 말 좀 나눴어요."

"그럼 내가 드리고 싶은 말 계속할게요. 가족사진 허락 안 받고 내보낸 것은 미안해요. 하지만 희영 씨 얼굴도 좀 나가고 가해자 가족으로서 억울한 심정을 시청자들에게 각인시켜야 고미연 씨 사건과 김수향 씨 사건이 연계가 되어서 제대로 된 수사를 할 수 있단 말입니다. 자아 봐요."

감건호는 서류 가방에서 태블릿 PC를 꺼내서 서류를 보여주었다.

"이거 두 사건의 피해자 부검 보고서예요. 경부압박질식사가 사인이고 입술과 목 부분에 피하출혈이 있는 게 이 두 사건에서 거의 동일해요. 그리고 하의는 벗겨져 있지만 성폭행 흔적은 없다는 것도 똑같아요. 그리고 시신이 발견된 장소도 엇비슷하죠. 새별 오름에서 400여 미터 떨어진 배수로에서는 고미연 양이, 새별 오름에서 1200여 미터 떨어진 버스 정류장에서 봉성리 마을로 이어지는 길에서는 10년 전 김수향 양이 변을 당했어요. 지문이나 유전자 정보, 담배꽁초도 발견되지 않았고, 10년 전 발견된 족적도 최근에 발견된 족적과 거의 사이즈는 일치해요. 265밀리로 추정되니까. 내가 볼 때는 꽤 연관성이 있다고 봐요. 경찰은 그때나 지금이나 성적으로 불구인 사람이 성폭행하려다 불발되어 죽인 거다 판단을 하지만, 난 또 범죄심리학자로서 다르게 보거든요. 일단 고미연 양의 캐리어가 발견되지 않았어요. 자 봐요."

감건호가 보여주는 사진에서 검은색 대형 캐리어가 벽에 서 있고, 고미연이 그 앞에 서서 셀프카메라 기법으로 사진을 찍는 것이 옆면 거울로 비쳐 보였다.

"가족들은 그 캐리어를 들고 나간 걸로 말하는데, 캐리어가 보이지 않고 있어요. 분명히 범인이 들고 갔을 거예요. 그리고 지갑과 휴대폰도 없어졌고. 휴대폰은 마지막으로 신호를 주고받은 기지국을 확인해보니, 실종 당일 애월읍 한담해변 근처에서 11시 정도에 끊어진 것으로 보고 있어요. 그러니까, 경찰도 고미연 양이 공항에서 비행기를 내려서 8시 20분경에 분명히 택시를 타고 이동하다가 뭔가 상황이 급박해서 전화가 끊어졌겠거니 생각하고 택시기사를 알아보고 각 회사의 운행 기록을 뒤지고 있어요. 아니면 택시를 타고 애월읍 해변으로 가서 주변의 숙박업소 부근을 돌아다니다가 괴한을 만나서 전화가 강제로 종료된 걸로 보거나. 정확한 것은 몰라요. 중요한 것은 휴대폰, 지갑 등 신분증 소지품이 모두 사라져서, 현재 범인이 가지고 있는 걸로 파악되는데, 이건 김수향 사건과 약간 달라요. 김수향 사건 때는 소지품은 건드리지 않았거든."

현우가 감건호에게 물었다.

"제 생각으로는 누군가 10년간 살인을 저지르지 않다가 저지른다? 그건 좀 아니지 않나요?"

감건호는 고개를 끄덕여 보였다.

"서울 올라가서 10년을 살다가 최근에 내려온 사람이라면? 서울에서 비슷한 사례는 많아요. 최근 몇 년 동안 젊은 여성이 으슥한 데 끌려가서 이런 식으로 죽임을 당한 예는 꽤 있죠. 만약 그 범인이 다시 제주로 내려와 활동하는 거라면 어때요. 이야기가 짜이지 않나? 난 이렇게 봐요. 분명히 이 두 사건의 범인이 한 명이라면, 왜 10년 동안 범죄의 패턴이 같냐는 의문이 들지. 예를 들어 잔인하게 진화된다면, 시체를 훼손하거나 할 수도 있는데 왜 똑같으냐. 근데 이럴 수도 있지. 단순하게 밤 11시 정도에 으슥한 데를 걷는 여학생을 보고 캐리어와 지갑을 뺏으려는데, 갑자기 여학생이 반발하자 울분, 분노에 사로잡히고, 급기야 죽음에 이르게 하였다. 10년 전과 거의 같은 장소에서 말이지. 10년 전에는 단순하게 호기심으로 죽였지만, 지금은 돈을 목적으로 죽이게 된 거야. 그래서 난 10년 전에 제주도 살았다가 이후에 서울로 올라가서 살았던 사람, 최근에 다시 제주도로 내려온 사람 그리고 독신이거나 이혼한 남자, 홀로 살고 비숙련된 일에 종사하거나, 단순 농업을 하는 사람. 이런 사람 위주로 프로파일링을 새롭게 해보려고 해요. 나이는 30대 후반에서 40대 중후반까지 보고 있고."

희영은 머리가 복잡해졌다.

"그것보다 준수가 결백하다는 것은 어떻게 증명해 보이시려구요?"

"그거야, 당연히 다른 범인을 찾는 데 중점을 두면, 기존 누명을 쓴 용의자는 다시 주목을 받게 되는 거죠. 사건이라는 게 참 그래. 피해자 억울함 풀어주려다가 엉뚱한 사람을 가해자로 만들어 다시 또다른 피해자가 나오기도 하는 거지. 난 이준수가 결백하다고 믿어요."

희영은 감건호의 눈을 똑바로 쳐다보았다. 순간 감건호가 눈을 여러 번 깜박이면서 찡긋하는 것을 보았다. 희영은 직감하였다.

'거짓말을 하고 있다.'

"그딴 식으로 프로파일링 해서 준수 잡아들이지 않았나요?"

담담하게 말했지만 속은 악에 받쳐서 불타고 있었다.

"그땐 그때고 지금은 이 사건으로 좀 달라졌다니까 그래……."

말끝을 흐리는 감건호를 희영은 놓치지 않았다.

"감건호 씨, 이제 말씀 하시죠. 왜 이준수를 살인범으로 몰아서 그렇게 온 가족이 박살나게 해야 했나요. 경찰 상관이 시킨 건가요? 아니면, 그냥 당신이 출세하고 싶고 유명해지고 싶어서 그랬나요? 그것도 아니면 수사를 빨리 종결짓고 싶어서 그런 건가요?"

희영은 속에 담고 있었던 말을 내뱉었다. 감건호는 약간 기분이 나쁜 표정을 지어 보였다.

"참 나, 나보고 뭐뭐 씨라고 부르는 건 거의 처음인데요? 모두 교수라고 곧잘 부르는데? 살짝 기분 나빠지려고 하네요. 하지만 이봐요, 이희영 씨. 당신 동생을 범인으로 처음에 본 사람은 내가 아냐. 직접적 증거도 없어, 정황 증거만 있어, 그리고 미성년자야. 단순하게 짝사랑으로 사람을 죽일 수 있어? 이봐요, 그딴 식으로 경찰도 때려잡지는 않아. 그때 제보가 들어왔다구, 제보가."

감건호는 잠깐 급박한 말투를 거두고 심호흡을 한 후 차분하게 말을 이어나갔다.

"이런 제보가 들어온 거지. 고등학교 1학년 남자애가 이웃에 살고 있는데, 그 녀석이 음란물을 자주 보고, 음흉하다고 하는 말이 들어왔다구. 그거 내가 자료 보여줘? 참고인 조사자료. 내가 그동안 사적으로 보관하고 있었다구."

감건호는 태블릿 PC에서 파일 항목을 찾았다. 수백 개의 파일 중에서 '새별 오름 김수향 사건 참고인 조사' 파일을 열어서 보여주었다.

"여기 있네. 소길리 유수암 마을에 살고 있는 한동민 씨가 증언하면서 비밀로 당부해서 문서로도 남기지 않았지만 내가 메모해서 지니고는 있었단 말이야. 당시에 한동민 씨는 본인 이름은 밝히면서 고등학생 이름은 또 숨기더라고. 급히 전화를 끊고 말이야."

희영의 얼굴이 노랗게 변색되었다. 목소리가 떨려왔다.

"뭐, 뭐라고요? 한동민 씨요? 한소정 아버지 말씀하시는 거예요?"

"아는 사이예요? 난 한소정은 누구인지 몰라. 하여간에 그때 주민 제보가 그렇게 들어와서, 고등학생들 중에 학교 잘 빠지고, 말수도 적고 친구도 없는 애들 추리고 그중에서 결손 가정 그리고 집에 컴퓨터도 있는 학생들 중에 프로파일링 하여서 이준수를 용의자로 낙점하였다고 발표는 했어. 한동민 씨 증언이 그전에 먼저 있었기에 고등학생으로 한정해서 살펴본 거란 말이야."

희영은 테이블에 놓여 있던 커피 잔을 들었다가 쾅 소리를 내며 다시 내려놓았다.

"이거 봐요, 증거 없이 어떻게 준수를, 우리 준수를 기소할 수 있어요. 기소할 수 있느냐구요."

커피숍의 손님들이 희영을 주목했다.

"그거야, 이준수가 자백을 했고 현장 검증에서 무리 없이 잘 통과해서 검찰에 송치한 거지. 그걸 왜 내 탓을 해요. 차라리, 한동민 씨 탓을 해요. 난 정황 증거와 자백에 따라서 프로파일링 하고 검증한 죄밖에 없어요."

현우가 갑자기 테이블을 지이익 소리를 내면서 앞으로 밀쳐냈다. 테이블을 감건호 앞으로 바싹 붙이고 나서는 벌떡 일어났다. 감건호는 다리가 테이블과 의자 사이에 끼어 꼼짝할 수 없었다. 감건호는 두 팔을 들어 머리를 방어했다.

"뭐, 뭐하려는 거야? 당신!"

현우는 성큼성큼 걸어서 여인정 피디의 테이블로 가서 다리 아래로 카메라를 찍고 있던 촬영 기사를 붙잡아 멱살을 잡아챘다.

"이딴 식으로 사람 골려먹나? 그게 방송사야? 아까 촬영 허락 안 한다는 얘기 못 들었어요?"

현우는 삼각대에 얹혀 있는 카메라를 거칠게 빼들고 메모리 파일을 찾아서 삭제 버튼을 눌렀다.

"어, 이봐요! 지금 뭐하는 짓이야. 자료 다 지워진다구!"

여인정 피디가 벌떡 일어나면서 현우에게 대들었다. 현우는 매서운 눈으로 노려보았다.

"이딴 식으로 함부로 우롱하면 저희도 가만있지 않을 겁니다. 희영 선배 나가요. 더 들을 말 없어요."

현우는 희영을 일으켜 세워서 잡아끌었고, 손님들의 주목을 받으면서 커피숍을 빠져나갔다. 희영은 힘없이 이끌려 나갔다. 그들이 나가고 나서 여인정 피디가 한숨을 푹 쉬었다.

"정말 피곤하네. 교수님, 어떻게 하죠?"

감건호는 물 한 잔을 갈급한 얼굴로 들이켜면서 대꾸했다.

"어떡하긴 뭘 어떡해. 그냥 내보내야지."

여인정 피디가 고개를 가로저었다.

"아뇨, 자료도 날아갔고 안 내보낼래요. 그냥 김수향 사건 빼고 이번 사건만 다뤄서 가죠. 그게 위험도도 낮추고 안전하잖아요."

감건호는 코웃음 쳤다.

"이봐, 여 피디. 방송의 감을 몰라서 그래요? 피해자보다는 가해자가 인기를 끌어. 아직 해결 안 된 사건에서 가해자 이준수를 내보내서 의미 있게 임팩트 주고서, 그런데 10년 후에 비슷한 패턴의 사건이 일어났다고 하면서 무섭게 진실을 캐나가. 그러다가 이준수는 사실은 자살하였다. 그렇다면 연쇄살인의 범인은 과연 누구인가, 이게 더 무섭고 그럴듯하잖아. 아직 범인이 드러나지 않은 고미연 사건 하나만 얼기설기 건드리는 것보다야 낫지."

"그렇지만 저러다 소송이라도 내면 어떻게 해요."

감건호는 옷차림 매무새를 가다듬으면서 푸흣훗 웃었다.

"아니, 나야말로 이 장사 한두 번 하나? 왜 몰라, 상황을. 저러다 말지 누가 소송까지 내고 그래요. 그 귀찮고 힘든 일을 이미 겪어본 사람일수록 절대 앞으로 못 나서. 그러니 걱정 마."

감건호는 자신만만하게 웃었다. 여인정 피디는 한숨을 푹푹 내쉬면서 카메라 장비를 살펴보았다.

호텔 주차장에서 희영은 기어이 눈물을 터뜨렸다. 북받쳐왔던 눈물이 봇물 흐르듯이 거세게 흘러내렸다. 희영이 운전석에 오르려는 것을 현우가 말렸다.

"누나, 괜찮으면 제가 운전할게요. 뒷좌석으로 가서 좀 진정하세요."

희영은 현우가 건네준 티슈로 눈물을 닦아내면서 차량 뒷좌석으로 들어가 앉았다. 초록색 개구리처럼 보였던 자그마한 차가 뒷좌석에 앉아보니 꽤 넓어 보였다. 그리고 반대로 희영의 몸은 점점 움츠러들 것만 같았다. 희영은 자신이 무척 작게만 여겨졌다.

"고마워요, 운전해서 어서 여기 벗어나요. 나 전화해볼 데가 있어요."

희영은 떨리는 손으로 휴대폰을 붙들었다. 그리고 전화 목록에서 누군가를 찾아서 전화를 걸었다.

"소정아……."

희영은 상대방이 받자, 이름만 간신히 말하고 말을 잇지 못했다.

"어, 희영이니? 우리 집에 놀러 와. 심심하지? 관광지 어디 어디 다녀봤니?"

"소정아, 그게 아니고, 아버지 지금 어디 계시니?"

"아빠? 여기 와 있는데 왜?"

"아, 아냐. 나 너희 집 좀 갈게. 기다려."

"그래? 저녁 안 먹었으면 여기 와 먹어. 맛있는 것 좀 준비할게.

어서 와."

현우가 차를 출구로 운전해 가면서 룸미러로 희영과 눈을 맞춰가면서 물었다.

"한동민 씨가 퀸 마트 사장님 맞는 거죠?"

희영은 눈물이 마른 얼굴로 힘없이 답했다.

"네. 소정이 아버님 성함 맞아요."

"거기로 가시려는 거예요?"

"소정이가 아버지하고 같이 있다니까, 가서 물어보려구요."

현우는 라디오를 켰다. 케이팝 음악이 흘러나왔다. 현우는 채널을 바꿔서 잔잔한 재즈 음악이 흘러나오는 채널에 고정시켰다. 피아노 소리가 서서히 귓가에 파고들었다. 현우가 잠시 침묵하였다. 차가 중문단지의 야자수 거리를 거의 빠져나갈 즈음에 현우가 말을 걸었다.

"빅터 프랭클이 쓴 『죽음의 수용소에서』 읽어보셨어요?"

희영도 아우슈비츠 수용소에 갇혔던 유대인 정신분석가 빅터 프랭클이 쓴 책은 읽어본 적이 있었다.

"거기에 이런 말이 나와요. 잔혹한 수용소에서 살아남은 사람은 고난의 의미를 아는 사람, 삶의 의미를 아는 사람이라구요. 죽음이라는 것조차 삶의 한 연장선상에서 받아들일 줄 아는 사람이 끝까지 살아남았다고 하죠. 따라서 시련과 죽음 없이 인간의 삶은 완성될 수 없다고 하죠."

희영은 뒷좌석에서 묵묵히 현우의 말을 경청하였다.

차는 어느덧 중문단지를 벗어나서 일주도로로 접어들었다. 하늘엔 어둠이 가득했고, 해안에는 고요한 밤 속에서 이른 해수욕을 즐기는 사람들이 드문드문 보였다. 포말이 부서지는 바닷물은 어두운 사위 속에서 짙은 푸른색으로 변해 있었지만, 부드럽고 깨끗해 보였다. 차는 일주도로에서 중산간도로로 빠져서 시원하게 나갔다. 바다 대신에 검푸른 야산들이 보였다. 20여 분이 지나자 애월읍을 가리키는 표지판이 나오고, 옅은 안개가 껴 있어서 주변이 흐릿해 보였다. 현우가 긴 침묵을 깼다.

"애월읍만 접어들면 항상 저녁 이맘때쯤에는 안개가 껴 있어요. 신기하죠? 혹시 로만 폴란스키 감독의 〈시고니 위버의 진실〉이라는 영화 보셨어요?"

희영은 대꾸하지 않았지만 현우의 말은 이어졌다.

"수십 년 전에 자신을 고문한 남자가 우연찮게 집에 찾아오게 되는 이야기죠. 시고니 위버가 젊었을 때 반체제 운동을 하다 붙잡혀 고문을 혹독하게 당했어요. 심지어 성고문까지. 그런데 그때마다 고문하던 남자는 슈베르트의 〈죽음과 소녀〉라는 아름다운 곡을 틀죠. 시고니 위버는 남자의 차에서 〈죽음과 소녀〉 테이프를 발견하고 그를 고문하면서 진실을 밝히라고 하죠. 하지만 남자는 끝내 부인하다가 결국 바닷가 절벽에서 떨어지기 직전에 고백을 하죠. 시고니 위버는 그만 맥이 풀려서 남자를 풀어주게 되고 훗날 음악회에서 아무렇지도 않게 재회를 하게 되면서 영화는 끝이 나죠."

희영은 잠자코 무표정하게 듣고만 있었다.

"영화에서 그 남자가 얼마나 진실을 지긋지긋하게 말하지 않는지 잘 보여주죠. 그만큼 진실에 접근하기 위해서는 목숨조차 내놓을 정도 되어야 간신히 원하는 것을 얻을 수 있어요. 하지만 진실을 찾게 되면 다시 일상으로 돌아갈 수 있어요."

'일상.'

희영이 얼마나 갈급하게 찾는 현실인가.

정말 궁금한 것을 물었다.

"왜 날 돕는 거죠?"

그녀는 마음속 저편에서 의심스러웠던 심정을 표출하였다. 현우는 룸미러로 가볍게 미소를 지어 보였다.

"저는 카페 매니저 수니까요. 순수한 마음에서 돕는 거니까요."

희영이 고개를 저었다.

"그 말도 믿을 수 없을 것 같아요. 진실을 말해줘요."

현우는 잠깐 생각한다는 듯이 고민하다 답하였다.

"그럼 정말 진실을 말해줘도 되죠?"

희영은 심각한 눈빛을 보였다.

"누나를 처음 바다 게스트하우스에서 보았을 때가 떠올라요. 녹색 캐리어를 들고 저한테 여기 바다 게스트하우스 주인 되느냐고 물어보셨죠? 입금증도 내밀고요. 그때 딱, 나가에 이사무 감독의 〈냉정과 열정 사이〉의 주인공 아오이가 녹색 트렌치코트를 입고서 기차역 플랫폼에 서 있는 장면이 떠올랐죠. 아오이 역을 맡은 진혜림과 분위기가 비슷해 보였어요. 차분하고 조용한 이미지. 그리고 슬픔을 담은 눈빛. 항상 그런 여자를 만나는 게 제 꿈이었죠."

희영은 영화를 보지 않았다. 하지만 현우가 하는 말이 무슨 의미인지는 와 닿았다.

남녀 사이에 사랑이라는 게 존재하는 것일까. 그리고 존재한다면 어떤 느낌일까.

희영에게 오랫동안 의문이었다.

희영은 서울에 올라와서 처음에 부동산 사무실에서 일했다. 그러다 공사장의 관리 여직원으로 임시 계약직으로 일하기도 했다. 1년 후에는 대학교 중퇴 학력과 회사 다닌 경력을 이력서에 적어서 중소기업에 지원했다. 인력을 뽑아서 여러 회사에 보내주는 인력 파견 회사로 서울과 대전, 부산에 사무소가 하나씩 있었는데 희영은 서울 사무소에서 근무하게 되었다.

희영은 재무과에서 회계를 담당하고서 처음으로 정식 사원으로 일을 해나갔다. 일하다보니 어느덧 6년의 시간이 흘렀다. 악몽에서 벗어나 발 뻗고 자기도 하였고 간혹 코미디 영화를 보거나 하면 입가에 웃음도 올려보았다. 자신의 생일날, 회사 동료들과 호프집에 가서 한턱을 내기도 했다. 고맙다는 인사에 뿌듯한 기분이 들기도 했다. 김순자는 어느덧 준수의 누명을 벗기고자 하는 행동도 줄였고, 탄원서 적어서 내는 일도 거의 하고 있지 않았다. 대신에 1인 시위를 가끔 하고는 하였다.

김순자는 청소부 일을 하면서 몸져눕는 일이 많아졌다. 희영이 일을 그만두라고 권했지만, 그녀는 일하면서라도 준수를 잊지 않으면 죽을 것 같다고 했다.

희영의 마음은 점차 안정이 되어갔다. 이렇게 행복해도 되는 건가 하는 죄책감에 눈물이 흘러내리는 밤도 있었지만, 그래도 죽을 정도의 고통은 어느덧 치유되어가는 것 같았다.

하지만, 회사에서 좋은 감정으로 만나게 된 인력 파견 부서 최민규 대리가 던진 말로 모든 것은 또다시 바뀌었다.

"나 친구한테 썸 타는 여자 있다고 말했다."

"네?"

칵테일 바에서 무알콜의 피나콜라다를 붙잡고 있던 희영의 얼굴은 붉어졌다.

"요즘 애들 말로 사귈 듯 말 듯한 사람 있다고 얘기를 했다고."

희영은 모든 게 현실처럼 여겨지지 않았다. 최민규 대리가 어느 날 문득 메신저로 밖에서 만나자고 했을 때도 일 관계인 걸로 착각했다. 그만큼 희영은 이성 관계를 애초에 맺지 않고 살아왔고, 누군가 소개받는 것도 모조리 거절하면서 살았다. 처음으로 단둘이 만나게 된 남자는 최민규가 유일했다. 그러던 중에 최민규에게서 은근한 고백을 듣고 마음이 술렁거렸다.

"근데 그중에 한 녀석이 자기 이름을 듣고서 뭔가 말하던데, 희영 씨 혹시 제주도에 산 적 있었어?"

희영의 얼굴이 파리해지면서 온몸으로 한기가 느껴졌다. 칵테일 잔이 찬 건가 손을 떼어보았지만 목 뒷덜미부터 엄습하는 추위는 여전했다.

"제주도? 나 아는 사람이에요?"

"꽤 큰 사건이라고 하던데, 무슨 일이야? 그 녀석이 말하려는 것을 억지로 막았어, 희영 씨에게 직접 듣고 싶다고 말이야."

"할 이야기 없어요. 미안해요."

희영은 그날 어떻게 칵테일 바를 나왔는지도 모르고 어떻게든 집으로 바삐 돌아왔다. 김순자는 그날도 시름시름 아프다면서 등을 보이고 누워 있었다. 희영은 방으로 들어가서 침대 위로 올라가 두 무릎 위로 깍지를 끼고서 한참 동안 고개를 숙였다. 그러다 한숨을 내쉬고 컴퓨터를 켰다.

희영은 그날 밤도 미친 듯이 컴퓨터를 뒤지면서 자신과 준수에 관한 사진이나 문건이 있는지 검사했다. 자동차 중고 판매를 하는 사이트에 이희영, 이준수 등의 실명과 2004년 6월에 일어난 은행원 살인사건을 자세하게 설명해놓은 글이 게시판에 떠 있었다. 그리고 그 밑으로 김순자가 법원 앞에서 1인 시위를 벌이면서 이준수의 누명을 벗겨달라고 애원하는 피켓을 들고 있는 사진도 있었다. 표면적으로는 끝난 것 같아도 끝나지 않은 일이었다. 희영은 게시판 관리자에게 이메일을 보내 지워달라고 요구하였다. 그리고 새벽녘에야 자리에 누웠지만 잠을 한시도 자지 못하고 회사에 출근했다.

희영은 그다음 날부터 최민규를 피해 다니기 시작했다. 커피 한 잔 하자는 메시지도 삭제해버렸다. 회사 내에 이 사실이 알려지면 어쩌면 이직해야 할지도 모르고 최민규에게 사건과 관련하여 무슨 말을 어떻게 해야 할지도 몰랐다. 그렇게 피하기만 하다가 집으로 돌아가려고 지하철역 계단을 내려가려는데 계단참에서 기다리고 있던 최민규와 마주쳤다. 최민규는 눈가에 걱정을 담아서 희영의 왼팔을 잡았다.

"나 알 거 같아. 무슨 맘인지."

희영은 눈에 왈칵 눈물이 고였다. 팔을 단단하게 붙잡는 최민규를 뿌리쳤다. 최민규는 희영을 역 안까지 뒤쫓아왔다.

"알 거 같다고. 그러니 제발 이러지 말아줘."

"알 거 같다고?"

희영은 뒤돌아보며 소리를 꽥 질렀다.

"어떻게 알아? 어떻게 아느냐구? 당신이 이런 상황 겪어봤어? 그런 말 하지 마. 지옥에서 살아봤어? 내 맘을 어떻게 아느냐구. 다시는 아무 말도 하지 마!"

매몰차게 말을 던지고 가는 희영을 최민규는 더 이상 뒤쫓지 않았다. 두 달 뒤 최민규는 대전 사무소 파견 근무를 지원하였고, 1년 후에는 최민규가 대전 사무소 동료 직원과 결혼한다는 소식을 전해들었다.

소식을 들은 그날 밤, 희영은 1인 시위를 하고 들어와서 아프다고 드러누운 김순자에게 고래고래 소리를 질렀다.

"그만 좀 잊어! 잊으라고! 엄마는 괴롭지도 않아? 다 지난 일 떠올리고 또 떠올리고 괴로운데, 언제까지 그 일에 매달려서 살 거야, 살 거냐구? 엄마가 이러니까 사람들이 더 기억해내서 우리가 괴로운 거라고. 살인자 가족 소리 인터넷에 얼마나 떠돌고 있는지 알아, 몰라?"

희영이 발악을 하자, 김순자는 모른 척하였다. 하지만 희영은 끝내 모진 말을 꺼냈다.

"남들은 우리만 조용히 있으면 다 잊어버린다구! 왜 우리가 더 난리쳐야 되는데!"

김순자는 누운 채로 조용히 말했다.

"그럼, 우리 준수 바다 떠도는데 가만히 있어?"

차라리 울음을 터뜨리며 곡을 하면서 이 말을 하면 나을 것도 같았다. 하지만 너무나 침착한 가운데, 조곤조곤하게 말하는 데에 희영은 미칠 것만 같았다. 소리를 빽 질렀다.

"남들은 다들 준수가 범인이라고 하잖아! 왜 우리만 이러고 있는 거야! 왜 엄마만 그러는 거냐구! 왜 범인이 아니냐구!"

김순자는 조용히 벌떡 일어나서 희영을 말간 눈으로 바라보았다. 김순자는 희영이 똑바로 눈을 떠서 쳐다보자 시선을 피했다. 아니, 피한 것은 아니었지만 초점 없는 눈으로 손을 들어서 희영의 뺨을 거세게 후려치고는 그대로 다시 드러누워 잠자는 듯 미동도 없었다. 희영은 소리 없이 그 뒤에서 흐느껴 울며 밤을 지새웠다.

희영에게 이명이 시작된 것은 그즈음이었다. 귀에서 삐- 하는 소리가 하루에 몇 번이고 들렸다. 게다가 귓속까지 아프면서 시려왔다. 앉았다 일어나면 어지럽기도 했다. 회사 동료가 하는 말이 울리면서 들리지 않을 때도 있었다.

희영은 이비인후과에 가서 청각 관련 검사를 받았다. 소음이 차단된 방으로 들어가서 헤드폰을 쓰고 삐- 거리는 소리를 들을 때마다 집게손가락으로 버튼을 눌렀다. 그리고 검사용 안경을 끼고 침대에 누워서 귓속으로 차가운 물을 넣고 시야가 빙그르르 돌 때까지 가만히 있었다. 검사가 끝나고 어지러움을 느꼈다. 누운 채로 천장이 도는 것이 멈출 때까지 기다렸다가 일어났다. 진료실로 들어갔다.

"평형감각이나 청각에는 전혀 이상이 없고 오히려 청력이 좋으신 편입니다. 고막도 이상 없고요. 제 생각에는 스트레스나 심인성 관련하여 이명과 난청이 있으신 것 같습니다. 편하게 쉬시면서 마음을 편안하게 가지시죠."

병원을 나오면서 희영은 숨을 크게 들이쉬고 내쉬었다. 외상성 스트레스 증후군이 다시 시작된 건가. 또다시 정신과 진료를 받고 약을 타 먹어야 하는가 하는 생각이 들었다. 희영의 이명이 시작되면서 김순자도 급속하게 심부전이 심해졌다. 워낙에 좋지 않은 상태였지만, 심장을 둘러싼 흉막에 물이 차서 병원 응급실에도 실려갔다. 밤에는 응급실, 낮에는 회사를 오가면서 수면도 부족하고 치료비도 쪼들리던 희영은 갈수록 피폐해져갔다.

그렇게 1년의 시간이 정신없이 흘렀다. 김순자는 119 구조대를 불러도 병원에 안 간다고 버티면서 며칠간 물 한 모금 입에 대지 못했다. 김순자는 밤새 내리던 빗소리가 사그라지던 새벽녘에야 이불 곁의 두툼한 서류봉투를 희영에게 건넸다.

서류봉투를 밀쳐내던 희영을 더없이 서운하게 보던 엄마의 눈빛은 가슴 시리도록 사무치게 다가왔다.

"준수, 우리 불쌍한 준수…… 억울한 거 벗겨줘야 돼, 안 그럼 내가 저기 가서 걔 얼굴 못 봐…… 해줘, 해줘……."

이 말을 되풀이하던 김순자가 희영과 눈도 못 마주칠 정도로 정신이 혼미해져갔다. 희영은 얼른 119에 전화해 구조대 요청을 했다.

급하게 중환자실로 옮겨서 호흡기, 혈압체크기, 심전도 기계 등을 연결하여 여러 반응을 체크하던 의사는 신속하게 임종실로 김순자를 옮겼다. 희영이 발을 만져보니 얼음처럼 차가웠다. 왜 양말조차 챙겨오지 못했을까. 희영은 스스로 자책했다. 엄마는 창백해 보였다. 축 늘어지면서도 준수야, 준수야…… 나직하게 불렀다. 희영은 그게 또 더없이 서운했다.

엄마, 나 희영이야. 내 이름 불러봐.

이 말이 차마 입에서 떨어지지 않았다. 다만 엄마의 중얼거림을 가만히 듣고 있는 수밖에 없었다. 피부가 파래지면서 여기저기 멍이 든 것처럼 얼룩덜룩해졌고, 입 주변에 푸른빛이 떠올랐다. 김순자는 눈을 뜨고 있으나, 앞이 보이지 않는 것처럼 시선을 맞추지 못했다. 희영은 눈물조차 나오지 않았다. 임종실은 한없이 조용했고, 온 우주 속에서 희영과 김순자만 덩그러니 남아서 외롭게 존재하는 것 같았다. 희영이 엄마의 찬 두 손을 만지면서 나직하게 말했다.

"엄마, 준수는 걱정 마. 내가 해볼게."

"집…… 집으로……."

희영은 침을 한번 삼키고, 답을 해주었다.

"집으로 갈까? 집으로 가고 싶어?"

"아, 아니…… 집으로…… 준수…… 데, 데리고…… 가."

아, 희영은 가슴이 먹먹하였다. 어렸을 때 가장 듣기 싫었던 말. 친구들과 놀고 있다가도 생각나는 말, 어린이집에서 준수를 데리고 집으로 들어가 저녁 챙겨 먹이라던 말. 그 말이었다. 희영은 목이 콱 메어왔다.

"알았어, 엄마. 알았어."

희영은 간신히 입 밖으로 그 말만을 하고는 침묵을 지켰다. 가슴이 콱 닫혀 있는 것처럼 숨이 막혔다.

희영의 말을 알아들었는지 모르겠지만, 김순자는 그 순간에 숨을 한 번 크게 들이쉬었다가 내뱉으면서 호흡을 멈췄다. 심장박동을 체크하던 기계가 띠- 소리를 내면서 멈추고, 김순자의 두 눈 동공이 잠시 또렷해지면서 희영과 시선이 마주쳤다. 그리고 이내 눈이 풀리면서 의사가 사망 선고를 내렸다. 붙잡고 있던 희영의 손이 힘없이 풀렸다.

극한의 슬픔 앞에서 눈물도 나오지 않았다. 다만 희영은 두 주먹으로 엄마가 누워 있는 침구 자락을 쥐고 찢어져라 붙들 뿐이었다. 이게 현실이라는 것이 차마 실감이 나지 않을 정도로 정신이 아득하였다. 엄마의 얼굴이 점차 회백색으로 변해가는 것을 지켜보면서 그제야 당신이 가셨다는 것을 조금이나마 실감할 수 있었다. 엄마의 몸에서 생명이 빠져나가고, 남겨진 육신은 점차 엄마가 아닌 다른 무언가가 되어가는 것처럼 여겨졌다. 그것이 그렇게도 서운했다.

손톱과 발톱이 파란 것이 못내 사무치게 다가왔다. 입가와 눈가의 푸른 기운도 희영의 가슴을 아리게 만들었다. 추웠을 것이다. 가면서 무척이나 추웠을 것이다. 그걸 희영은 한 번이라도 따듯하게 보듬어주지 못하고 뜨겁게 안아주지 않았다.

그리고, 그리고…… 사랑한다는 말 한마디 해주지 못하였다. 그게 그렇게 아쉬웠다.

살아 계실 때에도 못했던 말, 가시기 전에도 그렇게 인색하게 굴어 한마디 못하였다.

엄마는 그렇게 영원히 저쪽으로 떠나버린 것이었다.

혼자서 119 응급구조대를 부르고, 임종을 지켜보고, 장례를 정신없이 치르고 사망 신고를 마치자마자 그제야 이 세상에 홀로 툭하니 팽개쳐졌다는 것이 떠올랐다.

김순자의 방을 희영은 차마 치우지 못했다. 짐이라고 해봐야 옷가지, 갖가지 약통, 자그마한 TV, 두툼한 이불, 매트 그리고 화장품 몇 가지가 다였지만 이상하게 손을 댈 수 없었다. 엄마가 준수 짐을 못 치우고 끙끙대다가 이사 나가는 날에 마지못하여 버리던 것을 생각해냈다. 그만큼 남아 있는 망자의 유품은 치우기 어려운 건가보다 싶었다.

청소 다니러 갈 때 입었던 작업복 여기저기에 락스가 튀는 바람에 벌겋게 이색이 나 있었고 고무줄이 늘어나 있었다. 희영이 사다 준 영양크림은 바닥이었고, 준수와 찍었던 낡은 가족사진은 해져 있었다. 그게 유품의 다였다. 이렇게 사람이 간 흔적이 적을 수 있는가 하는 생각도 들었다.

희영은 화장대 안 서랍을 정리하다가 편지 한 통을 찾아냈다. 희영이 최민규와 헤어졌던 시절, 김순자와 싸우다 지쳐서 더 이상 이렇게는 못 살겠다 선언하고 고시원 방을 얻어 나갔던 적이 있었다. 그때 써놓은 편지 같았다. 볼펜으로 삐뚤빼뚤하게 썼지만, 제법 시간과 공을 들여 적어놓은 것처럼 글자 하나하나가 선연하게 적혀 있었다.

희영아.

잘 지내고 있겠지.

네가 힘들어 나갔지만, 나도 속은 편치 못하다.

니가 그렇게 과거에 목매달고 살지 말라지만

나는 준수가 계속 보고 싶고 미안하고, 그렇지 않으면 목이 콱 콱하니 막혀올 거 같은디 어쩌냐.

너는 그런 게 더 보기 싫고, 밉겠지만 나도 살아야겠어 그러니 이해해라.

너에게 못 해준 게 못내 미안하다. 대학 첫 등록금도 못 해줘서 니가 대출받아서 아르바이트 해서 갚게 만든 것도 미안하다. 그치만 준수는 대학 문턱도 못 밟았잖니.

그치만 니 속도 니 속이 아니겠거니 생각도 든다. 어쩌니 저쩌니 해도 니도 내 딸 아니냐.

희영아, 어서 집에 돌아오기 바란다.

엄마로부터

희영은 기억이 떠올랐다. 무작정 짐을 싸들고 집을 뛰쳐나오기 전에 끝장이 날 것처럼 싸웠다.

"엄마는 나보고 준수 어린이집에서 데려오는 게 그렇게 싫었냐고 물었지? 그러는 엄마는 언제 제대로 준수와 나한테 엄마 노릇한 적이 있어? 늘 공장 아니면 집에 와서 잠이나 자고 한번이라도 제대로 우리들 학교 행사에 나가본 적 있느냐고? 엄마가 엄마 노릇 잘해줬냐고! 나 한번 살갑게 안아주고 따뜻한 말이나 해준 적 있느냐고?"

희영은 바락바락 대들었다.

"이년이! 정말! 미친년!"

"왜 나한테 욕해? 욕해주고 싶은 사람은 나야! 엄마가 제대로만 키워줬어도 이렇게 살지는 않아!"

김순자는 사뭇 말소리가 줄어들었고 풀 죽은 듯이 물었다.

"야 그럼 니 말은 준수가 저렇게 된 게 내 탓이란 말이야? 응?"

희영은 차마 답은 못하였지만 화가 난 표정으로 지지 않고 김순자를 노려보았다.

"엄마는 항상 내 탓만 해! 준수가 저렇게 된 게 왜 내 탓이야? 그럼 누구 탓이겠어?"

대못을 박는 말이었다. 김순자는 돌아앉아서 있다 벌떡 일어났다. 장롱 문짝을 열고서 희영의 옷가지를 내팽개쳤다.

"이 집서 나가고 싶으면 나가."

희영은 눈물이 와락 쏟아지면서 화를 버럭 냈다.

"엄마가 나한테 이런 말 할 자격 없어! 준수 공개수업 때는 그래도 몇 번 나갔지만 나는? 나는 어땠느냐 말이야? 생일만 해도 그래 내 생일 제대로 챙겨서 선물 준 적이나 있어? 그런데 준수는 어땠느냐 말이야. 컴퓨터가 비싸도 척척 사주고 노트북도 사주고, 나는 그렇게 해준 적 있느냐 말이야? 근데 준수는 엄마가 사준 노트북 결국 어떻게 됐지? 형사들이……."

가족 간에 아픔을 그만 건드려야 했다. 김순자는 희영을 돌아보면서 눈에 눈물이 그렁그렁 맺힌 채 한마디 던졌다.

"니가 그러고도 내 딸이고 준수 누나냐? 이 모진 것아! 천하에 잔인한 것아!"

희영은 그제야 무너질 듯이 방바닥에 주저앉아서 두 손으로 얼굴을 가리고 펑펑 울었다. 그리고 다음 날 짐을 싸들고 집을 나서 버린 것이었다.

희영은 3개월을 못 넘기고 집으로 돌아왔다. 김순자의 건강 때문이기도 했고, 혼자서 밖에 나가 살면서 해결되지 않는 가족 간의 문제라는 큰 고민덩어리를 안고 불면의 밤을 보낸 탓도 있었다. 꼬리를 내리고 집에 들어왔고, 김순자는 아무렇지 않게 밥을 차려주었다.

김순자가 그때 쓴 편지는 부쳐지지 않은 채 이렇게 서랍 속에 접혀서 들어 있었다. 희영의 눈시울이 붉게 물들었다. 눈물이 또르르 떨어져 편지지를 적셨다.

왜, 나를 이렇게 편지까지 남겨서 힘들게 하시냐, 하늘을 향해 소리지르고 싶었다. 마구 욕을 해대고 싶었다. 엄마를 이렇게 만든 준수를 나쁜 놈, 천하에 못난 놈, 못된 놈이라고 마구 싸지르고 싶었다.

그리고 희영을 속상하게 하는 엄마에게도 모두 욕을 한 바가지 퍼부어주고 싶었다. 그렇게 분노에 가득 차서 반나절 정도는 쓰러지듯이 누워 있다가 잠이 들었다가 밤이 되어 간신히 일어나 허기에 냉장고 문을 열었다.

신 김치, 상한 나물 반찬 몇 가지 외에 텅 비어 있는 냉장고. 희영은 그제야 혼자 남았다는 것이 사무치게 다가왔다. 차라리 고시원에서 혼자 살 때는 이렇게 외롭지 않았다. 하늘 아래 엄마가 그 고통을 나눠서 진다는 생각에 그래도 버티고 살아나갔다. 싸우고도 엄마였고, 화가 나서 소리쳐 외쳐도 엄마가 그 자리에 있었고, 욕을 들어도 엄마였고 서로에게 모진 말로 상처를 주고받아도 엄마가 있었고 부를 수 있었다.

그런데 완전히 혼자가 된 것이다.

이제는 준수의 누명을 벗겨주는 일도, 그로 인한 가족 간의 상처와 아픔도 오롯이 혼자 감내해야 된다는 그 냉정한 현실이 사무치게 서운했다.

오늘부터 혼자 이겨내야 한다는 그 무섭도록 외로운 현실.

다시 직장에 나가고 밥을 먹고 가끔은 반찬도 만들어 먹고 사람들도 만나고 그렇게 살아지나보다 했지만, 직장 일을 마치고 집에 들어와 오롯이 남겨지는 조용한 시간에는 사무치는 슬픔에 베갯잇이 축축이 젖어들 정도로 눈물을 흘렸다. 휴대폰에 '엄마'라고 저장된 번호를 쳐다보면서 무척이나 발신 버튼을 누르고 싶었다. 처음에는 화를 내고 따지고 싶었다.

왜! 왜! 왜! 그랬냐고, 왜 그렇게 그런 일에 매달려 건강도 안 돌보고, 나를 괴롭게 만들었냐고! 왜 나를 보면서 내 걱정은 한 번도 안 하고 준수만 찾았느냐고, 왜 내 탓인 것처럼 나를 몰아세웠느냐고 따지고 싶었다.

엄마가 가고 나서 몇 개월 동안 이상하게 생리도 하지 않았고, 몸도 시름시름 아프기만 했다. 병원에 가도 스트레스성이라고만 했다. 그런데 어느 날, 4개월이 지나 생리가 터져버린 날 희영은 엉엉 울음을 터뜨렸다.

엄마도 힘들었겠구나, 자식이 그렇게 갔는데 얼마나 힘들었을까.

그런데 나는 엄마에게 죄책감만 떠넘기고 있었구나. 희영은 붉게 나오는 피를 보면서 오열하였다.

자식은 얼마나 더 많은 피눈물을 흘려야 온전히 건사하는 것인가. 당신은 밤마다 얼마나 사무치게 외로웠을까.

이내 희영의 분노는 슬픔으로 변했고, 이제 엄마를 용서하자는 타협으로 변했다.

법원 앞에서 혼자 1인 시위를 하는데 오죽 외롭고 고독했을까. 누군가 와서 준수의 이야기를 억울함을 들어나주었을까. 딸조차 외면하는 그 이야기들을 누군가 진심 어린 눈으로 마주보며 고민이나 나눌 수 있었을까. 혼자서 밥은 챙겨서 먹을 수나 있었을까. 길바닥에 앉아서 급하게 먹지는 않았을까. 그러다가도 혹여나 창피한 마음은 없었을까.

희영은 조금씩 엄마의 외로움을 깨달을 수 있었다. 그리고 다시 이어지는 감정의 기복은 이제 끝없는 절망으로 떨어져가는 나락 끝에 서 있었다.

희영은 꿈을 꾸었다.

꿈에서 희영은 어떤 연인에게 이별을 당하였다. 얼굴이 보이지 않는 그 사람은 뜨거운 사랑 후에 희영의 잘못을 탓하며 싸우고 나서 이별을 고해 가슴을 미어지게 했고, 끊어지도록 아프게 했다. 그리고 다시 사랑을 하고, 큰 싸움이 이어지고 이별을 고하는데, 그 순간순간들이 수십 번 반복되는 것처럼 느껴졌다.

꿈속에서 무척 큰 슬픔이 느껴졌다. 가슴이 시리도록 아팠다.

희영은 엄청난 실연의 감정을 느끼고, 또 느끼고 반복적으로 가슴이 찢어지면서 꿈을 깼다. 얼굴도 모르는 연인은 꿈에서 이별을 수도 없이 고한 것 같았다.

아침에 온몸이 땀으로 뒤범벅되어 일어나 깊은 절망을 느꼈다.

이제 자신은 오로지 혼자가 되었다.

왜 그때 좀 더 엄마의 심정을 이해해보려고 노력하지 않았을까. 왜 모른 척 묵묵히 입 다물고 있었을까. 왜 그렇게 동생의 죽음에만 목매다는 엄마가 서운하게 여겨졌을까.

희영은 밤새 머리가 새도록 고민을 곱씹어보고, 후회를 했고 뒤늦은 애상을 느꼈다. 그리고 그 애상 끝에는 한 가지 질문이 강렬하게 떠올라 머릿속을 지배했다.

나는 정말 동생의 결백을 진심으로 믿고 있었던 것일까.

모든 친척들과 연락도 끊고 엄마와 둘이서 준수를 그리며 누명을 벗겨야 된다고 내내 생각하면서 보낸 시간 10년이 뚝딱 흘러갔다. 10년 동안 정말 준수가 범인일까, 아니면 누명을 쓴 것일까 반신반의하던 희영과 달리 김순자는 내내 준수의 결백을 믿었다.

'누나, 나 정말 아니야. 나 범인 아니라니까. 누나도 못 믿겠어?'

동생이 죽기 전날 면회시간에 하던 말이 귓가에 소스라치게 울려 퍼졌다. 동시에 희영은 오른쪽 귀가 무척이나 시려오면서 바늘로 찌르는 통증을 느꼈다. 그리고 삐- 하는 소리에 오른손으로 귀를 막고 고개를 숙였다.

"왜, 그래요? 어디 아파요?"

삐- 하는 소리 속에서 현우의 걱정하는 말이 자그마하게 들렸다. 희영은 그제야 고개를 들고 창밖을 내다보았다. 어둠이 내려앉은 산들이 도로를 에워싸고 있는 것처럼 보였다. 내비게이션을 보니 제주경마장, 극락 오름을 지나쳤고 애월읍의 소길리로 접어들고 있었다.

희영은 간신히 입 밖으로 소리를 냈다.

"아, 아니. 괜찮아요. 걱정 마요."

제주에서 떠오른 서울에서의 아픈 기억은 상처를 헤집어서 소금을 뿌리는 것처럼 고통을 안겨주었다.

유수암 마을로 들어서서, 어느덧 유수암 펜션으로 향하는 좁고 어둑한 길로 접어들었다. 희영은 묻어놓았던 과거로 들어가는 것처럼 여겨졌다. 안개가 껴서 희미하게 보이는 폐가와 나무들 그리고 이정표가 낯설게 여겨졌다. 분명 엊그제 소정을 만나러 왔던 길이다. 하지만 굉장히 다르게 보였다. 그날은 낮에 와서 그랬던 것일까.

만약 희영 혼자 왔더라면, 운전대를 돌려서 다시 게스트하우스로 돌아갔을 것 같았다. 그만큼 발길이 떨어지지 않았고 내키지 않았다.

돌덩이 같은 단단한 진실과의 대면, 납덩이처럼 무거운 사실과의 직면.

과연 무엇을 원하는 것일까.

진실에 접근하고자 하는 것인가. 아니면, 피하고자 하는 것일까.

희영은 두 손이 떨리는 것을 붙잡고 간신히 진정시켰다. 현우가 희영의 속마음을 아는지, 라디오를 끄고 담담한 음성으로 다독였다.

"누나, 마음 진정해요. 하지만 진실을 자꾸 외면하면, 언젠가 그게 부풀고 커져서 엄청난 크기로 굴러떨어져 내린대요. 그러니, 사정이 어찌 되었건 일단 한번 가서 들어보기로 해요. 지금 사실 조금 걱정은 돼요. 터널 비전 효과라고 아세요? 심리학 용어인데, 어두운 터널 속 제한된 시야에서는 빛이 있는 터널 끝만 오로지 보인대요. 그만큼 주변 판단이 흐릿해지고, 외골수가 되고 자기가 정해놓은 결론과 합치되는 것들만 보려고 하죠. 조금은 걱정되어요. 누나가 터널 속에 갇혀 있는 것은 아닌지."

"라디오 다시 켜줄래요?"

희영의 말에 현우는 온 버튼을 눌렀다. 희영은 라디오에서 나오는 은은한 피아노 연주를 귀 기울여 들으며 나직한 소리를 내었다.

"왜요? 내가 터널 끝만 보고 걸어가고 있는 것 같아요?"

"글쎄요, 하지만 이건 맞아요. 지금 너무 몰아쳐서 이 사람 저 사람 만나고 다니고 있는 건 맞다고요. 그리고 어느 게 진실인지 분간하기 힘들고요. 곁에서 넘겨다보는 저도 그런데 당사자는 오죽하겠어요. 그렇지만, 일단 마음을 안정시키고, 제 말도 들어보는 게 도움 될 거 같아요. 그래서 제가 이 충고 저 충고 하는 거예요. 제 진심 아시죠?"

희영은 작게 숨을 내뱉었다. 현우의 진심이 느껴졌다.

"알았어요. 내가 너무 흥분하면 말려줘요. 고마워요."

"좋아요, 너무 흥분하지 말고 상대방 말을 경청하도록 노력해본다면 같이 가줄게요."

"네, 그럴게요."

어느덧 차는 펜션 주차장에 도착했다. 희영은 현우의 말에 용기를 얻어서 애써 침착한 얼굴을 했다. 마당으로 키가 자그마한 여자가 반갑게 달려 나왔다. 소정이었다.

소정은 레이스가 달린 앞치마를 꽃무늬 프릴 치마 위로 둘러입고는 해맑게 웃고 있었다.

"희영아, 네가 온다기에 해물탕 끓여놓았어. 어서 와. 우리 애들, 미루와 미니."

소정과 꼭 닮은 초등학교 1, 2학년 정도로 되어 보이는 귀엽게 생긴 아이들이 소정의 치마폭을 붙잡고 숨바꼭질 놀이를 하고 있었다.

"아유, 정신없어. 저리 가서 그네 타고 놀아."

아이들은 깔깔거리면서 그네로 뛰어가서 올라탔다.

"남편은 일 보러 나갔고, 아버지는 부엌에서 횟감 뜨고 계셔."

희영은 난처한 표정으로 소정을 보았다. 곁에 서 있는 현우가 입을 꾹 다물고 어서 본론을 이야기하라는 식으로 손짓하였다.

"누, 누구야?"

현우는 소정이 자신을 의미심장한 눈빛으로 경계하자, 활짝 웃으며 소개했다.

"저는 바다 게스트하우스에서 아르바이트를 하고 있는 이현우라고 합니다. 희영 누나가 제주도 지리에 어두워서 같이 다니면서 도움 주고 있어요."

"벌써, 누나 동생이야? 너 제주도 내려와서 얻어가는 거 있는 거아냐?"

소정이 웃으면서 농을 치는데, 꺄악, 여자아이의 비명 소리가 들렸다. 소정이 화들짝 놀라서 소리가 난 데로 고개를 돌렸다.

미니가 그네에서 미끄러져 떨어져 내렸고, 미루가 흔들그네를 멈추지 못해서 미니가 다칠 뻔한 것이다. 소정이 부리나케 그네로 달려갔다.

"미루야! 조심하지 못해! 이게 뭐야. 미니도 어서 일어나!"

소정은 아이들을 혼내면서, 그네 줄을 붙잡아서 멈추고 미루를 내려오게 한 뒤 미니를 일으켰다.

"아이구, 정신없어. 어서 방에 들어가 놀아! 밥은 한 시간 있다 아빠랑 먹어! 알았지?"

아이들이 집 안으로 들어가자, 소정은 희영의 손을 다정하게 잡으며 안채로 잡아끌었다.

"어서, 들어와. 아빠가 너 온다구 회도 많이 떠났다니까. 아이들 때문에 정신이 없지? 결혼하면 다 이래. 이해해줘."

희영은 매몰차게 말했다.

"소정아, 나 밥 먹으러 온 거 아냐. 너한테 그리고 네 아빠한테 물어볼 게 있어서 온 거야."

희영이 싸늘한 표정을 짓자, 소정의 팔이 풀렸다. 소정은 눈가에 걱정을 담아서 마당 가운데 놓여 있는 통나무 테이블 의자에 앉았다.

"무, 무슨 일이야. 좀 앉아. 희영아. 네가 이러는 거 처음 본다."

희영은 소정의 건너편에 앉았고, 그 옆에 현우가 앉았다.

"10년 전 네 아버지가 감건호라는 경찰에게 의심이 가는 고등학생이 있다는 정보를 주었대."

"그게 무슨 말이야?"

"2004년 이야기하는 거라구. 내 동생 준수."

희영은 덜덜 떨리는 목소리를 애써 누르면서 침착하려고 했다. 현우가 오른손을 뻗어서 테이블 밑에서 희영의 손을 꼭 잡아주었다. 희영은 진정이 되면서 말을 똑바르게 했다.

"감건호라는 사람, 지금은 TV 여기저기 나와. 이번 주 토요일 방송되는 〈감건호의 현장 추적〉에 이번에 사망한 여대생 사건과 비교해서 김수향 사건이 나온대. 그런데 우리 가족사진이 예고편에 허락도 안 받고 나오기에 감건호 교수 만나러 갔었어. 여기 제주도에 내려와 있어서 지금 만나고 오는 길이야. 그 사람 말이 10년 전 여기서 김수향 사건 범인 프로파일링 할 때, 한동민이라는 사람이 의심 가는 고등학생에 관한 정보를 주어서, 용의자를 추리다보니까 우리 준수가…… 준수가 경찰에 끌려가게 된 거야."

소정의 눈빛이 떨리면서 심각한 표정으로 희영의 이야기를 경청하였다.

"그래서 한동민, 네 아버지한테 물어보려고 왔어. 왜 우리 준수가 범인으로 몰리게 되었는지, 의심이 가는 고등학생이 바로 우리 준수인지 물어보려고 왔다구."

소정은 한숨을 쉬면서 대답했다.

"결국, 너는 그 일을 다시 들춰내려고 여기 내려온 거야?"

희영은 말문이 막혔다.

"그런데다가 우리 아빠까지 연관되어 있다구? 희영아 나는 너 만나고 얼마나 기뻤는지 알아? 눈가에 미소 짓던 네 모습 그대로여서 얼마나 기뻤는데, 네가 서울 가고 나서는 연락 끊어졌잖아. 그런데 이렇게 오랜만에 친구로 마주하니까, 네 웃는 얼굴, 다정하게 잡아주던 손이 무척 반갑게 여겨졌는데 근데 너는 그런 나를……."

소정이 울먹였다. 희영은 갑자기 현실과 자신이 괴리되는 것처럼 분리감을 느꼈다.

난, 무엇을 원하고 내려온 것인가. 이런 꼴을 보여주고자 내려온 것인가. 오래된 친구에게조차.

"너 예선이 기억나지?"

소정이는 뜬금없이 다른 이야기를 꺼냈다.

"여기서 왜 그 얘기가 나와."

"왜냐고? 왜냐고?"

소정은 갑자기 아이처럼 엉엉 울면서 두 손을 들어서 허공을 내저었다.

"너에게는 그냥 얘기일 뿐이지만, 나에게는 인생이야. 왜 내가 고향을 못 떠나고 여기서 싸고 지고 사는 줄 알아? 내가 대신에 죗값 받으려고 그래. 고향 떠나면, 내 애들이 다칠까봐 그런다구! 여기서 여기서 내가 다 받으려구 그런다구!"

소정은 악다구니를 썼다. 희영은 눈을 소정과 마주쳤다.

"대체, 이게 다 무슨 얘기야."

"예선이 내가 죽였어."

"뭐어? 뭐라구?"

"너하고 엊그제 만났을 때 너 기억 못하는 거 보니까 엄청 서운하더라. 너는 지나간 추억이고, 과거지사지만 나는 내 인생의 거의 절반을 괴로움 속에서 살고 있었어."

소정은 울먹거리면서 한숨을 푹 내쉬었다 이어 말했다.

"예선이 나 때문에 죽게 된 거야. 내가 선물을 웅덩이 주변의 큰 바위 밑에 숨겼다고 거짓말했어. 근데 예선이가 그 장소에 나갔다가 발을 헛디뎌서 죽었다고. 내가 뒤늦게 예선이가 거기 갔다는 말을 듣고서 얼마나 숨 가쁘게 뛰어갔는지 몰라. 생일선물 숨겼다는 거짓말을 그 아이가 믿을 줄 알았겠어? 그냥 흘려들을 줄 알았어. 정말로 나올지 몰랐다구. 나 아직도 벌벌 떨어. 예선이가 밤마다 꿈마다 나와서 아주 슬픈 얼굴로 쳐다볼 때마다.

그리고 호곡성 그 이야기? 그거 누가 지어냈는지 알아? 우리 아버지가 지어낸 거야. 예선이가 억울하게 죽었다고 오해하게끔 그래서 지어낸 거야. 나도 들었다고 말하고 다녔고. 어느새 소문이 좌악 퍼졌지. 나도 점차 그 일은 예선이 아버지가 저지른 일이었다고 믿고 싶었다구. 나도 알아. 나도 안다구! 내 잘못인 거. 하지만 내 애들이 예선이 죽은 거 죗값 받을까봐 지금도 얼마나 고통스럽게 하루하루 살아가고 있는지 너는 아니? 아느냐구!"

현우는 흥분한 소정이 일어나서 희영의 두 팔을 잡고 마구 흔들어대자 소정을 말리면서 희영을 떼어냈다.

"누나, 이제 그만 가요. 더 이상 있을 필요 없어요. 어서 가요."

"어, 어?"

희영은 난감하였다. 온몸에 땀이 났고, 동시에 소름이 끼쳤다. 그리고 귀에서 삐- 하는 소리가 나면서 귓속을 무언가로 후벼 파는 듯이 아팠다.

"소, 소정아. 난 그저······."

"니 동생이 범인이야, 이준수가 범인이라구!"

"뭐어?!"

희영은 벼락같이 소리 질렀다.

"읍내로 나가던 아빠가 네 동생이 태워다달래서 그날, 2004년 6월 1일 저녁에 봉성리에 이준수를 내려놓고 갔어. 분명히 나한테 그렇게 말해줬어."

"뭐, 뭐라고?"

희영의 눈이 소정의 뒤에 서 있던 한동민과 마주쳤다. 어느새 나와 듣고 있었는지도 몰랐다.

소정은 뒤돌아 한동민을 빤히 보았다. 어둠 속에서 가로등 불빛을 받고서 장승처럼 서 있던 그가 묵묵히 답하였다.

"소정이가 하는 말이 사실이다. 그날 밤, 네 동생을 봉성리 새별오름 근처 버스 정류장 가까운 곳에 내려주었다. 그리고 오름 근처의 거래처 사장 집에 들러서 돈을 수금하고 밤낚시하러 바다로 돌아갔다."

"거, 거짓말……."

희영은 신음에 가까운 소릴 간신히 냈다. 한동민은 담담하게 말을 이었다.

"준수가 말하더구나. 봉성리에 볼일이 있다고."

희영은 고함을 쳤다.

"그런 말씀 마세요. 진실을 말해주세요!"

"그게 진실이다. 외면하지 마라. 난 사건이 일어나고 나서 경찰에게 일러줄 수밖에 없었어. 하지만 자세한 이름은 이야기해주지 않았어. 그들이 찾아낸 거야. 증거를 모아서."

희영은 울면서 소리를 쳤다.

"왜! 왜! 그때 그런 전화를 하셨어요. 안 하실 수도 있잖아요! 누구 가족 죽는 꼴 보고 싶어서 그랬어요? 네? 에? 저와 소정이가 그렇게 친한 친구였고, 그렇게 이웃으로 살았는데, 이웃집 아저씨로 그런 정도 없으세요? 우리를 나락으로 밀어뜨리고 싶었느냐구요!"

희영이 악에 받쳐서 소리를 질러댔다. 현우가 말렸지만 터져 나오는 소리까지 막을 수는 없었다.

한동민은 잠시 조용히 희영을 바라보더니 고개만 절레절레 흔들었다. 희영은 그대로 의자에서 미끄러져 바닥에 주저앉았다. 현우가 부축했지만 잠시 퍼질러 앉아만 있었다. 잠시 후, 희영이 진정돼 의자에 다시 올라 앉자 소정이 담담하게 말했다.

"희영이 너, 이제 다시는 보지 말자. 넌 나한테 씻을 수 없는 아픈 기억을 되살려줬어. 그래, 이제 너희 가족에게 떨어진 죗값 달게 받아. 이준수가 저지른 살인에 대한 값 치르라고. 그러라고 네가 여기까지 와서 사실 확인하게 된 거야! 내가 그동안 얼마나 괴로웠는지 알아? 넌 모를 거야."

"뭐라고?"

희영은 소정에게 달려들어서 손을 휘둘러 따귀를 때렸다. 뺨이 붉게 된 소정이 뒤로 물러나려다 넘어졌고, 한동민이 그런 소정의 앞으로 나서서 희영을 말렸다. 현우도 희영의 팔을 붙잡고 뒤로 나왔다.

"누나, 진정해요."

"어서들 가, 다시는 이곳에 오지 마라."

한동민의 엄격한 목소리 뒤로 떨리는 눈망울의 소정이 희영을 애타게 쳐다보는 게 엿보였다. 희영은 외면했다. 현우가 어깨를 붙잡고 차로 향했다. 격분하면서 떨고 있는 희영에게 나직한 목소리로 말했다.

"어서 차에 타요, 뒤돌아보지 말아요. 나중에 더 후회하게 될 거예요. 더 이상 보지 말아요."

희영이 가고 나자 혼자 남겨진 소정은 온몸을 덜덜 떨었다. 한동민이 걱정 어린 눈으로 달렸다.

"소정아, 힘들면 진정제 줄까?"

"아뇨, 약 안 먹어도 돼요."

소정은 부들부들 떨다가 눈물을 떨구었다.

어떻게 바다 게스트하우스로 돌아왔는지 기억이 나지 않았다. 현우가 운전대를 잡았고 희영은 눈을 감고 창가에 고개를 기대고 쪽잠이었지만 무척 깊은 반수면 상태에 빠져들었다. 잠에서 깨니 온몸에 힘이 빠져나갔고, 경기하듯이 떨려왔다. 극도의 긴장 속에서 간신히 잠의 나락으로 다시 빠져들었지만, 이내 깨어나 무서운 현실로 돌아왔다.

'너희 가족에게 떨어진 죗값 달게 받아. 이준수가 저지른 살인에 대한 값 치르라고. 그러라고 네가 여기까지 와서 사실 확인하게 된 거야!'

소정의 마지막 말은 너무도 무서웠다. 희영이 확인하고 싶지 않았던 과거의 사실을 바로 알려주는 말이었다. 그리고 그녀에게는 종신형 선고와 똑같은 말이었다.

너희 가족은 이제 종신형으로 감옥에 갇혀 살아. 이준수가 범인이라는, 가해자 가족이라는 그 감옥에 말이야.

희영은 오늘 소정에게서 사형 선고를 받은 셈이 되었다. 다시 그 아수라장으로 걸어 들어가는 것을 되풀이하고 싶지는 않았지만, 결과적으로 그렇게 되었다. 고개를 뒤흔들었다. 방에 들어와 모든 것을 잠시 잊어보고자 노력했다. 머리를 맑게 하고자 했다. 끈적거리는 땀을 온몸에서 제거하고 싶었다. 한참이고 뜨거운 물로 전신을 씻어 내렸다. 피곤에 눈을 감고 싶었지만 잠이 오지 않을 것 같았다. 머리가 빠개지도록 아파왔다.

샤워를 끝마치고 바다방으로 들어왔다. 오수경은 아직 들어오지 않은 것처럼 보였다. 침대가 아침에 나간 그대로 있었고, 탁자 위에 메모지 몇 장뿐, 소지품들이 거의 놓여 있지 않았다. 희영은 한숨을 크게 내쉬었다. 감건호 교수와 논쟁을 벌이고, 한동민 한소정을 찾아가서 소득 없는 일들을 벌였다. 게다가 가장 아픈 기억을 헤집어놓았고, 그걸로 소정에게서 영원히 보지 말자는 소리를 들었다.

희영은 주체할 수 없는 괴로움이 밀려왔지만 애써 다른 생각을 하기로 했다. 영화 〈냉정과 열정 사이〉를 포털사이트 검색창에 넣었다. 큰 눈에 생머리를 길게 늘어뜨린, 의미심장하면서 애절한 눈빛의 여주인공과, 그와 마주 서 있는 덥수룩한 머리의 남자 주인공의 얼굴이 이미지로 나왔다. 여주인공과 희영은 닮지 않았다. 다만, 슬픔을 감춘 듯한 분위기가 비슷하다는 말은 공감했다. 희영은 기숙사 방에 걸려 있는 거울 앞에 섰다. 고통과 아픔이 서린 눈빛. 그것은 닮았다고 인정을 했다.

고통 속에서 인생의 의미를 깨닫고 그로 인해 한 단계 성숙해진다는 말은 얼마나 가혹한 말인가.

만약에 신이 더 나은 생을 위한 아픔을 기꺼이 감수하겠느냐고 묻는다면 희영은 그 아픔을 겪지 않고 그냥 이대로 일상을 살아가겠다고 대답할 것이다. 아문 듯해도 상처는 아직도 벌어져 있고, 그 고통은 평생 온몸과 정신을 지배하면서 뒤흔든다. 그리고 어떤 감정 앞에서도 당황하고 망설이는 자신을 보게 된다.

희영에게 특별한 감정을 고백하는 현우의 목소리에서도 그것을 피상적으로 외부의 것으로 밀쳐놓는다. 모든 타인과의 관계는 항상 객관적으로 의심을 품고 들여다보게 된다. 그게 바로 지나친 아픔을 겪은 그녀만의 생활방식이 되었다. 하지만 현우가 했던 말 중에 기억에 남는 것이 있었다.

'차분하고 조용한 이미지. 그리고 슬픔을 담은 눈빛. 항상 그런 여자를 만나는 게 제 꿈이었죠.'

무슨 생각에 그런 말을 한 것일까. 희영의 가슴속이 잠깐 따뜻해졌다. 실로 차갑게 시리기만 했는데 아주 오랜만에 뭉클한 무언가가 꿈틀거리는 것을 느끼게 되었다. 그동안 터널 속을 헤매면서 끝머리의 빛만 보고 외길로만 고독하게 걸었는데, 오늘은 처음으로 누군가의 손을 붙잡고 터널을 안정되게 헤쳐나가고 있는 느낌이 들었다.

희영은 지금 현우의 말대로 터널을 미친 듯이 돌아다니고 있다. 그리고 뭐든지 이준수가 범인이 아니라는 희망에 사람들을 만나고, 그에 부합되는 말만 수집하고 있는 것이다. 과연 이러려고 제주도에 내려와 캐고 다니는 것인가. 그리고 도대체 자신이 원하는 것은 무엇인가.

준수의 결백함을 증명하려는 것인가, 아니면 더 무거운 진실을 직시하고 그대로 마주치고 싶은 것인가.

터널의 끝에는 무엇이 기다리고 있는 것인가.

빌레못 동굴의 어둠

6월 20일

　아침 일찍 눈을 떴다. 희영은 일어나서 창 너머로 바다를 보았다. 맑고 쾌청한 하늘 아래 연푸른 바다는 여전히 들어왔다 나갔다 하고 있었다. 아름다웠다. 반면에 야속하기 그지없었다. 인간의 속 상함은 모른다는 듯이 그대로 그 자리에 바다가 있었다.

　참 예쁘죠? 근데 그 바다도 며칠 지내다보면 금방 까먹어요.

　오수경이 해주었던 말이 언뜻 떠올랐다. 희영은 오수경의 침대를 보았다. 구석에 있는 침대는 어제와 똑같았다. 오수경은 들어오지 않은 것 같았다.

　희영은 샤워를 하고, 화장을 가볍게 하고 나갈 준비를 한 후 모임장으로 들어갔다. 모임장에서는 소란스러운 분위기가 감돌았다.

　정영기가 눈을 크게 뜨고 목소리를 높였다.

"어떻게 된 거야? 그러면 수경 씨가 돈 떼먹고 달아난 거란 말이야?"

그 말에 임영철이 놀란 눈으로 덧붙였다.

"정말 걔 그렇게 안 봤는데, 그럴 수가 있나?"

현우가 다 먹은 식사 접시를 치우면서 생긋 웃었다.

"에이, 그 정도는 아닐 거예요. 체 형 말로는 숙박비 떼먹는 그런 파렴치한 사람 드물대요. 수경 씨, 언젠가 돈 부쳐주겠죠. 피치 못해 그렇게 간 거겠지만."

희영이 다가와 테이블 가에 앉으며 말을 거들었다.

"그런데, 책상 위에 메모지 몇 개가 놓여 있던데, 정말 말없이 나간 거예요?"

현우가 고개를 끄덕였다.

"일단 짐이나 캐리어가 안 보여서요. 아까, 누나 없을 때 노크하고 들어가서 살펴봤어요. 죄송해요. 여자 방에 함부로 들어가면 안 되는데 급해서요. 체 형이 어제 오수경 씨가 새벽에 나간 걸로 짐작은 되지만, 들어오는 것은 못 보았다고 해서 제가 체크해봤어요."

그러고 보니, 오수경의 짐이 어제 아침부터 보이지 않았다.

"저어기 숙박비 이야기는 뭐예요?"

현우가 눈을 찡긋하면서 주의 주었다.

"형들, 괜히 생사람 잡지 말아요."

현우가 그릇을 치우자, 정영기가 호들갑스럽게 말했다.

"일주일 치는 주고, 그다음부터는 내지 않고 나중에 나갈 때 정산해준다고 그랬대요. 그러니 돈 떼고 도망간 거로 봐도 무방하죠."

"야, 수경 씨가 그래도 영화제 자원봉사도 하고 그러는 사람인데, 그렇게 엉망인 사람인 거야?"

"알게 뭐야, 인피 겉면만 보고 판단이 되어야 말이지. 당최 사람 속은 그 누구도 모르잖아."

희영이 휴대폰을 들어 전화를 걸었다.

"내가 번호 받은 적 있어요. 해볼게요."

임영철이 고개를 저었다.

"우리도 해봤는데, 전화기가 꺼져 있다고 나오네요."

희영은 휴대폰 너머에서 전화기가 꺼져 있다는 음성을 들었다.

"좀 걱정되네, 이거 어디에 알려야 되는 거 아녜요?"

"왜요, 양구동 형사님한테 연락 한번 해볼까요?"

임영철이 장난스럽게 말하자, 정영기가 화를 버럭 냈다.

"야, 체 형 곤란하게 만들고 싶냐? 이런 일 하다보면 이런 손님, 저런 손님 있는 거지. 또 형사 찾아와서 체 형 난처해지면 어쩌려구."

희영은 아무렇지도 않은 척하면서 오영상을 곁눈으로 살펴보았다. 오영상은 커피가 떨어지자 커피를 내리고, 토스트 빵을 채워 넣는 일에 열중하고 있었다. 희영은 의심스러웠다. 고미연 여대생이 이 게스트하우스에 찾아왔다는 것을 현우를 통해 알고 있었지만, 현우가 직접 경찰에 알리겠다고 해서 그냥 넘겨버렸다.

그런데, 오수경이 갑자기 사라진다? 그것도 숙박비를 떼먹고 온

다간다 말도 없이 휴대폰도 끊고 없어져버린다?

좀 의아하였다. 숙박료가 엄청나게 큰돈도 아니었다. 몇 십만 원 정도의 돈을 떼먹고 전화를 안 받는다는 게 좀 상식적이지 않아 보였다.

호텔 뷔페식당에서 커피 잔을 손에 쥔 감건호는 기분이 나빠서 오만상을 찡그렸다. 쓴 커피만 입에 들이붓고 있었다.

"여기 한 잔 더 줘요."

호텔 여직원이 생긋 웃으면서 커피를 따라주었다. 좀 전에 김종기에게서 폭언에 가까운 전화를 받았다. 구속영장이 떨어질 것 같다면서, 온갖 욕설과 협박을 뒤섞어서 감건호를 뒤흔들어 놓았다.

경찰이었으면 이렇게 함부로 대하지는 않았을까?

감건호는 회의에 빠지면서 흘러내리는 앞머리를 뒤로 넘겼다. 새로 바꾼 콘택트렌즈가 잘 맞지 않아서 무테안경으로 바꾸었다. 촬영할 때만 안경을 벗을 생각이었다. 감건호는 안경을 벗어 테이블에 두고 두 손으로 얼굴을 박박 문질렀다.

경찰 프로파일러로서의 생활은 5년 전에 종지부를 찍었다. 심리학 박사를 따고 경찰청 과학수사계 범죄분석관으로 특채되어서 살인범의 심리를 연구하고, 현장에 파견되어 범인 프로파일링 작업을 한 지 6년의 세월이 흘렀다. 경사에서 경위로 승진하고, 경감으로 승진하기를 오매불망 그리던 시절이었다. 범인과 진행하는 5시간이 넘는 긴 인터뷰 동안 화장실 한 번 안 가고 지긋지긋한 살인이야기를 반복해서 들어주고 서류로 만들면서 방광염에 시달렸다. 가끔은 잔인한 사건 현장 사진을 수천 장 반복해서 보다가 염증이 나고, 꿈에 헛것을 보면서 일에 회의를 느끼기도 했다. 하지만 피해자의 억울함을 풀어주기 위해, 가해자의 범행 심리를 파악하여 범죄율을 떨어뜨리는 데 도움이 되는 연구 결과를 내놓기 위해 달렸다.

경위 승진 후, 서울지방경찰청으로 발령 나서 증거주의, 과학수사에 매진하는 형사과장 김해준을 만나서 고생을 했다. 차츰 조직 생활에 회의를 품게 되었다. 김해준은 사건마다 감건호를 배제시켰고 범죄 심리 관련하여 별건의 연구를 진행하도록 했다. 과학수사에 몰입하면서 감건호를 허수아비로 만들었다. 게다가 감건호가 내미는 사건에 대한 피의자 면담 보고서를 무시했고, 심리검사는 증거로 받아들이지 않았다. 감건호는 알게 모르게 왕따를 당했고, 각 부서에서 무시를 당하기에 이르렀다. 그 배경으로는 감건호도 짚이는 바가 있었다. 정치인이 살인을 교사했다고 연루된 사건에서 감건호는 정치인에게 불리한 분석을 내놓았고, 김해준은 그 사건 수사와 연관되어 승진에서 누락되었다는 소문이 떠돌았다. 김해준이 해당 사건을 검찰에 송치하고 나서부터 집중적으로 감건호를 괴롭힌 것을 보더라도 얼추 앞뒤가 파악되었다.

"자네, 종로경찰서 과학수사팀으로 가서 현장부터 다시 익히지 그래."

"네? 과장님, 무슨 말씀이십니까?"

"자네가 현장은 좀 감이 떨어지잖나? 그러니 사건에 임장하고 하면서 증거 수집하고 분석하는 일부터 배우라고. 심리학 박사가 책상머리에 앉아 있다보면 실력 늘겠지 하는데 전혀 아니야. 경찰은 현장이라구."

감건호는 난처했다. 과학수사계에 소속된 프로파일러였지만, 지문과 유전자 채취와 분석은 전문 분야가 아니었다.

감건호는 결국 김해준에 의해 전보 배치발령을 받았고, 과학수사팀에 근무하면서 사건 현장에 가서 시체를 수습하고, 증거를 찾고 하는 일을 했지만, 막상 범인을 프로파일링하고 면담하여 범죄 심리를 알아내는 일은 주어지지 않았다. 비전문 분야에서 고민하던 그는 사표를 던졌고, 겸임교수 자리를 얻고 방송 일을 하면서 출연 분야를 넓혀가다가 대중적 인기를 얻었다. 하지만 경찰을 관두면서 얻은 것은 결국 방광염과 신경증과 우울증 뿐. 동료들은 모두 그를 손가락질하면서 광대라고 놀렸다.

이제는 범인을 찾는 것이 아니라, 범인찾기 놀이에서 대장을 하고 있었다. 그리고 용의자가 잡혀도 먼 거리에서 이렇다 저렇다 평만 늘어놓을 뿐, 그와 단둘이 대면하게 될 기회는 경찰이 아닌 이상 주어지지 않았다. 경찰로서 범인과 대면하여 장시간 이야기를 나눌 때는 염증도 느꼈지만, 막상 그 시절이 그리워지기도 했다.

"아침 안 하세요?"

여인정 피디의 낭랑한 목소리가 감건호를 추억 속에서 끌어냈다.

접시에 빵과 구운 달걀, 오믈렛 등의 먹을 것을 담아 와서 테이블 위에 놓고 앉았다.

"같이 좀 드세요."

"어, 생각 없네. 여 피디나 들어요."

"교수님, 김종기 씨가 계속 힘들게 하죠? 그냥 〈감건호의 현장 추적〉 프로그램 1회 재방송 내보내지 말고, 사과문 짧게라도 내보낼까 생각해봤거든요. 어떻게 할까요?"

감건호는 쓸쓸한 웃음을 지어 보였다.

"나, 감건호가 그 정도에서 무너질 정도로 보여요? 이거 알아요? TV 건강 프로그램에서 복분자가 좋다고 항암이다, 활성화 산소를 줄여준다 방영을 하면 그 프로그램 끝나고 바로 홈쇼핑에서 복분자 대량으로 판매하는 거. 그러면 시청자들은 또 구매 전화번호를 누르는 거지. 방송 영향력은 그런 거예요. 조금 비유가 우습지만, 난 우리 프로그램을 보고 시청자들이 범죄에 대한 경각심, 그리고 범죄를 예방하고, 저지르지 말아야 하겠다는 공감 의식만 가지게 되면 만족이야. 다른 거 없어요. 사회에서 범죄율을 조금이라도 낮춰보겠다고 여기까지 오게 된 거지. 다 알아, 남들이 나 또라이 교수라고 하는 거."

여인정 피디는 웃음을 참았다.

"근데 어쩌겠어. 내가 앞장서야 조금이라도 사회가 나아진다고 생각하면 멈출 수 없어요."

감건호는 활짝 웃으면서 말을 이어나갔다.

"경찰도 의심이 가니까 김종기 붙들려고 움직이는 거지. 나 때문에 구속영장 신청하고 그러는 거 아녜요. 정의를 위한 거지, 내 안전을 위해 이 자리에 있는 거 아녜요. 걱정 말아요, 여 피디."

그제야 여인정 피디가 안도하는 모습을 보였다. 감건호는 마음을 다잡기로 하였다. 자신이 무너지고 페이스가 흔들리면 이 프로그램은 죽도 밥도 안 되고, 조기 종영에 여인정 피디를 비롯한 제작진들은 당분간 일이 없어질지도 몰랐다. 마음을 다잡아야 했다.

제주서부경찰서 형사팀 사무실은 외국인을 대상으로 불법 도박판을 벌이다 잡혀온 중년의 남자들과 여자들로 시끌벅적했다. 수사과에서 사무실이 부족하다고 해서 형사팀 사무실에까지 피의자들을 분리하여 형사들이 달라붙어서 조서를 꾸리는 중이었다. 양구동은 사무실의 분위기에 개의치 않고, 고미연 사건 관련 서류를 훑어보았다.

정영호가 양구동에게 서류를 들고 다가왔다.

"팀장님, 이거 부탁하신 겁니다. 김재동과 김용규의 주민등록등본상 주소를 조사해봤는데, 제주도 애월읍 봉성리 35번지 김용규 씨 집 주소 말고는 나오지 않습니다. 이 정도로 주소를 등록해놓고 살지 않는 것 보면 거의 사회생활은 안 한다고 봐야 하는데요."

양구동이 매운 오징어다리를 물고 질겅질겅 씹으면서 고개를 끄덕였다.

"좀 먹을래? 요 앞 슈퍼에서 샀는데."

"괜찮습니다."

214

"김용규가 분명히 제주도에서는 살지 않는다고 했고, 서울로 올라갔겠거니 했는데 말이야. 서울서는 잡히는 주소지나 등록된 곳이 한 곳도 나오지 않는다. 뭐 여기 살고 있는 거 아냐? 돈도 없이 사는 게 쉽겠어? 타지에서 말이지."

"땅값도 많이 올랐다는데, 김용규 씨가 아들한테 돈 부쳐주고 있는 거 아닐까요?"

"그건 모르는 일이지. 아닌 척해도 아들이야. 하나밖에 없는 자식."

정영호가 고개를 갸웃하다 컴퓨터 화면으로 시선을 옮겼다.

"팀장님, 구글링 해보세요."

"구글링?"

"네, 요즘 페이스북이나, 블로그, 트위터를 통해서 자신의 신상정보, 나온 학교, 전화번호 등록해서 아예 나보란 듯이 올려놓고 있는 친구들이 얼마나 많은데요. 저도 페이스북 친구들이 스무 명은 넘습니다."

"뭐라고? 연예인이나 할 짓을 자네가 한다고? 형사가 그러고 사는 줄은 알아? 그 인터넷 친구들이?"

"아뇨, 제가 형사인 줄은 모르고요, 그냥 점심에 구내식당에서 나온 메인요리 사진 찍어서 올려놓으면, 친구들이 댓글로 맛있겠다, 같이 먹자 올려준다구요."

양구동이 혀를 끌끌 찼다.

"그래서 그 친구들 경찰서 식당으로 불러서 같이 먹으려구?"

정영호가 깔깔 웃었다.

"농담하세요? 그냥 그렇다는 거지, 누가 오프라인에서 만나자고 해요? 저도 형사 일 고되어서 스트레스 푸는 정도니 너무 걱정 마세요. 함부로 정치성 코멘트 올리거나 하지는 않는다구요."

"왜 몽돌인가 그 개 사진이나 올려놓지 그래."

정영호가 심각한 표정을 지었다.

"몽돌이도 사생활이 있다구요. 그나저나 어제부터 설사하고 경기 하는데 오늘은 정말 야간진료 하는 동물병원에라도 데려가야 됩니다. 저 그럼 조금 있다 일찍 퇴근하겠습니다."

"알아서 해, 가족이라는데 별 수 있어?"

정영호가 서류를 놓고 간 뒤에 양구동은 컴퓨터 인터넷에 접속해서 구글 사이트를 열었다. 그리고 구글 검색창에 '김재동' '애월읍' '김용규' '김수향' '봉성리' 등의 단어를 넣어보았다.

10년 전 김수향 사건과 관련하여 뉴스 기사는 있었지만 김재동에 관한 최근 근황이나 소식은 찾아볼 수 없었다. 대신에 동명이인이 몇 있었는데, 대기업 이사거나, 스포츠 선수로 나이가 30대 이상이었다. 양구동은 검색창을 닫으려다가 마지막으로 애월 고등학교를 입력하였다. 김재동이 다니다가 중퇴한 고등학교였다. 애월 고등학교 홈페이지가 나오고 동창회 사이트가 나왔고, 그리고 페이스북 프로필 란에 정보를 올린 사람들이 몇 나왔다. 양구동은 그중에 한 명을 클릭하여 페이스북으로 들어갔다. 애월 고등학교를 나온 후에 서울에 있는 전문대학에 진학해 컴퓨터 프로그래머가 된 남자의 프로필이 떴다. 동창생이 올린 댓글 중에 싸이 홈피로 찾아오라고 안내된 것이 있어서 클릭해 싸이 홈피로 들어가게 되었다. 애월 고등학교를 나온 또 다른 남자였다. 남자의 갤러리를 클릭하니, 사진 여러 장이 나왔다. 대학생 시절에 찍은 사진이 몇 장 나왔고, 고등학교 때 찍은 사진이 나왔다. 사진 설명에 '친구들 박진호, 민완진, 김재동, 선동주와 함께'라고 적혀 있었다.

양구동의 미간에 주름이 잡혔다. 양구동은 사진에 달린 댓글을 주목하였다. 댓글 중 하나가 김재동이 올린 것이었다.

'야, 풋풋한 시절 사진을 어떻게 다 가지고 있냐? 얌마, 서울 왔으면 연락 좀 해라. 난 이미 몇 년 전부터 여기 와 있다.'

양구동은 손바닥으로 무릎을 탁 치고는 김재동의 이름을 클릭해 김재동의 미니 홈피로 이동하였다. 꽤 귀여운 캐릭터들이 간판에 걸려 있었고, 잔잔한 발라드 음악이 나왔다. 최근에 업데이트한 날짜를 보니, 6개월 전에 강원도 여행 관련 글 하나만 올렸을 뿐, 홈피는 거의 관리를 하고 있지 않은 듯했다. 양구동은 프로필을 뒤져보았다. 전화번호 하나가 떠 있었다.

아싸, 양구동은 휴대폰을 들어서 키패드를 열고 번호를 하나하나씩 눌렀다. 애절한 목소리의 여자 가수 음성이 나왔다. 양구동은 잠시 눈을 감고 음악을 들었다. 20여 초는 흘렀을까, 음악 끝에 앳된 남자 목소리가 흘러나왔다.

"여보세요."

"안녕하십니까. 김재동 씨 휴대폰 맞습니까?"

"누구시죠?"

남자가 경계하는 목소리로 되물었다.

"저는 양구동이라고 합니다."

"네? 누구시라고요?"

"일단 물읍시다. 김재동 씨 맞습니까?"

남자가 잠시 뜸을 들였다.

"누구신데요?"

"저는 제주서부경찰서 양구동 형사라는 사람입니다."

상대방의 목소리가 끊기고 침묵이 흘렀다.

"김재동 씨 맞죠? 맞습니까?"

남자가 마지못해 대답을 하는 것처럼 작은 목소리로 답하였다.

"네. 맞는데 무슨 일이시죠?"

"김재동 씨 아버지 되시는 김용규 씨가 최근에 도둑이 들었다고 하셔서 그러는데 뭔가 짚이는 바가 있으신지요?"

남자가 또다시 뜸을 들였다.

"저는 모르겠습니다. 그 사람과 연락 끊긴 지 오래입니다."

그 사람이라, 자신의 아버지와 절연을 한 것처럼 여겨졌다.

"실례지만 지금 어디 사십니까?"

남자는 다시 대답 없이 묵묵히 숨소리만 간간이 났다.

"만나고 싶은데요. 혹시 제주도에 사십니까? 시간 좀 내주실 수 있습니까?"

양구동은 김재동의 뜨듯미지근한 태도가 충분히 조사해볼 가치가 있다고 느꼈다.

"이번에 고미연이라고 새별 오름 근처에서 죽은 사람이 있는데, 왜 항간에는 여대생이 실종되어 살인사건 난 거라고 알려져 있죠. 매일 뉴스에 나오는데 알고 계시죠? 그와 관련해서 탐문하려 합니다만. 10년 전 재동 씨가 겪은 사건과 연관도 있는 것 같구요."

양구동은 승부수를 띄워보았다. 분명 상대방의 반응으로 사건과 연관이 있는지 떠볼 수 있었다. 수사 경험상 전화를 끊고 행적을 감추면 용의자일 확률은 높아져가는 거였다.

"그럼 만날 수는 있습니다. 중요한 사실을 알려드리고 싶습니다. 사건 관련해서 김용규와 관련된 정보입니다."

"네? 뭐라구요?"

양구동은 하마터면 휴대폰을 놓칠 뻔했다.

"김용규에 대해 알려드리고 싶습니다. 새별 오름 사건 현장 근처에서 뵙고 싶습니다. 시간은 오늘 저녁이 어떠신지요."

양구동은 충분히 만날 가치가 있다고 여겼다.

"좋아요, 좋아. 어디서 몇 시에 만날까요?"

"형사님이 정해주세요."

"새별 오름에 왜 영업 안 하는 식당 앞에서 봅시다. 주차장으로 쓰이는 공터 근처에 있는데, 거기서 저녁 8시에 만납시다. 어때요?"

"네, 거기서 뵙겠습니다."

양구동은 휴대폰을 끊고서 한참이고 액정 화면을 들여다보았다. 전화가 꺼진 후에는 딸의 얼굴이 휴대폰 화면에 떴다. 브이자 사인을 하고 활짝 웃는 딸, 가슴에 영원히 담고 싶은 사랑스러운 얼굴이었다. 딸이 열두 살에 놀이공원에 놀러 가서 찍은 사진이었다. 지금은 고등학생이 된 딸은 서울에서 제주로 전학 온 이후 양구동이 집에 들어와도 문을 쾅 닫고 방으로 들어가기 일쑤였다. 경찰직 특성상 이사를 많이 다녔는데, 그때마다 친구들과 헤어진다고 울고불고 하더니, 이제는 그런 것도 없이 눈에 분노만 그득하니 차서 양구동을 노려보고 말도 걸지 않았다. 그리고 방문을 닫고 들어가 양구동이 아침에 출근할 때까지도 나와보지 않았다.

소통이 불가하였고, 아내도 그 둘 사이에서 딸의 편이 되어서 공부에 방해된다며 양구동이 딸의 얼굴을 보고자 방문을 열어보려 해도 막았다. 집에서 왕따가 되었고, 이제는 방안에서 양구동 혼자서 고독사라도 할 판이었다.

아내와 딸, 양구동은 방을 각각 따로 하나씩 썼다. 양구동이 집에서 담배를 간간이 하였는데 그것을 핑계로 아내와 딸은 각자의 방에 양구동이 들어오는 것을 허락하지 않았다. 담배 냄새가 싫다는 것이었다. 양구동은 서운하였지만 무엇이 이렇게 자신을 고독하게 만드는지 알 도리가 없었다. 다만 짚이는 것은 형사 생활을 하면서 가정에 소홀하였고, 연락도 없이 새벽에 들어오기 일쑤였고, 그 많은 이사를 하면서 한 번도 도운 적 없었다는 게 걸렸다.

그리고 5년 전 그 사건이 알게 모르게 마음에 걸렸다.

딸아이가 초등학교 5학년 때 일이었다.

서울 은평구에서 강력팀 형사였던 양구동은 112를 통해 접수된 신고를 받고 현장에 나가게 되었다. 무섭게 뜨겁던 여름이었다. 다세대 빌라 옥상에서 초등학교 5학년 여자아이의 시신이 물탱크를 보관하는 창고 속에서 발견되었던 것이다. 빌라 3층에 살던 주부는 수돗물에서 비릿한 냄새가 나고, 물맛이 텁텁해서 옥상의 물탱크를 보러 갔다가 창고 안에서 풍겨나오는 괴상한 냄새에 슬그머니 들여다보았다. 그러다가 비스듬히 열린 창고 문을 통해 시신을 발견하였다.

여자아이는 머리를 양 갈래로 하여 앵두 모양의 머리끈으로 묶고 있었다. 짧은 반팔 티셔츠와 반바지를 입었는데, 시반이나 부패의 정도로 보아 죽은 지 일주일 전후로 되어 보였다. 당시에 실종 신고가 있어서 신고자 가족을 불러 확인해보니 실종된 아이가 맞았다.

이후 양구동은 여자아이의 모습이 밤마다 꿈에 나타나 새벽까지 어른어른거리면서 사라지지 않았다. 딸아이가 퇴근하는 양구동을 마주보고, 재미나는 이야기라도 들려주려고 하였지만 양구동은 그럴 때마다 불같이 화를 내고 방으로 들어가 문을 걸어 잠근 후 침대에 누웠다.

무섭고 두려웠다. 사망자와 동갑인 딸아이를 볼 때마다 딸도 그런 상황에 처하게 될까 밤새 벌벌 떨기도 하였다. 양구동은 사건

수사를 반납하였고, 다른 팀 형사들이 수사하여 한 달 내로 인근 찜질방에 근무하는 보일러 기사를 잡아들여 용의자 확보를 하였고, 범인으로 확정하여 검찰에 송치하면서 사건은 종결되었다. 하지만 양구동은 그 후로도 딸과 대화는커녕 쳐다볼 수 없을 정도로 괴로워하면서 지냈다. 그러다 한번은 길거리에서 보고 반가워 달려오던 책가방을 멘 딸을 바닥에 밀치는 행동을 하기도 했다. 길바닥에 엉덩방아를 찧고서 아버지를 노려보던 딸의 그 눈빛을 절대로 잊을 수가 없었다.

심리적 트라우마에 발목을 잡힌 양구동은 감건호를 찾아갔다. 그가 심리학과 박사 학위 소지자라는 것은 이미 경찰 되기 전의 일이었지만, 그보다 경찰관 심리를 더 잘 아는 사람도 없을 듯싶었다. 정신과 의사는 찾아가기 싫었고, 괜하게 약을 처방받았다는 게 알려지면 불이익을 받을 것 같았다. 오랜만에 그를 불러냈다. 마침 서울지방경찰청에서 종로경찰서 과학수사팀으로 자리를 옮겼다는 소식을 전해들은 지 얼마 지나지 않아서였다.

"어떻게 지내요? 과학수사팀은 처음 아닌가? 종로경찰서에서 프로파일러 일을 하는 것은 아닐 테고."

양구동은 진심으로 궁금했지만, 서울지방경찰청에서 종로경찰서로 배치된 것에 약간은 고소하다는 생각도 하고 있었다. 감건호는 머리를 헝클어뜨리면서 시원하게 소주잔을 비웠다.

"조만간 옷 벗으려구요. 사건 현장 임장하는 것 체질적으로 맞지 않고, 게다가 용의자들과 면담 기회도 주어지지 않습니다. 물고

기는 물에서 살아야 되는데 죽을 맛이죠."

평소에 깔끔하게 차려입는 감건호다워 보이지 않게 매사 포기한 것처럼 헝클어진 머리스타일에 구겨진 면바지와 점퍼가 마음에 걸렸다.

"웬일이세요? 제주도 애월읍 사건 이후로 저와는 연락도 하지 않으셨잖아요? 저를 사사건건 방해되는 프로파일러로 알고 있는 형사분들 중 한 분이시잖아요?"

"그거야 지난 일이고."

양구동은 술을 몇 잔 걸치고 나서야 지금 겪고 있는 고통을 슬슬 말해주었다.

"내 친구 이야기인데 말이야. 나와 똑같은 직급에 강력팀 형사 녀석인데 말이야. 그 녀석이 요즘 수사 맡았던 사건에서 보았던 여자아이 시신이 꿈에도 나타나 괴롭힌다고 해서 말이지."

양구동은 남 이야기를 하듯이 슬금슬금 말하였다. 감건호는 슬슬 눈꼬리를 들어서 양구동을 유심히 살피다가 안경을 빼서 잘 닦은 후 다시 써보았다.

"내 이야기 듣고는 있는 거야? 내 친구는 엄청 심각하단 말이야."

감건호가 직설적으로 답하였다.

"CIS(Critical Incident Stress)증후군 같은데요. 비상사태스트레스 증후군으로 구조업무에 종사하는 소방대원이나 경찰관, 의료인들이 겪는 심리적 고통입니다. 자기와 동료의 생명에 위기를 느끼거나 스트레스 받거나, 혹은 심하게 손상된 시신을 개인적으로 동일시하게 되면 엄청난 고통을 느끼게 되죠."

"개인적으로 동일시하게 된다는 말이 무슨 말이야?"

양구동이 의아해했다.

"형사님, 딸 있으시죠? 그리고 그 딸이 사건 관련된 피해자와 동일한 나이죠?"

감건호가 날카로운 눈매로 양구동을 응시하였다. 양구동이 아무말도 못하고 당황하여 쳐다보았다.

"형사님 이야기잖아요. 그런 일 종종 있어요. 자기 자식과 또래아이 시체를 보게 되면 트라우마 심하게 겪는 사례 말예요."

"뭐야? 이 녀석이!"

양구동은 이유를 알 수 없는 분노감에 치를 떨면서 벌떡 일어나감건호의 멱살을 잡아채 올렸다.

"형사님답지 않게 왜 이러세요? 정신과 치료 받으세요. 흥 아네요. 그런 사례 많다니까요."

담담하게 말하는 감건호를 양구동은 그대로 풀어주고 한숨을 내쉬면서 담배를 피워 물었다.

"후우, 나야 그렇다 치고 말이지. 근데 자네는 옷 벗으면 뭐 할 건데?"

"저야 오라는 데 많아요. 방송 나와서 강력사건 관련 프로파일링 하게 될 것 같아요. 왜 시사 프로그램에서 범죄 논평해주는 사람들 있잖아요."

"좋겠다. 오라는 데도 있고. 우리 같은 형사는 여기 관두면 어디

보안업무 일이라도 얻으면 다행이게."

"정 괴로우면 좀 쉬세요. 정신과 약 드시면서 휴직하시면 좋구요. 그것도 아니면 따님 얼굴 피하시는 게 나을 거예요. 얼굴 볼수록 이유를 알 수 없는 죄책감, 미안함, 그리고 혹시 내 딸에게도 같은 일이 벌어지는 게 아닐까 두렵기만 할걸요. 그런 반응이 심리학적으로 자연스레 치유해가는 과정이에요. 그러니 너무 걱정 마세요."

감건호는 말을 끝마치고는 침묵한 채로 술만 연거푸 따라서 마셨다. 술 한잔 건네고픈 마음도 들지 않았다. 감건호도 백척간두에 서서 사표를 내려고 마음먹고 있다지만 양구동은 가정에서 하나인 딸아이의 얼굴도 못 쳐다보고 아픔만 주고 있었다.

그날 밤 감건호는 비틀거리는 몸으로 종로의 뒷골목으로 흘러 들어갔고, 양구동은 지하철을 타고 집으로 조용히 들어와 몸만 누이고 잠을 청했다. 딸 방에서 아내와 딸아이는 같이 자는지 조용했다. 양구동은 이후에 딸아이가 그토록 환하게 웃는 모습은 놀이공원에서 찍었던 사진으로만 접할 수 있을 뿐, 다시는 실제로 보지 못했다.

항상 뾰로통한 표정이거나, 방문을 쾅 닫고 들어가는 모습, 자는 모습뿐이었다. 감건호가 지칭하였던 CIS증후군은 사라졌지만, 대신 딸과의 친밀감도 동시에 멀리 날아가버렸다. 게다가 자신의 병명을 정확하게 가르쳐주고, 어떻게 하라고 코치해주던 감건호는 훗날 방송사 시사 프로그램에서 양구동이 맡았던 사건을 뒤집어 파헤치면서 과잉수사다, 증거 조작이다 들쑤시고 다녀서 무척이나 귀찮게 하였다. 하여간 감건호는 예뻐해줄 수 없는 녀석이라는 것을 새삼 깨닫게 되었다.

잃는 게 있으면 얻는 것도 있는 법이지.

종종 스스로 위로하였지만, 지금처럼 가정에서 설 자리가 없어진 것이 무척 아쉽고 서운했다. 어디서부터 어떻게 풀어나갈지 막막하기만 했다. 일단 마음 저 깊은 데 가족에 대한 애정과 서운함을 묻어두고, 머리를 간질이는 고미연 사건과 김용규, 그리고 그 아들 김재동에 관해 집중해보기로 했다.

이상하게 두 사건, 도난 사건과 아들의 행방불명에 묘하게 연관되어지는 그 무언가 있었다. 감에 따른 수사.

과학수사가 일반화된 이상 촉에 의한 수사는 거의 밀쳐놓았지만 그래도 본능을 묻고 갈 수는 없었다. 찝찝한 것은 직접 발로 뛰어봐야 풀리고, 또 거기서 사건의 실마리가 나오는 법이었다. 거기에 과학수사 증거까지 결부돼 있으면 완벽한 올가미로 용의자를 꼼짝 못하게 잡아낼 수 있었다.

밤 8시가 거의 되어갔다. 새별 오름에는 관광객들이 없었다. 문 닫은 식당은 새로 열기 위해서는 여기저기 손볼 데가 많아 보였다. 공중 화장실은 어두컴컴했고, 그 뒤로는 억센 갈대들이 바람에 이리저리 몸을 흩날리고 있었다. 점차 사위가 붉은 노을에 물들어가고 있었다. 식당 뒤로 버려진 카트라이더가 바퀴를 보인 채 뒹굴고 있었다. 괜하게 장난치고픈 마음이 들었다. 바람이 부스스하게 부는 곳을 등지고 서서 카트라이더를 바로 하고는 올라타 앉아보았다. 시동 스위치를 눌러보았지만 작동하지 않았다. 입으로 부릉부릉 소리를 내면서 앉아 있는데 어디선가 시동이 꺼지는 소리가 났다. 양구동은 고개를 들어보았다. 노을 지는 붉은 하늘을 등지고 선 사내가 보였다. 호리호리한 체구에 청바지와 분홍 스트라이프가 들어간 하늘색 피케 셔츠를 입고 있었다. 그리고 짙은 감색의 운동모자를 깊게 눌러쓰고 있었다. 모자 아래로 굽실거리는 긴 펌머리가 보였다. 긴 머리 때문에 처음에는 여자처럼 보이기도 했다. 그러나 큰 키나 벌어진 어깨가 남자로 보였다. 자세히 보니 갸름한 턱 선이며, 얄팍한 입술과 고운 피부는 얼핏 보면 아이돌처럼 잘생긴 얼굴이었다. 그가 등에 맨 백팩은 꽤 커 보였다.

김재동이 저렇게 컸단 말인가?

양구동은 여기 오기 전에 김수향 사건의 사진을 검색해보고는 피해자 가족사진에서 어린 김재동을 유심히 들여다봤다. 겁에 질린 아이, 김용규가 시키는 대로 가해자 가족에게 침을 내뱉던 아이. 그 여리고 공포에 질린 얼굴을 하였던 아이가 저렇게 컸다.

"김재동?"

"네, 맞습니다. 양구동 형사님."

김재동은 모자 아래 얼굴에 미소를 지어 보였다. 선하고 맑은 미소였다.

"반갑네. 이렇게 컸다니. 나 기억 못 할 거야, 그렇지?"

전화상으로는 존댓말로 응하였지만, 막상 만나보니 앳된 모습에 자연스레 반말이 나왔다.

"그러네요."

"가만 있자. 우리 어디서 본 것 같은데?"

양구동이 날카롭게 질문을 던졌다. 김재동은 모자를 깊게 눌러 쓰고 백팩을 어깨로 올리면서 으쓱해 보였다. 그 순간 모자 아래로 굽실거리는 긴 머리카락이 바람에 휘날렸다.

"글쎄요. 어릴 때 보서서 그런가요?"

"자네 아버지 김용규 씨 만나뵈었는데, 찾아뵙지 않는다면서?"

김재동은 모자 아래로 눈을 내려 깔면서 입모양은 웃어 보였다.

"그거야 개인 사정이죠."

"고미연 여대생 사건 증거가 대체 뭐야? 왜 여기 사건 현장까지 불러내서, 뭘 보여주려는 거야?"

김재동은 새별 오름으로 향하는 길로 걸어 나갔다.

"보실 게 있어요. 증거가 있어요. 따라와보세요."

김재동은 뭐에 홀린 것처럼 발을 빠르게 하여 새별 오름으로 재게 걸었다. 양구동이 뒤를 따랐다.

"대체 뭐기에 이렇게 올라가는 거야? 그리고 정말 김용규 씨와 관련 있는 거야?"

김재동은 갑자기 뒤로 돌아 바지 주머니에서 무언가를 꺼내놓았다.

"바로 여깁니다. 여기서 이 학생증을 발견했습니다."

'고미연, 학번 13002117 서구여자대학교'라고 적힌 학생증이었다. 양구동의 눈이 휘둥그레 커졌다.

"이리 줘봐. 어디서 났다구? 정말 여기서 발견한 거야?"

"그래요, 김용규가 여기서 찾을 수 있을 거라고 했다고요!"

김재동은 학생증을 뒤로 감췄고, 다급해진 양구동이 손을 내밀면서 다가갔다.

"이리 내놓으라니까!"

김재동은 운동모자를 벗고는 큰 미소를 보여주었다. 미소가 불길한 느낌을 물씬 풍겼다.

양구동이 순간 놀랐다. 김재동에게 다가가려는데 그는 백팩에서 커다란 2리터들이 페트병을 꺼내서 뚜껑을 열고 양구동의 점퍼와 바지 그리고 그 주변을 둘러싼 갈대에 투명한 액체를 뿌렸다. 강력한 휘발유 냄새가 코를 찔렀다. 김재동은 주머니에서 라이터를 켜고서 그대로 양구동의 발치에 던졌다.

"형사님, 들불축제 하기에는 너무 늦은 것 아닌가요?"

양구동의 바지자락을 타고 올라온 불길은 점퍼에 올라붙었다. 그리고 그를 둘러싼 갈대와 억새, 찔레나무와 덩굴식물 들, 이름 모를 야생화와 풀들에게 엉겨 붙었다. 양구동 주변이 붉게 타오르고 있었다. 김재동은 페트병을 다시 백팩에 넣고 바지춤에 묻은 흙을 털어내면서 모자를 벗고 가발을 벗어서 불길 속에 던져 넣었다. 그러고 나서 발 빠르게 오름을 내려갔다. 붉은 노을 아래 불타오르는 오름은 장관이었을 터였지만, 다시는 보고 싶지 않았다. 게다가 빨리 이곳을 빠져나가야만 했다.

자정에 가까운 한담해변은 인적 없이 쓸쓸한 파도만 왔다 갔다 하였다. 오영상은 양반다리를 하여 무릎을 접고 두 손은 모래사장에 툭하니 내려놓은 채 하염없이 파도만 보았다. 희영은 오영상의 뒤를 보고는 서서히 걸어갔다. 해변으로 가기 위해서는 현무암으로 된 방죽을 걸어 내려가야 했다. 샌들 사이로 스치는 돌이 아프게 다가왔다. 갯강구 한 마리가 홀쩍 지나가는 것이 보였다. 어릴 때 손으로 만지던 것과는 다르게 소스라치게 놀랐다. 희영은 입으로 비어져 나오는 비명을 막으면서 천천히 가로등 불빛을 의지해 오영상 쪽으로 걸어갔다. 긴 비치용 드레스가 발목을 스쳤다. 희영은 오영상의 옆에 나란히 앉았다. 여기 해변에 오영상이 나와 있다는 것을 모임장에서 듣고서 결심하고 나선 길이었다. 오늘은 꼭 물어봐야 될 것이 있었다.

"나 좀 가만히 내버려두쇼. 지금 기분 심히 언짢으니까. 애들한테 듣자하니 나 관련해서 뭔가 캐고 다닌다던데요? 우리 게스트하우스 지금 나다니면 강퇴인 거 몰라요? 차키 반납하고 내일 아침 당장 떠나요. 돈은 죄다 환불해줄 테니까."

"제가 듣고 싶은 건 진실이에요."

오영상은 눈을 질끈 감고는 고개를 뒤로 떨군 채 도리질 쳤다.

"무슨 진실! 대체 당신 경찰이야? 기자야? 뭐야?"

소리를 버럭 지른 오영상에게 희영은 침착하게 대꾸했다.

"이번 사건은 저도 몰라요. 양 형사님이 밝혀내시겠죠. 저는 10년 전 사건이 궁금한 거예요."

오영상이 정말 모르겠다는 듯이 눈을 번쩍 떴다.

"10년 전? 무슨 말이야, 대체? 아가씨, 볼일 없으면 그만 가요. 나랑 만난 적이나 있어?"

"10년 전 새별 오름에서 발견된 은행원 살인사건 범인 이준수가 내 동생이에요. 하지만 저는 걔가 범인이 아닐지도 모른다고 생각하고 있어요. 10년 전에 여기에 사셨죠?"

희영은 차마 입 밖으로 나오지 않는 이야기를 간신히 힘을 짜내어 억지로 이끌어냈다.

"미쳐 돌아버리겠구만. 지금 10년 전 사건도 내가 했다고 주장하는 거요? 나 원 참. 내가 게스트하우스 찾는 골초들 때문에 담배 끊은 지 좀 됐지만 안 피울 수가 없네. 영철이한테 얻어온 걸로 한 대 피워버려야지."

오영상은 브라운 카고팬츠 주머니에서 담배를 한 개비 빼내서 시원하게 피웠다.

"후우, 지랄 염병하지 말라 그래. 나보다 더 괴로운 일 겪은 사람 없어. 이희영 씨가 얼마나 괴로웠는지 몰라도 동생 지금 살아 있을 거 아냐. 나보다 더 괴롭겠어?"

희영은 눈에 눈물을 가득 담아서 소리를 냈다.

"구치소에서 재판 기다리다가 자살했어요. 열일곱 나이에."

오영상이 눈이 휘둥그레져서 희영을 똑바로 쳐다보았다. 오영상은 담배를 모래 사이에 비벼 끄고는 손을 내밀었다.

"우리 동지네. 이런 날 술 한잔 안 할 수 없지. 이 근처에 새벽 3시까지 여는 포장마차 있는데 가실라우?"

희영은 뚜벅뚜벅 걷는 오영상의 뒤를 따라갔다. 솔직히 무서웠다. 오영상이 이번 여대생 살인사건의 범인일지도 모르고 자신은 10년 전 준수와 연관된 사건을 떠보고 있는 중이다.

이러다 혹시 죽게 되는 것은 아닐까?

희영은 오영상의 뒤춤을 보면서 잠시 저어했지만, 어차피 죽음보다 괴로운 생활을 해본 자로서 죽음이 외려 두렵지 않을 수 있다는 생각도 들었다.

따라가보자, 무슨 말을 하는지 들어보기나 하자.

오영상은 해변을 벗어나서 게스트하우스와 반대방향으로 걸어갔다. 좁은 골목길로 들어가서 걷다가 방향을 틀어서 호젓한 산책로가 나오자 다시 경사면에 난 골목길로 접어들었다. 골목 막다른 곳에 자그마한 포장마차가 있었고, 찜통에 올려진 조개들이 보였다.

테이블은 세 개, 모두 비어 있었고 졸고 있던 할머니가 오영상이 오자 말없이 소주 한 병과 조개, 낙지 안주 등을 올려주었다. 오영상은 희영에게 술 한 잔을 따라주었지만 희영은 마시지 않았다. 오영상은 자기 손으로 술 한 잔을 따라 마셨다.

"내가 왜 여기까지 내려와 게스트하우스 하는 줄 아쇼?"

희영은 말없이 물끄러미 오영상을 바라보았다.

"내 한 몸 바빠 돌아가시기 전까지 일해서 과거 기억들 싹 다 잊어버리려고 하는 거요. 알겠소?"

오영상은 한숨을 푹 내쉬었다.

"어릴 때 제주에서 살았지. 엄마 아빠가 나를 할머니한테 맡겨놓고 뭍으로 일하러 떠나고 난 후에 애월항에 들어오는 배만 보면 나는 얼른 뛰어가보았지. 엄마 아빠가 혹시나 탔을까 싶어서. 근데 안 왔어. 여기 사는 게 싫었겠지. 크고 나니 나도 여기서 갇히는 게 싫습디다. 고등학교를 중퇴하고 무작정 서울로 갔소. 서울서 되는 대로 웨이터, 술집 종업원, 치킨집 배달, 주차장 발레 파킹, 공장 경비 근무 갖가지 일을 했지. 그러다가 한 여자를 만났소."

희영이 말을 도중에 끊었다.

"아까 동지라는 말 뭐예요?"

오영상이 수염을 쓱 쓰다듬으면서 정색을 하고 험상궂은 표정을 지어 보였다.

"내 얘기 끊지 마, 끝까지 들어봐. 그 여자와 스무 살에 아들 하나 놓고, 여자는 도망가고 나는 요즘 말로 싱글 대디로 열심히 살았지. 놀이방에 맡기고, 배달 갈 때는 오토바이 뒤에 태우고 밤에는 재워놓고 일하러 다니고, 닥치는 대로 사니까 녀석도 금방 중학생, 고등학생 되데. 그러다가 모아놓은 돈으로 인수한 피시방에 온 손님 하나가 예쁘장한 애인데, 아주 단골이었지. 나이는 20대 초반으로 보였고. 우리 한울이 엄마 닮았기에 더 관심을 두었는데, 어느 날 술 한 잔 사달라기에 술 사주고 그 여자애가 이끄는 대로 모텔로 갔지. 그리고 다음 날 어떤 일이 벌어졌는지 알아? 여자애는 미성년자였고 그 여자애가 나를 강간 혐의로 고소를 한 거야. 결국 미성년자 성폭행 혐의로 구속되었고, 피시방을 정리해서 억대의 합의금을 주고도 징역 살다가 풀려나기는 했지만 그만 한울이 볼 면목이 없었지. 한울이는 한울이대로 그 여자애가 소문이 안 좋다면서 내 결백을 밝힌다고 탄원서며 진정서 인터넷으로 알아보고 다니고 그랬는데 그만 딱, 한울이 친구들이 내가 성범죄자알림e 서비스에 등록되었다는 것을 알고 한울이에게 뭐라고 했지. 결국 동네에서도 쫓겨나듯이 이사 가고, 한울이는 학교를 관두고 집에만 틀어박혀 있더니 내가 직장 알아보러 간 새에 홀연히 갔어."

오영상은 여기서 목이 메는지 술 한 잔을 더 마시고는 손가락으로 하늘을 가리켰다.

"저기로 말이지. 그게 열일곱 그 나이였어. 이제는 눈물도 안 나오네. 이웃들에게 사진으로 내 얼굴, 주소, 나이, 저지른 범죄, 형량이 모두 공개된 고지서들이 배송되었는데, 그만 그게 누군가에 의해 한울이에게 직접 전달된 적도 있었지. 니 아버지가 이런 무시무시한 성범죄자라고 말하면서 누군가 건넨 거야. 그걸 그 여리고 착한 아이는 견딜 재간이 없었던 거야. 내가 왜 다리 저는지 알아? 나도 한때……."

오영상은 목이 메는지 잠시 머뭇하다 소주를 한 잔 마시고 말했다.

"한울이 따라가려고 뛰어내렸어. 다행히 차 보닛에 떨어져 목숨은 건졌지만. 그 후유증이야."

희영은 말없이 앞에 놓인 소주 한 잔을 입에 털어 넣었다.

"그래서 10년 전에는 어디에서 사셨나요?"

오영상은 후후 웃었다.

"10년 전에는 서울서 살았다. 하지만 할머니 보러 여기 왔다 갔다는 하였으니 어떻게 소문이 났는지 모르지, 뭐. 한울이 죽고, 할머니가 돌아가시고 남은 집과 땅을 처분해서 여기다 게스트하우스 짓고 이러고 살고 있는 거야. 다시는 서울 안 돌아갈 결심으로. 이제 궁금한 거 다 풀렸어? 왜 양 형사가 저러고 다니는지 알겠지?"

오영상은 얼굴을 희영에게 바싹 들이대면서 말했다.

"내가 서울에서는 그리 무시무시한 전과자라는 거 말이야. 난 그걸 여기서는 모를 줄 알았지. 이러고 제주에 터 박으니 누가 알겠어 하고 살아온 내가 바보지, 암. 내가 한울이보다 먼저 갔어야 하는 건데…… 후우."

깊게 한숨을 내쉬는 오영상을 희영은 주의 깊게 보았다. 거짓을 말하고 있지는 않은 것 같았다.

"나도 10년 전에 애월에서 사건이 있었다는 것은 들은 적 있었고, 이 사건과 많이 비교된다는 얘기도 양 형사에게 들었어. 하지만 난 이미 충분히 큰 죄를 저질렀고, 그 죗값을 아들의 목숨 값으로 치른 사람이야. 그리고 이것 하나만 알아둬, 내가 아무리 큰 범죄를 저질렀다고 해도 어느 이유로든지 간에 열일곱 살짜리 남자애를 자살로 몰 만한 일은 아니라고!"

오영상은 마지막 말을 돌덩이처럼 무겁게 남기고 값을 치른 뒤 일어서서 터벅터벅 게스트하우스 방향으로 걸어갔다. 희영은 잠시 의자에 앉아서 두 주먹을 쥐고 마음을 다스리는데 오영상이 뒤돌아보고 큰 소리로 불렀다.

"어이, 이봐요. 그리고 혼자 돌아다니면 위험해. 나랑 10미터 간격 두고 따라와. 오늘 밤엔 어쨌든 우리 게스트하우스에서 묵어야될 거 아냐. 이 밤에 어디 갈 데를 구해. 그럼 잘 따라오슈."

콧노래를 자그맣게 부르면서 골목길로 걸어가는 오영상의 뒷모습을 희영이 따랐다. 유난히 처져 보이는 그의 어깨에 걸쳐진 체크무늬 셔츠가 심하게 구겨져 있었다. 항상 낡은 셔츠와 반바지 차림에 덥수룩한 수염으로 콧노래를 흥얼거리거나, 요리를 하거나 청소를 하는 그였다. 성실해 보이는 저 사람이 과연 범인일까 하는 의구심이 들었다.

바다 게스트하우스 카페의 유리문을 열고 들어간 오영상이 얼른 커피 한 잔을 내려서 종이컵에 담아 밖으로 나왔다. 그리고 터벅터벅 걸어오는 희영에게 다가가 건넸다.

"이거 한잔 먹고 정신 차려. 비밀을 캘수록 더 감당할 수 없는 진실이 뚝하고 떨어질지 모르니 몸조심하고. 여기 손님일 때는 손님 안위는 내 담당 의무니까 지켜주지만 여기 나가서는 나도 몰라요. 그럼 들어가 자요, 손님."

희영은 다시 해변으로 나가는 오영상의 뒷모습을 보면서 기숙사 건물로 들어가서 바다방 문을 열고 안으로 들어갔다. 오수경은 오늘도 게스트하우스에 들어오지 않았다.

수경이는 어디로 간 걸까? 서울로 가버린 걸까? 아니면 다른 게스트하우스에 묵은 걸까?

오수경이 그렇게 애지중지하던 영화 잡지는 남겨두고 간 것이 이상했다. 희영에게 선심 쓰듯이 빌려준 잡지를 모두 두고 어디론 가 가버리다니, 정말 수경이는 어디로 간 것일까?

매고할망의 복수

6월 21일

　희영은 늦잠을 잤다. 머리가 지끈거리고 아파왔다. 오수경의 침대는 여전히 비어 있었다. 창문 너머 바다를 보았다. 연푸른 파도가 밀려오고 있었다. 파도는 여전히 그대로였다. 말없이 들어갔다 나왔다를 반복하고 있었다. 희영은 관자놀이를 집게손가락으로 누르면서 정신을 차리려 애썼다.

　발을 침대 밖으로 내려놓고 탁자 위의 휴대폰을 살펴보니, 문자로 소정이 게스트하우스로 출발한다고 하였다. 시간을 계산해보니 올 때가 된 듯했다. 어이가 없었다.

　당황한 희영은 얼른 옷을 갈아입고 나와서 세수를 간단하게 했다. 전화벨소리가 울렸다. 소정은 주차장으로 나와달라고 했다. 희영이 무슨 말인가 하려 했지만 막무가내로 끊었다.

희영은 뒷마당으로 다급하게 나왔다.

트럭이 막 주차를 끝마쳤고, 그 안에서 소정이 발목까지 오는 기다란 꽃무늬 치마에 목이 늘어난 하얀색 티셔츠를 입은 초라한 행색으로 슬리퍼를 신은 채 내렸다.

"희영아, 할 말이 있어서 왔어."

소정의 목서리가 덜덜 떨렸다.

"희영아, 얼마나 아빠를 졸라 여기까지 왔는지 몰라. 용기 단단히 냈어."

희영은 소정이 내미는 손을 물끄러미 내려다만 보았다. 소정의 작달만한 손가락이 부끄러운지 얼른 치마 뒤로 숨었다. 화해를 원하는 것인지 그녀의 속내를 도저히 알 수 없었다.

희영은 게스트하우스 마당으로 소정을 안내했다. 그네에 누가 먼저랄 것도 없이 나란히 앉았다. 미세하게 흔들리는 그네에서 시원한 바람을 맞으며 희영은 소정이 입을 열기를 기다렸다.

"희영아, 10년 전 그날 6월 1일 아빠가 네 동생을 봉성리에 태워다 준 것은 맞아."

희영은 화가 났다. 그걸 상기시키려고 온 것인가 마음이 상했다. 소정의 말이 이어졌다.

"그 이야기는 쏙 빼고 의심 가는 고등학생이 있다는 말을 경찰에 흘린 것도 사실이야. 그 이유를 말해야 될 것 같아서. 정말 그래야 네가 우리를 조금이라도 이해해줄 수 있을 것 같아."

소정은 잠시 뜸을 들였다가 입을 열었다.

"내가 초등학교 6학년 때 예선이 생일 전날인 5월 10일에 선물을 숨겨놨다는 거짓말을 했고, 예선이가 실제로 그날 극락 오름 근처 웅덩이로 나갔어. 근데 누가 나한테 예선이가 웅덩이로 갔다고 뒤늦게 말해줬는지 알아? 바로 준수야. 그때 준수 나이가 여덟 살이었지, 아마도. 난 미친 듯이 뛰어갔어. 그리고 큰 바위 밑에 예선이의 낡은 검정 구두가 놓여 있었고, 예선이는 온데간데없다는 것을 알고 사색이 되어서 집으로 달려갔지. 그리고 그다음다음 날부터 예선이가 없어졌다고 동네가 발칵 뒤집힌 거야. 학교에서 예선이의 빈자리를 보면 얼마나 속이 뜨끔했는지 몰라. 일주일 후에 예선이가 극락 오름 근처 웅덩이에서 발견되고, 난 그날 엉엉 울면서 아빠한테 사실을 다 말했어. 그리고 경찰서에 가자고 했어. 그런데 아빠는 내가 직접적으로 잘못한 것은 없다면서 이 일을 덮자고 했어. 그리고 귀신이 운다는 소문을 냈고, 결국 예선이 아버지가 마을에서 사라지면서 그 일도 먼 추억처럼 나한테서도 슬그머니 달아났어. 그런데 그날……."

소정은 잠시 목이 메는지 뜸을 들였다가 말을 이어나갔다.

"김수향 사건 날, 아빠가 준수를 트럭으로 데려다 주던 길에 내가 예선이에게 선물을 감춰놨다는 거짓말을 해서 웅덩이에 빠뜨려 죽게 했다는 진실을 안다고 준수가 말했대."

희영의 얼굴은 파랗게 질렸다.

"무, 무슨 말이야."

"나도 들은 말이야. 아빠는 너무 화가 나고 무섭기도 해서, 내려달라는 버스 정류장에서 좀 떨어진 곳에 준수를 내려주고 그냥 볼일 보러 가셨어. 그런데 김수향인가 하는 은행원이 죽은 채로 발견되고 나서 아빠는 그냥 경찰서에 전화 한 통만 한 거야. 의심 가는 고등학생이 있다고. 사실은 아빠가 우체국 사서함에서 우편물을 받아다가 준수한테 전해준 것들 중에 찢어진 봉투 사이로 음란물 잡지 표지를 본 적도 있었어. 그러니 준수가 의심이 갈 만도 한 거야. 예선이 일은 별개로 치더라도."

희영은 더 이상 들어줄 수가 없었다. 화가 버럭 치밀었다.

"소정아, 다시 만나지 말자고 한 건 너였어. 근데 왜 여기까지 찾아와서 또 다시 뒤흔들어놓는 거야?"

소정의 얼굴이 붉게 변하였다. 온몸에서 힘을 짜내면서 소정은 고함을 쳤다.

"왜냐구? 내가 왜 예선이를 골탕 먹이려고 생일선물 감춰놓았다는 거짓말을 했겠어. 네가 예선이에게 친절하게 굴었고, 예선이가 너와 나의 사이를 넘보고 끼어들려고 하니까 단짝친구 뺏길까 봐 그런 거였어! 그런 거였다구! 나한테 20년 동안이나 죄책감을 준 예선이를 너는 시커멓게 까먹어버리고 있었어. 그게 너라구! 나는 엄청난 고통 속에서 살았구. 근데 너는 항상 만사 좋은 얼굴로 아무것도 모르고 잊고 있었다구! 다 너 때문에 벌어진 일인데!"

소정은 와락 울음을 터뜨리면서 희영에게 안겼다.

"희영아. 이제 그러니까, 다시 예전처럼 좋은 사이로 돌아가자. 이 모든 일 접고 잊고 살면 되잖아."

희영은 소정을 억지로 떼내고 밀쳐내면서 그네에서 일어났다.

"넌, 넌 그게 되니? 다시 예전으로 돌아간다고? 우리 지금 10여 년 만에 만난 거야. 그리고 이렇게 추한 현실을 모조리 서로 알게 됐다구. 그런데 왜 예전으로 돌아가. 더 이상 만나지 말고 잊어버리는 게 맞아. 그렇지 않아?"

"희영아, 난 너 찾으려고 부단히 애썼어. 하지만 네 전화번호 어떻게든 알아내 걸면 항상 다른 사람이라고 나왔어. 그리고 서울 있을 때는, 너 찾으려 애썼지만 도저히 못 찾았어. 예선이 죽은 비밀 얘기 너한테 털어놓고 싶었어. 그래야 홀가분해질 거라 생각했어. 아니 그냥 네가 단순히 보고 싶었어. 근데 내가 대학을 포기하고, 너는 대학에 들어가고 이딴 거 때문에 사이가 멀어진 걸까? 가끔 생각해보지만 그건 아냐. 너와 나 사이에는 예선이가 죽고도 항상 그 아이가 있었던 거야. 내가 중학교 들어가서 처음에 너 슬금슬금 피한 것도 예선이가 나 때문에 죽은 걸 비밀로 한 내 죄가 생각나서였단 말이야. 알겠니? 알겠어? 너 때문에 내가 얼마나 큰 상처를 평생 안고 그 죗값을 받을까 괴로워하는지? 근데 넌 쉽게 잊자, 서로 모른 척 살자 그게 말이 돼? 너는 나한테 미안하지도 않니?"

희영은 그동안 이삼 년에 한 번은 휴대폰 기종을 변경할 때마다 습관처럼 전화번호를 바꾸던 것을 떠올렸다. 새 휴대폰으로 신호 연결서비스를 신청하지 않으면 기존에 알던 사람들은 희영이 찾지 않는 한, 희영의 새 번호를 모르게 되었다. 그렇게 휴대폰을 바꾸거나 할 때마다 살아온 흔적을 정리해 나가곤 했다.

희영은 한숨을 내쉬고는 하늘을 올려다보았다.

"왜 예선이 신발을 보고도 마을 사람이나 경찰에 신고하지 않았니?"

희영이 소정과 눈을 마주치고 똑바로 물었다. 소정이 온몸을 덜덜 떨었다.

"무, 무서워서. 그리고 준수가 그랬어. 누나가 예선이 누나 죽인 거 맞죠? 그렇게 말했다고. 그날 밤에 예선이 낡은 구두 보고 집으로 돌아왔는데 길목에 지키고 있다가 분명 그렇게 말했다고. 난 그 후에 준수가 아무 말 않기에 크면서 다 잊었겠거니 했는데, 다 알고 있었던 거야. 다 모조리 다. 난, 난 예선이 죽이지 않았어. 그래서 말 안 한 거야. 내가 덮어 쓸까봐."

희영이 울먹이면서 거칠게 소리쳤다.

"아니? 네가 죽인 게 맞아! 네가 죽인 거라고! 20년이 지났어도 30년이 지났어도 네가 저지른 짓이란 말이야!"

한동민이 트럭 옆에서 지켜보다가 뒷마당으로 들어와 소정의 어깨를 감싸쥐고 억지로 끌어냈다.

"소정아, 이제 그만 가자. 됐다. 그만하자. 그리고 희영이 너도 얼른 서울 올라가서 모두 다 잊거라."

소정은 하얀 티셔츠에 얼굴을 파묻고 슬리퍼가 거의 벗겨질 듯이 한동민에게 이끌려 나가면서 어린아이처럼 엉엉 울었다. 희영은 그대로 바닥에 털썩 주저앉았다. 20년 전의 괴로운 기억들이 준수의 어린 모습과 겹쳐져서 사나운 갈퀴를 휘두르면서 달려들었다. 희영의 머리채를 붙잡고 뒤흔들면서 가슴팍을 할퀴고 도려내고 엄청난 고통을 주었다.

한동민이 소정을 억지로 차에 태우고 시동을 걸어서 출발하였다. 트럭이 내는 소음이 희영의 귀에 이명처럼 울렸다. 귀가 아팠다. 희영은 두 손으로 귀를 잠시 막았다가 떼어보았다. 잔잔한 봄바람이 귀를 간질였다. 다행히 더 아프지는 않았다.

희영이 정신을 다스리려고 뒷마당 문에 몸을 기대는데, 현우가 보였다. 언제부터 듣고 있었던 것일까. 현우의 손에는 재활용 쓰레기를 담은 비닐봉투가 보였다.

"희영 누나 괜찮아요? 대체 무슨 이야기들을 하는 거예요? 그 예선인가 하는 죽은 사람이 누나 남동생 사건하고 관련이 있는 거예요?"

"아, 아니."

희영은 고개를 저었다.

"단지 한동민 씨가 동생을 사건 현장 근처에 내려줬다고 그랬어. 그리고 동생이 우체국 사서함으로 음란 잡지 소포를 받은 것을 아저씨가 전해준 적도 있대. 그래서 경찰에 제보를 했대."

현우는 고개를 저었다.

"다 한동민 씨 말이잖아요. 믿을 수 있어요?"

현우는 희영을 그네에 잠시 앉혀서 가까스로 진정시킨 후 차분하게 말을 이어나갔다.

"솔직히 제 의견을 이야기해보자면, 좀 의심스러운 게 왜 20년 전에 극락 오름 근처 웅덩이에서 실족해 죽은 소녀 이야기를 자꾸 꺼내느냐 하는 거예요. 그 친구 분은 자신의 죄책감을 덜고자 누나에게 이야기하고 싶었다지만 왜 이 상황에서 이슈가 되느냐는 거죠. 냉정하게 말해서 저는 좀 의심스러워요."

희영은 떨리는 입술을 진정시키면서 두 손을 맞잡았다.

"저어기, 사실은 준수가 봉성리 근처 정류장에서 내리면서 예선이가 죽은 것에는 소정이가 관련돼 있다는 그런 비밀을 알고 있다고 말했다는데……."

희영은 정말 준수가 어떤 아이인지 몰랐다는 데 통감할 수밖에 없었다. 남의 어마어마한 약점을 틀어쥐고서 통제하는 무서운 아이였던가, 당최 짐작이 가지 않았다.

현우는 명쾌하게 이어서 말했다.

"그래서, 준수의 협박으로 봉성리 근처 내려주면서 나중에 제보하게 되었다. 의심스러운 고등학생이 있다는 등의 말이죠? 제가 냉철하게 판단하자면 좀 이상한 것이 왜 자꾸 예선이라는 죽은 소녀의 이름을 말하면서 이준수의 사건을 엮느냐는 것이죠. 뭔가 다른 것을 피해가려고 그런다는 느낌이 들어서요."

희영이 불안하면서도 의문이 가득한 눈빛으로 현우를 올려다보았다.

"피해가다니?"

"만약에 예선이의 죽음과 김수향의 죽음에 연관성이 있다면요?"

희영은 고개를 저었다.

"말도 안 돼. 예선이가 죽었을 때 준수는 초등학교 1학년이었어. 그래서 난 준수가 예선이 죽음의 내막을 알고 있다고 말한 것도 믿기지 않는다는 거야."

"그래서 이상하다는 거죠. 내 말은 이준수가 예선의 죽음을 알았을 때의 나이도 어렸고, 그걸 빌미로 김수향이 갔음직한 길로 준수가 따라가면서 예선의 죽음에 소정이 관련됐다는 것을 은근슬쩍 밝힌다, 어딘가 앞뒤가 맞지 않아요. 그보다는 한동민 씨 저도 그냥 슈퍼 사장님으로만 보고 게스트하우스 거래처로만 상대해서 잘 모르겠는데, 대체 어떤 사람이에요? 아내와 사이는 좋아요?"

희영은 기억을 더듬었다. 희영의 집에서 천천히 걸어서 20여 분 정도 걸리는 소정의 집에 가보면 터 넓은 마당에서 소정이가 소꿉놀이를 하고 있었고, 집 안에는 항상 몸져누워 있는 소정의 엄마가 건넌방 문을 연 채로 미소 지으며 바라보고 있었다.

"잘 모르겠어. 그냥 가정 상태는 소정이 엄마가 항상 아프시고, 소정이 아버지와 따로 방 쓰신다는 정도? 지금은 요양병원에 가 계시고 오래전부터 아프셨어."

"그렇다면 한동민 씨는 부부관계가 원활하지는 않았겠죠. 집안에 환자가 있으니 우환이 있어 힘들고 스트레스가 쌓인데다가 성적인 욕구불만도 있다. 그렇다면 예선이를 한동민 씨가 어떤 방식으로든 추행을 하려다 그렇게 죽음에 이르게 만들었다는 식의 추정이 불가능한 것은 아니잖아요?"

희영의 귀밑으로 소름이 돋아 올라왔다.

"그런 단순한 추론은 정말 위험한 거 아닐까? 한동민 씨가 한 번도 그런 사람이라고는 생각해보지 않았어."

"아뇨, 미성년자를 성추행하는 사람들이 괴물이거나 악마일 거라고 생각해요? 전혀요. 우리와 똑같이 생긴 사람일 뿐이에요. 단지 뒤에서 그런 짓을 저지른다는 거죠. 누구도 외면상으로는 판단이 되지 않아요."

"나, 나에게도 한 번도 이상한 짓거리는 하지 않았어."

"누나가 엄마에게 이를 경우를 가정해본다면 함부로 나서지 않았겠죠. 가정에서 방치되고, 보호자가 비정상적인 그런 가정의 아이를 택할 확률이 높아요."

현우의 가정에 의한다면 예선이는 그런 위험한 상황에 놓이기 쉬운 아이였다.

"그렇다면 한동민 씨가 예선이를 추행하고 죽였을 가능성이 있다는 거야?"

현우의 눈빛이 빛나면서 고개를 끄덕였다.

"네, 그리고 더불어서 그런 성향의 사람이라면 김수향 사건, 그리고 아울러 이번 여대생 사건의 범인일 확률도 높죠. 정확하게 10년 간격으로 사건이 벌어진다는 것도 좀 그렇고요. 연계성이 있다고 보는데요. 누나 내 제안 한 번 들어보실래요?"

희영의 눈과 귀가 번득였다. 현우가 연달아 입 밖으로 내는 이야기들이 솔깃하게 들렸고, 점점 끌려들어갔다. 나쁘지 않았다. 그리고 제주도에 내려온 목적에 가장 부합되는 최선의 행동일 수 있다고 여겨졌다.

현우의 제안이 끝나고 희영은 잠시 침묵하였다.

"어떻게 생각해요?"

희영은 눈만 마주볼 뿐 차마 입이 떨어지지 않았다.

"피디에게는 제가 전화해볼게요. 그리고 상황을 설명해주고 누나를 바꿔줄게요. 그러면 누나만 확답 내려주면 될 것 같은데요."

"이런 게 가능할까? 정확한 사실 확인 없이 추정에 불과한데."

"어차피 누나 동생 이준수 씨가 누명을 쓴 것도 추정에 불과하다면서요. 직접적 증거 없었고 자백은 강압적으로 이루어졌을 확률도 있다면 그리고 죽음으로 진실이 가려졌다면 뭐든지 해봐야죠. 모르는 일이죠. 혹시 흥분한 한동민 씨가 무의식중에 자백할지도요."

희영은 눈을 감았다. 10년간 그토록 바라던 소원, 엄마의 유언을 이룰 수만 있다면 뭐든지 할 수 있다고 여겼다. 동생 준수의 누명을 벗기고 명예를 회복해주는 일. 하지만 이렇게 쉽게 기회가 오리라고는 상상도 못했다. 현우의 조언과 도움이 없었다면 혼자서는 도저히 생각해내지 못했을 거였다. 하지만 마음 한구석에는 다른 두려움이 일었다.

또 다른 누군가를 누명 씌우는 일, 그런 최악의 상황이 오는 것은 아닐까. 현우는 피디에게 전화를 걸었고, 이쪽의 의견을 전했다. 피디가 10분 후에 다시 희영에게 전화를 걸어서 통화를 이어나가면서 만날 약속을 잡았다.

호텔의 세미나 룸에 카메라, 조명 기구 등의 촬영 기기가 스태프들에 의해 세팅되는 중이었다. 룸 한가운데에는 르네상스 풍의 문양이 아로새겨진 푹신푹신한 의자 두 개가 놓여 있었고, 가운데에 원목 탁자가 배치되어 있었다. 촬영장 한편 구석에서는 감건호가 분장사에게서 메이크업과 헤어 스타일링을 받고 있었다. 그리고 그 곁에서 여인정 피디가 방송 대본을 같이 보면서 무언가 대화를 나누고 있었다.

희영은 문틈으로 보이는 촬영장의 모습에 잠시 들어갈 용기가 나지 않았다.

"조명 켜보겠습니다."

조명기사가 스위치를 누르자, 촬영장의 무대가 불빛을 받아서 반짝반짝 빛나고 있었다. 이제 30분 후면 저 의자에 감건호와 희영이 나란히 앉아서 질문을 하고 답변을 해야 되었다. 희영은 온몸이 떨려오면서 입이 바싹바싹 타들어갔다. 처음 해보는 촬영에 가해자의 가족으로서 얼굴을 공개한다는 사실은 긴장을 극도에 달하게 하였다.

"누나, 떨지 마요. 제가 끝까지 촬영 지켜볼게요."

현우가 다정한 음색으로 긴장을 풀어주면서 희영의 오른쪽 어깨에 가볍게 손을 얹었다. 현우의 손길은 따뜻하였고, 깊은 지지와 신뢰를 보여주었다.

"고마워."

짧게 말하고 눈을 감고 기도를 했다. 방송이 잘 되어서 준수의 누명이 벗겨지고 진범을 찾아달라고 간절히 신에게 빌었다.

"아니, 이희영 씨 아직도 안 왔어요?"

"오셨어요. 제가 좀 전에 전화 받았어요."

여인정 피디가 다급하게 세미나 룸 문으로 걸어왔다. 문틈으로 들여다보던 희영을 발견하고 들어오라고 재촉하였다.

"어서 들어오세요. 헤어와 메이크업 손질 받으실 생각 정말 없으세요?"

희영이 촬영 허락을 하였을 때, 여인정 피디는 일찍 와서 방송용 화장을 받으라고 권유했지만 단호하게 거절했다. 지금 이것은 방송이 아니라, 진심을 토로하는 자리고 화면에 예쁘게 나오거나 가식적인 모습을 내보낼 필요가 전혀 없다고 여겼기 때문이었다.

"괜찮습니다. 하지만 촬영 녹화 전에 감건호 교수님하고 잠시 둘이서 대화를 나눌 게 있습니다."

희영은 현우를 보았다. 이미 현우와 사전에 토론을 해서 결론을 내린 일이었다. 현우는 저만치서 스태프들에게 둘러싸인 희영에게 신뢰의 눈빛을 보내면서 작게 '파이팅'을 외쳐주었다. 희영은 고개를 끄덕여 보였다.

"좋습니다. 아직 30분 정도는 여유 시간 있으니까, 그렇게 하세요. 세미나 룸 뒤편에 대기실 있거든요. 거기서 말씀 나누셔도 좋구요."

"네, 그럴게요."

희영은 여인정 피디가 안내하는 데로 이동하였다. 세미나 룸 무대 커튼 뒤에 위치한 대기실 안은 한쪽 벽면이 거울로 되어 있었고, 분장대가 있었다. 분장대 앞에는 자그마한 테이블이 놓여 있었고, 조화가 꽂힌 화병이 그 위에 올려져 있었다. 주변으로 의자가 몇 있었다. 자그마한 노크소리가 났고, 곧이어 문이 열렸다. 감건호였다.

"희영 씨, 정말 용단을 내려주어서 고마워요."

감건호는 머리 숙여 고마움을 표시하면서 오른손을 내밀었다. 희영은 악수를 가볍게 하고는 자리에 앉았다. 거울 앞에 위치한 분장대에 잠깐 걸터앉은 감건호가 만면에 미소를 지어 보이면서 물었다.

"둘이서 하고 싶다는 말이 뭐죠?"

희영은 굳게 결심한 표정을 지었다.

"촬영 중에 전화를 연결할 사람이 있어요."

감건호가 심각한 얼굴로 날카롭게 물었다.

"어느 쪽 사건과 관계가 있어요?"

"잘 모르겠지만, 어쩌면 둘 다일지도 몰라요. 그런데 실명을 밝혀도 되나요?"

감건호가 왼쪽 눈썹을 찡그려 보였다.

"실명은 어차피 우리가 묵음 처리해주니까 괜찮아요. 왜 시사프로 보다보면 삐 소리 나면서 이름 지워져 들리지 않는 거 알죠? 그런데 그게 문제가 아니라 우리 프로그램에서 괜하게 억울한 사람

하나 나오면 저도 더 이상 힘들어요. 그런 일로 협박하거나 고소한다는 사람 지금도 충분히 많으니까요. 정확하지 않으면 그냥 연결하지 말고 차분하게 우리 둘이서 대화를 이끌어가도록 해요."

감건호는 평소대로라면 모험을 걸고서라도 의문의 인물을 프로그램에 등장시키고자 했을 테지만, 지금은 이희영 하나로도 충분했다. 괜한 모험이나 불충분한 사실과 주장으로 현장 추적을 흐리고 싶지 않았다. 하지만 희영의 태도는 의외로 강경했다.

"그렇다면 저는 이 결심을 번복하고 싶어요. 프로그램에 나가지 않겠습니다."

희영은 단호했다. 감건호는 한숨을 쉰 후, 입매를 굳게 닫고 고개를 끄덕여 보였다.

"좋아요, 이름을 들어봅시다."

"한동민 씨. 10년 전에 김수향 사건 때 의심 가는 고등학생 정보를 주었던 사람입니다."

감건호가 깜짝 놀랐다.

"그, 그 사람이 왜요?"

"그때 전화를 받았다고 하셨죠? 그리고 의심이 가는 고등학생이 있다고 정보를 주었고 그것을 토대로 감 교수님이 프로파일링을 해서 고등학생 명단 중에 제 동생 준수를 뽑아내셨고 가택 수사를 받았죠. 그래서 음란물 등의 간접 증거가 발견되었고, 준수는 자백을 하고 현장 검증을 마쳤고 재판을 기다리다가 그렇게 갔죠."

희영은 담담하게 말을 이었다.

감건호는 고개를 끄덕였다.

"그런데 지금 와서 한동민 씨 이야기를 꺼내는 이유가 뭐죠?"

"한동민 씨는 초등학교 때 제 단짝친구 한소정의 아버지입니다. 그리고 우리 이웃으로 오래도록 살았었구요."

감건호가 난처하다는 듯 끼어들었다.

"그게 이유라고요?"

"아뇨. 20년 전에, 정확히 19년 전 초등학교 6학년 때 같은 반 친구 중에 예선이라는 애가 있었죠. 그 아이가 극락 오름 근처 물웅덩이에 빠져서 죽었어요. 그리고 마을에는 아이의 곡소리가 떠돈다는 흉흉한 소문이 돌았고요. 마을에서는 예선이가 죽은 후 알코올의존증 환자인 아버지가 범인이라는 소문이 떠돌았지만 결국에는 예선이가 발을 헛디디는 실수로 죽었다고 결론지었죠. 근데 제가 준수 사건을 조사하고 제주도를 다니다가 초등학교 친구 소정이를 우연하게 만나게 되었는데, 소정이가 20년 만에 사실을 털어놓았어요. 자기가 나와 예선이 관계를 시기해서 웅덩이 근처 바위 밑에 선물을 숨겨놓았는데 예선이보고 찾아가라고 했다고 했어요. 그래서 예선이가 발을 헛디뎌 죽었다고 했고요."

감건호가 잠시 말을 멈추고 숨을 고르는 희영을 보고 담담하게 질문을 던졌다.

"그런데, 뭐가 문제인 거죠? 아이의 거짓말이 이 사건과 무슨 연관이 있죠?"

"저는 소정이 아버지 한동민 씨가 예선이를 죽인 범인이라고 생각해요."

"예?"

"한동민 씨는 김수향 씨가 죽은 날, 사건 당일 이준수를 차에 태우고, 범행 현장 근처에서 내려줬다고 저한테 말했어요. 버스 정류장 근처에서 내려줬대요."

"뭐라구요? 사건 당시에는 그런 증언을 한 목격자는 없었어요. 왜 10년 전에는 나서지 않다가 지금에서야 말하는 거죠?"

"왜냐구요?"

희영은 눈을 약간 올려 뜨고는 스스럼없이 속에 있는 말을 털어냈다.

"그건 한동민 씨가 분명 사건에 깊이 개입해 있으니까 그렇겠죠. 오늘 아침에 소정이가 저한테까지 찾아와서 예선이 죽음에 자기가 깊이 개입되어 있다고 재차 말했어요. 선물을 숨겨놓았다고 거짓말해서 예선이가 가보게 해놓고 나중에 가보니 예선이가 신었던 낡은 구두만 보이더라는 말을 했죠. 처음에는 속아 넘어갔지만 곰곰이 생각해보니, 자꾸만 이상한 생각이 들었어요. 혹시 예선이를 한동민 씨가 어떻게 하려다가 죽게끔 만들어놓고 딸에게 이상한 변명을 늘어놓게 하는 것은 아닐까. 그런 의심이 들었어요."

"그럼 지금 한동민 씨가 소아성애자일 가능성이 있다고 시사하는 겁니까?"

희영은 고개를 저었다.

"그런 건 잘 모르겠어요. 하지만 10년 전 사건에서 한동민 씨는 준수도 태워다 주었지만, 피해자인 김수향 씨도 태워다 주었을 것 같아요."

"네?"

"경찰 수사보고서에 김수향은 버스를 이용하지 않았다고 나와 있었어요. 그렇다면 도보나 다른 차량을 이용하였다는 건데, 걷기에는 은행에서 집이 거리가 멀고, 분명 누군가의 차에 올라탔을 거예요. 차는 CCTV나 속도 측정 카메라가 없는 길을 잘 돌아서 갔을 거예요. 서부산업도로에서 애월읍으로, 혹은 용담해안도로에서 봉성리 마을로 빠지는 길은 지금은 안 그렇겠지만 당시에는 카메라 한 대 없는 한적한 곳이었어요."

희영은 현우가 시키는 대로 말을 하니 가슴 한구석이 후련하면서도 조금은 미심쩍은 의문이 들었다.

이렇게 던지는 말을 감건호 교수가 믿을까. 그리고 이 말들은 정말 개연성 있는 사실에 가까운 말들일까.

현우가 조목조목 따져가면서 메모를 해주었고, 한동민의 의심스러운 행동과정을 제기하였을 때만 하더라도 그런가보다 하면서 들었다. 그런데 어느새 심취하여서 그가 범인이라는 생각이 강하게 들 지경이었다.

한 시간 넘게 이야기를 맞춰나가다가 현우가 적어주는 대로 감건호에게 말할 것을 결심했다. 그래서 부랴부랴 〈감건호의 현장 추적〉 연출자에게 현우가 전화를 걸었고, 오늘 밤 방영될 프로그램에 인터뷰 방송이 나갈 수 있게 해달라고 부탁을 했다. 피디가 토의해보고 희영에게 직접 준다던 답 전화는 10분 후에 받을 수 있었다. 여인정 피디는 무조건 오케이라면서 당장 중문단지의 S호텔 세미나 룸에 인터뷰 대담 현장을 만들겠다고 했다. 그리고 빠르게 편집해서 오늘 방영되는 프로그램에 집어넣겠다고 했다.

희영은 수화기를 막고 현우에게 물어보았다. 피디의 제안을 받아들여야 될지 물었다. 현우는 당장 승낙하라고 했다.

결국 이 과정 후에 희영은 현우가 시킨 그대로 감건호 앞에서 털어놓았지만 다 털어놓고 난 다음에는 확신이 들지 않았다. 현우는 10년 전 사건에서 김수향이 버스를 탄 일이 없다는 것, 그리고 이준수를 한동민이 태워다줬다고 했다는 것, 그 증언에서 묘한 일치감을 느낀다면서 두 명은 지금 망자가 되었고, 그렇다면 한동민의 말만이 증언으로 남는데 충분히 조작이 가능하다면서, 사건 현장에 준수 대신 김수향을 태워 주고, 뒤늦게 쫓아가서 범행을 저지른 것은 아닐까 유추를 하였다. 그리고 의심이 가는 고등학생을 지목해서 이준수가 용의자로 몰리고, 이준수는 경찰의 압박 수사와 겁박, 강압에 거짓 증언을 하였지만 나중에 결백을 주장하고 자살한 것은 아닐까 추정하였다.

희영은 현우와 긴밀한 대화를 통해 가슴 한구석이 뻥 뚫리는 것만 같았다. 동생이 범인이 아니라 다른 누군가 범인일 수 있다는 확률, 그리고 추정을 가능하게 도와주는 누군가가 있다는 게 든든하게 여겨졌다.

"정, 정말 이런 말을 내가 다른 사람 앞에서 꺼낼 수가 있는 걸까?"

희영은 떨리는 눈빛으로 물었고 현우는 미소로 답했다.

"제가 촬영 내내 같이 있을게요."

현우의 말 한마디가 힘이 되었다. 그 용기에 여기까지 나오게 된 거였다.

"좋습니다, 한번 해보죠."

감건호가 시원하게 답해주었다. 희영은 대기실에서 나와 촬영장으로 향하는 감건호 뒤를 따라 걸었다.

현우는 어디 있을까?

희영은 고개를 뒤로 돌려서 두리번거렸다. 현우는 저만치 서서 손을 흔들어 보였다.

희영이 현우와 오전 내내 정리했던 말들을 되새기는 동안 감건호는 구성작가를 불러서 희영의 이야기를 대화로 녹여서 정리하도록 시키고 있었다.

"희영 씨, 수고스럽지만, 다시 한 번 작가 분께 자세하게 설명해주셔야 돼요. 방송에는 포인트를 주어서 시청자 누구나 이해하기 쉽게 설명해주는 게 좋거든요. 육하원칙에 따라서 자세하게 물어볼 텐데 잘 따라주세요."

희영은 고개를 끄덕이고 짧게 커트를 치고 안경을 낀 작가와 마주 앉았다. 희영은 작가의 질문에 성실하게 답해주었다.

잠시 후, 제작진이 사온 간식과 커피를 먹은 후에 정식 녹화가 시작되었다. 희영은 머리만 약간 매만진 후에 감건호의 앞에 놓인 의자에 앉았다. 피디와 조명감독과 무대감독들이 서로 사인을 주고받으면서 마지막으로 촬영 카메라 위치를 세팅해 나갔다. 여인정 피디가 조명을 켜고 고 사인을 주었다.

"촬영 들어갑니다. 1번 카메라 보세요. 불 들어오는 거요. 자아 레디 고!"

희영은 불이 들어온다는 카메라를 찾았다. 환한 불빛에 순간 눈이 감겼다.

"잠깐 컷!"

여인정 피디의 외침에 카메라 불빛이 꺼졌다.

감건호는 애써 미소를 지어 보였다. 긴장한 희영을 달래듯이 살살 말을 던졌다.

"자아, 다시 시작해볼까요. 여 피디가 고 사인 주면 제가 질문하고 대답하는 방향으로 가는 겁니다. 맘 편하게 생각해요. 그리고 불 들어오는 카메라가 화면을 찍고 있는 거니까, 그 카메라의 렌즈를 보시면 돼요. 렌즈 너무 강하게 들여다보면 눈이 감겨버리니까 주의하시고요."

희영은 고개를 끄덕여 보였다. 여인정 피디가 촬영이 시작되었다는 손짓과 함께, '고'를 외쳤다.

"감건호의 현장 추적에서는 2004년 새별 오름에서 봉성리로 향하는 길 중간에서 살해당한 애월 읍내 은행원 김수향 씨 사건을 주목하고 있습니다. 이 사건은 현재 범인이 밝혀지지 않은 고미연 대학생의 죽음과 범행 패턴이 닮아 있습니다. 시신을 유기한 장소가 김수향 씨 사건과 3킬로미터도 떨어져 있지 않고, 성추행을 시도 하려 했다는 점 등이 동일하며 피해자가 20대 여성이라는 것도 같습니다. 저희는 오늘 2004년 김수향 사건의 가해자로 지목되어서 구치소에서 재판을 기다리던 중에 자살한 이준수 씨의 가족 분을 모시고 이야기를 먼저 나누어본 후에 이 두 사건에 관한 자세한 내용을 설명해 드리겠습니다."

감건호는 잠시 말을 멈추고 희영과 눈을 맞추며 이야기를 이어나갔다.

"안녕하세요, 이희영 씨. 이준수 씨 누나 분 되시죠?"

희영은 긴장된 얼굴로 불이 들어오는 카메라를 응시하였다.

"네."

"솔직하게 용의자 가족분이 이렇게 얼굴을 가리지 않고 나오시기가 어려웠을 텐데 그 용단에 감사드립니다. 지난 10년간 어떻게 사셨는지 잠깐 말씀해주시죠."

희영은 카메라를 응시하면서 천천히 입을 열었다.

"제가 모습을 감추지 않고 나오고자 한 것은 제 동생 준수의 무죄를 주장하고자 하는 것만은 아닙니다. 가해자 가족도 피해자 가족 못지않게 10년의 세월을 고통 속에서 살았다는 것을 알려드리고 싶었습니다. 과거를 숨기기 위해 밤마다 인터넷에서 사진과 악성 글들이 유포된 것을 신고하였고, 피해자 가족들에게 미안한 심정으로 찢기는 마음으로 살았습니다. 세상에 얼굴을 내밀지 못하였고, 찾아오는 취재진들을 밖에 세워두고 집에 없는 척 죽은 듯이 살았습니다. 담벼락에 '살인자의 집'이라고 적힌 낙서는 아직도 잊지 못하고 꿈에 나타납니다. 인터넷에 떠도는 가족사진에 '살인자의 가족'이라고 적힌 게시글도 잊지 못합니다. 저희가 어떤 고통을 당하여도 피해자 가족들에게 위로가 되지 않는다는 것도 잘 알고, 이걸로 투정을 부릴 수도 없다는 것도 너무나 잘 압니다.

하지만, 지금 고미연 양을 그렇게 안타깝게 가게 한 분 반드시 자수하기를 권합니다. 길어질수록 가족들 너무도 힘듭니다. 그리고, 범죄를 저지르려고 마음먹고 계신 분도 강하게 말립니다. 저 같은 가족이 생겨납니다. 밤마다 잠이 들면 악몽에 깨어나고, 사랑하는 사람이 생겨도 억지로 떠나보내야 하고 직장에서 길거리에서 누가 나를 알아볼까 평생을 두려워하게 됩니다. 그래서 나왔습니다. 알려야 된다고 생각합니다. 범죄에 희생되는 사람들, 그리고 범죄자의 가족들 모두 고통 속에서 평생 삽니다. 지금이라도 마음을 고쳐주세요. 저 같은 사람이 다시 나와서는 안 됩니다."

희영은 말을 잇지 못하고 복받치는 울음을 목구멍으로 삼켰다. 클로즈업으로 들어왔던 카메라가 뒤로 물러나면서 감건호의 얼굴을 비추었다.

"이희영 씨, 조금 진정해주세요. 무슨 의도로 말씀하시는지 잘 알겠습니다. 그 심정 저도 절절하게 이해가 갑니다. 그토록 힘드셨군요. 가해자 가족들, 피해자 가족들 심정을 모두 어루만져주는 말입니다. 저는 오늘 이준수 군이 비록 재판을 받지는 않았지만 진정 범인이었나 의구심이 들어서 문제 제기를 하고자 합니다. 혹시 10년의 세월을 사이에 두고 같은 장소에서 비슷한 패턴으로 벌어지는 범죄가 같은 인물에 의한 것은 아닐지 의심 갑니다. 이희영 씨, 10년간의 사이를 두고 죽음이 되풀이되고 있다는 것을 주장하기 위해 우리 프로그램에 이렇게 나와주신 것으로 압니다. 말씀해주시죠."

희영은 감건호에게 이야기해둔 한동민에 관한 의심사항을 조목조목 설명해주었다. 촬영 전에 희영의 긴 설명을 대본 작가가 정리해주었고 즉석에서 대본을 만들어주었다. 촬영 후에는 편집하여서 중요부분만 방송에 내보낼 거라는 이야기도 들었다.

희영은 한동민의 제보, 그리고 김수향을 트럭에 태워다 줬을 가능성, 게다가 자신의 동생을 데려다줬다면서 동생이 했다는 이예선의 죽음에 관한 비밀과 협박 등의 이야기를 일목요연하게 말하였다. 그리고 마지막으로 세 사건의 비슷한 상황과 사연을 이야기했다.

감건호는 희영의 말을 경청하고 있다가 말할 타이밍에서 받아쳤다.

"그렇다면 1995년 희영 씨의 친구였던 이예선 초등학생의 실족사 죽음, 2004년 김수향 양의 죽음, 2014년 고미연 양의 죽음에 이르기까지 일정한 간격이 있으며, 범행 수법도 이예선 양 죽음만 빼면 2차, 3차 사건은 범행 수법이나 살인 수법이 동일하다 그런 말씀이신가요?"

"네, 그렇다고 생각합니다."

감건호는 아차차 하는 표정을 의도적으로 지어 보였다.

"시청자 여러분들께 죄송합니다. 저는 범인이 한 사람이라는 가정 하에 무심코 2, 3차 사건이라는 말을 썼습니다. 그만큼 이 사건은 시사하는 바가 있습니다. 모두 애월읍에서 일어난 일, 그리고 사건의 범인이 명쾌하게 밝혀지지 않았다는 것, 김수향 사건은 판결 나기 전에 이준수 군이 자살을 했으니까요. 게다가 장소도 오름 근처의 외진 곳이라는 것, 모두가 비슷한 수법을 보여주고 있습니다. 사람들 눈에 띄지 않고 CCTV가 드문 길이라는 장소적 지리적 용이함을 잘 아는 사람에 의해 저질러졌다는 것도 비슷합니다. 이예선 어린이 사건의 진실이 밝혀졌다면 과연 지금의 사건이 일어났을까 하는 의문도 듭니다. 하지만 그 불쌍한 소녀의 보호자는 어디론가 사라졌고 저희 제작진이 방송 전에 확인해본 바로는 5년 전에 돌아가셨다고 합니다. 더 이상 진실을 밝힐 가족도 없습니다."

감건호는 잠시 말을 멈추고, 특유의 안타까워하는 표정을 지었다. 미간에 주름을 잡고 호소하는 듯한 눈빛을 보이면서 두 손을 카메라 앞으로 살짝 내밀었다.

"여러분, 만약에 이 사건들이 연계성이 있다는 것이 밝혀지면, 이준수 군은 억울한 누명을 썼을 가능성이 있습니다. 따라서 고미연 양 사건을 해결해야만 두 명의 사람을 살리는 길이 됩니다. 죽은 이준수 군의 명예회복을 위한 길, 그리고 고미연 양의 억울한 죽음의 원인을 밝히고 가족들에게 의문을 풀어줄 수 있는 길. 이 두 사람의 한을 풀어줄 수 있는 유일한 방법은 바로 속칭 새별 오름 여대생 살인사건이라고 불리는 고미연 양 사건의 범인을 잡는 것입니다. 이 프로그램을 보고 있을지 모를 범인에게 당부 드립니다. 이희영 씨의 숭고한 희생을 헛되게 하지 말고 속히 자수를 하여주기 바랍니다. 당신이 어디에 있든지, 어느 곳에 숨든지 결국 경찰들은 찾아낼 겁니다. 그러니 그러기 전에 자수를 하십시오.”

감건호는 눈에 눈물을 글썽이면서 호소하였다. 희영이 보기에도 가슴이 뭉클하였고, 호소력 있어 보였다.

그날 한동민과의 전화 연결은 성사되지 않았다. 한동민이 전화를 받은 후에 감건호가 간단하게 프로그램 취지를 밝히고 이희영과의 전화 통화 내용을 오늘밤 현장 추적 방송에 내보내도 되겠느냐고 묻는 순간 전화는 끊겼고 이후 전화를 받지 않았다. 그렇게 전화 연결은 무산되었다.

녹화를 마치고 엘리베이터를 타고 내려온 희영은 호텔 로비를 이리저리 둘러보았다. 촬영이 끝날 때까지 지켜보겠다고 굳게 약속을 하였던 현우는 어디에도 없었다. 희영은 낙심한 얼굴이 되어 정문으로 향하는데 저만치 두 손을 덜덜 떨면서 울 것만 같은 표정으로 쳐다보는 소정이 눈에 들어왔다. 아침 그대로의 옷차림이었다. 다만 표정이 더욱 어두웠다. 희영의 발걸음이 옮겨지지 않았다.

감건호가 한동민과의 전화 통화에서 내놓은 말들은 분명 아버지를 통해 들었을 것이다. 희영은 당황한 얼굴로 로비를 에둘러서 돌아나가려고 하였다. 지금 이 상황에서 소정과 마주치고 싶지는 않았다.

"희, 희영아."

소정은 피하려는 희영의 앞을 가로막았다. 긴 꽃무늬 치마 아래로 연보라색 젤리슈즈에 싸여진 소정의 발가락이 움쭉달싹 하는 것이 보였다. 신발은 언제 갈아 신고 왔을까. 희영은 엉뚱한 생각에 집중하면서 상황을 피하려고만 하였다. 젤리슈즈 속의 볕에 그을려서 새카만 발가락들이 눈에 잘 들어왔다.

"희영아. 우리 아빠 그런 사람 아냐. 나 한 번도 건드리지 않았어."

"소정아."

희영은 할 말이 없었다.

"그리고, 예선이에 대해 한 말 다 사실이야. 우리 아빠가 나 시켜서 그렇게 너한테까지 와서 말한 거 아니라구. 장장 19년 동안 누군가에게는 털어놓고 싶었고, 특히 너한테 말하고 용서받고 싶었단 말이야."

희영은 앞을 가로막는 소정을 밀쳤다. 소정의 늘어난 하얀 티셔츠가 축축하게 느껴졌다. 땀이라도 흘린 걸까.

"소정아, 나 가로막지 말아줘."

저만치 한동민이 로비 커피숍 입구에 세워져 있는 거대한 원형 기둥 옆에 서 있는 게 보였다. 분명히 소정이가 울면서 난리를 치고, 희영이를 만나러 가야 된다고 우겨서 데리고 왔을 것이다. 그리고 소정이가 난리를 부릴까 두려워 기다리는 형세로 보였다.

"희영아, 그런 거 방송 나가면 안 돼."

"방송 나가기 싫으면, 직접 피디한테 전화해."

희영은 싸늘하게 답하였다. 소정은 희영의 두 손을 붙잡고 매달렸다.

"너는 방송 피디 만나고 왔으니까, 연락처 알 거 아냐. 부탁이야. 더 이상 안 괴롭힐게. 그거 방송 안 나가게 해줘. 정말 아빠 그런 사람 아니야. 그리고 더 이상 준수 얘기 어디에다가도 안 할게. 정말이야. 예선이 내 잘못으로 죽은 거야. 그거 경찰서 가서 얘기하라면 할게, 방송은 내보내지 마. 아빠 그런 사람 아니야!"

희영은 화가 불현듯 치밀었다.

"구질구질하게 왜 이러니. 그런 의문이 들지 않나 제시를 하는 거야. 너와 너희 아버지 실명도 안 나와. 다 묶음 처리한대. 그런데 그것도 싫니? 나는 어떻겠니? 나는 당사자 누나로 장장 10년을 괴롭힘 당하고 인터넷에서 여기저기 내 사진이 실려 다녔어. 나는 어떻겠어? 너는 예선이 그렇게 가게 하고도 누군가한테 추격받거나, 지적이라도 당한 적이 한 번이라도 있었어? 근데 왜 안 돼? 왜 안 되냐구?"

기둥 옆에 석상처럼 서 있던 한동민이 조용히 소정의 옆으로 다가와 덜덜 떨리는 소정의 팔을 붙잡았다. 그는 침착하게 말했다.

"우린 우리가 지은 만큼의 죗값을 양심의 가책으로 달게 받았다. 그러니, 너도 니 동생이 저지른 죗값을 밀쳐내지 말도록 해. 모른 척할수록 더 큰 돌덩이가 되어서 너를 짓누를 테니까."

한동민은 소정을 달래서 돌아서게 했다. 희영은 화가 머리끝까지 났다.

"죄의 값? 당신이 뭔데 내 동생을 의심스럽다고 해! 당신이 뭔데?"

희영은 호텔에서 자신을 쳐다보는 사람을 신경 쓰지 않고 한동민에게 달려가 매달리면서 돌이켜 세웠다. 한동민은 조용히 하라는 시늉을 하면서 소정과 희영을 호텔 정문 밖으로 데리고 나가서 씁쓸한 얼굴로 말했다.

"네 어머니가 사건이 일어나고 나서 나에게 불태워달라고 맡겨놓은 물건이 있다. 그걸 너에게 보내주마. 그걸 보면 왜 네 동생이 범인이 맞는지 알 수 있을 거야. 이제 더 이상 우리를 귀찮게 하지 말아주었으면 한다."

한동민은 흐느껴 우는 소정을 데리고 가서 저만치 호텔 입구 도로변 갓길에 세워놓은 트럭에 올라탔다. 한동민은 호텔 직원이 거세게 항의를 하면서 차 빼라고 요구하는 것을 무시하고는 시동을 걸어서 그대로 회차하여 희영 앞을 쌩하니 지나쳐 갔다. 희영은 어지럼을 느꼈다. 귀에서 삐이- 하는 소리가 들렸다. 정신머리가 없었다. 촬영을 하는 내내 조명이 너무 세다고 느꼈다. 그렇지만 녹화 중에는 힘든 줄 몰랐다. 하지만 지금은 다리가 휘청이면서 온몸이 후들거렸다. 허탈함과 함께 서운한 감정이 들었다. 남아서 기다려주겠다는 현우는 어디에도 없었다. 희영은 몸을 돌려서 호텔 로비로 들어갔다. 실랑이를 벌이던 자신을 쳐다보았던 사람들의 시선이 거북살스럽게 여겨졌다. 엘리베이터에 타서 호텔 주차장으로 향했다.

차를 빼서 나오면서 의아했다. 현우는 전화를 받지 않았다. 무슨 일이 생겨서 급하게 간 것인가 생각하면서 바다 게스트하우스를 내 비게이션에 입력하였다. 내비게이션이 안내하는 길을 따라 운전해 나갔다. 애월읍은 안개로 시야가 흐려 있었다. 눈을 크게 뜨고 정신을 차려서 운전에 집중하였다. 어느덧 게스트하우스에 도착했다.

희영은 차를 주차하고, 뒷마당으로 나 있는 문을 통해 모임장으로 들어갔다. 현우는 없었다. 정영기와 임영철이 커피를 마시고 있었다. 희영은 피곤해서 방으로 들어가려고 모임장을 나가려는데 임영철이 큰 소리로 불렀다.

"누나, 수경이 연락도 안 되고, 오늘도 안 들어왔는데 혹시 방에서도 보지 못하셨어요?"

"아, 아뇨. 못 봤어요. 난 나가 있느라⋯⋯."

"사실은 오늘 게스트하우스에 형사들이 찾아왔어요."

"형사라뇨?"

"수경이 부모님이 전화 연락이 안 된다고 경찰에 실종신고 했대요."

"그럼 지난번 오신 그 양 형사님인가 하는 분이 오신 거예요?"

정영기가 대신 답했다.

"아뇨, 젊은 분이 왔어요. 그래서 지금 게스트하우스에도 말이 많아요."

희영은 주변을 둘러보았다. 모임장에는 그들 외에 한 명이 더 있었다. 대학생으로 보이는 남자 하나가 헤드폰을 끼고 책을 읽고 있었다.

"현우 씨는요? 보이지 않네요?"

"글쎄요, 체 형도 일 나갔는지 보이지 않아요."

정영기와 임영철은 희영에게 같이 맥주 파티에 참석하자고 했으나, 그럴 기분이 아니었다. 희영은 피곤해 쉬고 싶다고 한 후, 기숙사 건물로 들어가 바다방으로 향했다. 방문을 열쇠로 열려고 가방을 뒤져보았다. 열쇠가 없었다. 희영은 이맛살을 찌푸리고 잠시 주저앉았다. 어디서 잃어버렸는지 감감하였다. 호텔 로비가 걸렸다. 한동민을 다급하게 쫓아가 세우던 그때 떨어지지 않았을까.

휴대폰 배터리도 거의 소진된 상태였다. 급한 대로 현우에게 전화를 걸었지만 받지 않았다. 희영은 다시 모임장으로 향했다. 다행히 정영기가 임영철과 컵라면을 먹고 있었다.

"저어기, 현우 씨 연락도 안 되고 방 열쇠는 제가 잃어버린 것같아요. 어떻게 하죠?"

희영은 난감한 표정으로 물었다.

"이거 말씀드리면 안 되는 건데요."

임영철이 난처한 얼굴로 작은 목소리로 말하였다.

"이리로 와보세요. 여기 카운터 뒤 서랍 속에 여벌 열쇠가 들어있어요. 여자방 열쇠도 있을걸요. 제가 알려줬다는 거 비밀이고 알아서 하세요. 저는 몰라요."

임영철은 안내를 해주고 정영기가 앉아 있는 자리로 되돌아가서 라면을 먹었다. 희영은 서랍을 조심스레 열어보았다. 종이로 칸막

이가 바둑판처럼 나뉘어 있었고, 바닥에 방 이름이 적힌 스티커가 붙어 있었다. 그리고 열쇠마다 네임펜으로 방 이름이 쓰여 있었다.

희영은 '바다방' 열쇠를 뺐다. 희영이 서랍을 닫고 열쇠를 들고 카운터를 나가려는데 열쇠 서랍 옆의 서랍에 비죽이 나온 보라색 하트 모양의 휴대폰 고리가 신경 쓰였다. 희영은 서랍을 열었다. 오수경의 것으로 보이는 휴대폰과 거기에 달린 고리를 들춰보았다. '부천국제영화제'라고 적혀 있었다. 분명 오수경의 휴대폰이 확실했다. 혹시 분실한 것을 서랍 속에 넣었나 하는 생각이 들었다. 하지만 이내 기분이 싸하였다.

오수경도 실종된 것이다.

그리고 이 카운터 서랍은 현우와 오영상이 관리하는 것이다. 희영은 다급하게 바다방 열쇠를 내려놓고, 다른 열쇠를 찾았다. 현우의 말로는 남자방 뒤쪽의 자그마한 별채가 오영상과 그가 쓰는 숙소라고 했다. 그곳을 들어가보면 뭔가 증거가 될 만한 것이 더 나올지 모른다는 생각이 들었다. 희영은 가장 허름하고 작아 보이는 아무런 방 이름도 적혀 있지 않은 열쇠를 빼들었다. 식사를 하는 임영철 등을 지나쳐서 바로 모임장을 빠져나왔다.

날이 지려고 하고 있었다. 붉은 노을이 바다 주변으로 몰려오면서 붉게 타올랐다. 희영은 기숙사 뒤편의 별채로 갔다. 단층짜리 헛간을 개조해 만든 것처럼 보이는 별채에는 얼기설기 엮은 나무로 만든 문이 달려 있었다. 열쇠를 넣어 돌렸다. 끼익 하는 소리를 내면서 문이 열렸다. 어두컴컴한 속이 흘깃 보였다. 천천히 발을 들여놓았다. 커다란 방 하나가 다였다. 어두운 방에 들어앉은 침대와 책상들 등의 가구가 보였다. 희영은 휴대폰 불빛에 의지해서 조심스레 걸음을 디뎠다. 적막감이 흘렀다. 문가로 다시 돌아가서 전등 스위치를 찾았다. 손을 벽에 대고 쓰다듬어가면서 전원 스위치를 찾아서 눌렀다. 불이 들어왔다.

벽면에 놓인 책상 두 개 그리고 각 모서리에 머리를 댄 침대 두 개가 눈에 들어왔다. 문가 벽에는 〈화양연화〉 〈나쁜 피〉 〈빈 집〉 〈아비정전〉 등의 영화 포스터가 붙어 있었다. 희영은 얼른 책상으로 가서 서랍을 열어보았다. 왼쪽 벽에 붙어 있는 책상 속 서랍에는 각종 필기구와 서류들이 들어 있었다. 서류를 보니 게스트하우스의 건축 계약서 등과 신문에 소개된 기사 등이었다. 희영은 그 아래 서랍을 열었다. 전기선과 각종 자질구레한 물건들이 들어 있었다. 서랍을 닫으려는데 잘 닫히지 않았다. 희영은 서랍 속에 끼여 있는 무언가를 꺼내어 닫으려 애썼다. 손을 넣어서 잡아보려는데, 부드러운 천이 집게와 엄지손가락 사이에 끼었다. 희영은 천 조각을 잡아챘다. 잘 안 나오려는 것을 강제로 끄집어냈다.

부천국제영화제 특유의 보라색 마크가 새겨진 면 티셔츠였다. 오수경이 언젠가 입고 나왔고, 정영기가 알은체를 해주었던 기억이 났다. 희영은 소름이 돋았다. 서랍을 더 뒤져보았지만 잡동사니가 가득하였다. 얼른 티셔츠를 잘 접어서 다시 서랍을 닫고 침대를 살펴보았다. 무릎을 꿇고서 침대 밑으로 머리를 집어넣어보았다. 침대가 붙은 벽면 쪽에 검은색 대형 캐리어가 눕혀져서 들어가 있는 것이 보였다. 희영은 손을 끝까지 집어넣어서 캐리어를 잡아채서 힘을 주었다. 온몸에 무게를 싣고 캐리어를 빼내었다. 검은색 납작한 대형 캐리어였다. 희영은 얼른 지퍼를 열어보았다. 색색들이 면 티셔츠, 그리고 핫팬츠, 게다가 여성용품과 속옷까지 여자들 입는 옷과 용품이 가득했다. 희영의 뇌리에 스치는 것이 있었다. 감건호가 보여주었던 검은색 캐리어 사진 그리고 현우가 말했던 고미연이 들고 왔던 캐리어.

희영은 얼른 휴대폰을 들어서 전화를 걸었다. 현우는 여전히 전화를 받지 않았다. 희영은 몸을 굽혀서 손을 반대편에 있는 다른 침대 밑으로 깊숙이 넣어보았다. 벽에 닿은 구석에 처박혀 있는 보라색 캐리어가 눈에 띄었다.

수경이 캐리어!

희영은 깜짝 놀라 입 밖으로 외쳤다. 얼른 손을 벽까지 뻗어보았다. 쉽사리 닿지 않았다. 몸을 일으켜서 빼낼 만한 도구를 찾아보았다. 벽이 맞닿는 모서리에 기다란 나무로 만들어진 운동기구가 세워져 있었다. 어깨에 걸치고 몸을 돌리면서 근육의 피로감을 풀어주는 기구였다. 희영은 운동기구를 넣어서 보라색 캐리어를 간신히 끌어냈다. 지퍼를 열어보았다. 영화 평론에 관한 책과 수경이 몇 번 입은 것처럼 보이는 오버올 바지, 이어폰 등이 들어있었다. 수경의 가방이 분명했다. 희영은 소스라치게 놀랐다. 몸을 일으켜 캐리어들의 지퍼를 다시 닫고 제자리에 돌려놓았다. 운동기구를 세워두고 방을 나서려는데 휴대폰이 울렸다.

"누나, 희영 누나."

희영은 얼른 전화를 받았다.

"현우야. 어디야?"

"급한 일이 있어서 어디 좀 왔어요. 이리로 좀 와줘요. 스쿠터가 고장나서 움직이지 않아요."

"어디인데?"

"애월읍 어음리에 있는 빌레못 동굴 근처 도로가예요. 급해요. 이제 어두워지면 꼼짝 못해요."

"알았어. 나 할 말 있어. 굉장히 중요한 얘기야. 만나서 말해줄게."

희영은 얼른 전화를 끊고 별채를 빠져나왔다. 그리고 모임장으로 들어가서 주변을 살폈다. 다행히 창가에 앉아서 독서하던 남학생 하나뿐 다른 사람은 보이지 않았다. 희영은 카운터 안으로 들어가서 서랍을 열고 열쇠를 집어넣었다. 그리고 카운터를 나가려는데 누군가 손목을 거세게 붙잡았다.

"이거 뭐하는 짓이죠?"

오영상이었다. 눈을 부릅뜨고서 희영을 노려보면서 재차 물었다.

"뭘 가져가는 거요?"

희영은 당황했다.

"아, 아무것도 아녜요. 방 열쇠가 없어져서 좀 꺼냈어요. 다시 넣는 거고요."

"그 말을 나보고 믿으라고?"

희영은 독서하던 남자를 보았지만, 그는 책을 덮고 모임장 문을 열고 밖으로 나가버렸다. 모임장 안에 오영상과 희영 둘만 있다는 사실이 못내 두려움을 주었다.

"이 손 놔요. 나 잘못한 거 없어요."

"내가 그렇게 설명을 해주고, 아픈 과거까지 들춰가면서 이야기 해줬으면 알아들을 때도 됐지 않나? 이렇게 비열한 짓도 해야 하나?"

"누가 누구한테 비열하다고 해요?"

희영은 거세게 항의를 하는데, 마침 모임장 문을 열고 임영철이 들어왔다.

"무슨 일이에요?"

임영철의 손에는 빈 커피 잔이 들려 있었다. 커피를 리필하러 들어온 것처럼 보였다.

"영철 씨, 설명 좀 해줘요. 나 열쇠 잃어버렸잖아요."

"아, 체 형. 미안해요. 희영 누나가 급해 보여서 보조키 있는 곳 알려줬어요. 물어봤어야 했는데 미안해요."

"이제 됐죠? 잃어버린 열쇠는 정 못 찾으면 변상할게요. 지금 찾으러 가는 거니까 이 손 이제 놔줘요!"

희영은 오영상의 손을 뿌리치고 뒷마당으로 향하는 문으로 걸어 나갔다. 희영은 덜덜 떨리는 손을 진정시키면서 마티즈에 올라 타서 핸드백에서 열쇠를 꺼내 꽂고 시동을 켰다. 사위가 어두웠다. 헤드라이트를 켜고서 가로등 불빛에 의지해 차를 움직여 나갔다. 이때 모임장 문이 벌컥 열리면서 오영상이 차 앞을 가로막으려는 듯이 달려나와 손짓하였다. 희영은 얼른 핸들을 급하게 돌려서 오영상을 피해 도로로 접어들었다. 백미러에 오영상의 난처해하는 얼굴이 보였다.

희영은 거칠게 액셀을 밟아서 속력을 높여 도로를 달렸다. 내비게이션에 빌레못 동굴을 검색하고서 일주도로로 접어들었다. 5분여를 달려서 천덕로로 접어들었다가 어림비로로 들어갔다. 사위가 캄캄하였고, 가로등도 몇 없었다. 칠흑 같은 어둠이 고요하게 자리 잡고 있었다. 희영은 내비게이션이 '목적지 도착'을 음성으로 알려주자 도로가에 차를 세우고 내렸다. 주변을 둘러보는데 희미한 달빛에 저만치 하늘색 스쿠터가 서 있는 것이 보였다. 희영은 얼른 다가갔다. 앞부분 몸체가 찌그러져 있는 것이 눈에 들어왔다. 희영이 몸체를 살펴보는데 누군가 뒤에서 불렀다.

"희영 누나."

희영은 몸을 일으켜 뒤돌아보았다. 현우였다. 티셔츠에는 흙 얼룩이 덕지덕지 묻었고, 땀이 가득 배서 몸에 철썩 붙어 있었다. 어딘지 평소의 그답지 않아 보였다.

"미안해, 누나. 급한 일이 생겨서 촬영 다 보지 못하고 나왔어."

"아냐, 그건 괜찮아. 현우야."

"누나, 휴대폰 해도 안 받던데."

"아차, 게스트하우스에 놓고 왔나봐."

희영의 뇌리에 오영상과 승강이를 벌이다가 휴대폰을 카운터 위에 두고 온 것이 떠올랐다.

"현우야, 이럴 게 아냐. 나 사실은 별채 열쇠를 서랍에서 찾아서 네가 오영상 사장과 같이 쓰는 방 들어가봤어."

현우의 표정이 잠깐 일그러지는 게 설핏 눈에 들어왔다.

"내가 바다방 열쇠를 잃어버려서 보조키 찾다가 그만 수경이가 들고 다니던 휴대폰을 발견한 거야. 그래서 의심스러워서 그렇게 했던 거야. 게다가 수경이는 지금 실종 신고가 되어 있어서 오늘 게스트하우스에 형사들도 찾아왔대. 내 말 듣고 있는 거야?"

현우는 희영이 말하는 도중 시선을 땅으로 떨어뜨렸다. 다른 때의 현우 같지 않았다. 불안한 눈빛에 이상하게 온몸을 뒤척이면서 흔들어대는 등 집중을 하지 못했다.

"누나, 그래서요?"

"내가 방에서 뭘 발견했는지 알아? 고미연의 것으로 보이는 캐리어하고 수경이 보라색 캐리어 가방을 둘 다 발견했어. 둘 다 열어서 확인해봤는데 여자 옷들이 들어 있고, 수경이 물건은 거의 확실해. 어서 양구동 형사님 찾아서 신고해야지."

현우가 갑자기 배시시 웃었다.

"누나, 날 따라와요. 나 더 중요한 증거 찾았어요. 빌레못 동굴에 증거를 숨겨놨어요."

"증거라니?"

희영은 현우가 다급하게 잡아채는 손에 이끌려 강제로 논밭길로 따라갔다.

"체 형이 전화 통화하는 걸 우연히 들었거든요. 뭐 10년 전 사건의 증거를 동굴 안에 숨겨놓았다고 하는 걸요."

"뭐라고? 김수향 사건?"

"네, 맞아요. 누나 동생 이준수 군의 누명을 벗겨줄 증거예요. 어서 가요."

현우는 잠시 멈춰 서서 희영과 시선을 맞췄다가 다시 거칠게 희영의 팔을 잡아끌었다.

"아파. 알았으니까 이것 좀 놔줘."

현우의 시선이 묘하게 떨렸다. 항상 여유 있게 리드하던 현우가 이토록 불안해하고, 안정치 못해 보이는 모습이 낯설었다. 희영은 솔직하게 따라가고 싶지 않았다. 하지만 현우의 고집을 꺾어서 같이 차로 돌아가기에는 그가 너무도 강하게 나오고 있었다.

"현우야, 무슨 일이 있는 거야. 너답지 않아."

현우는 희영을 잡아끌었다. 논밭을 비척거리면서 손을 강제로 끌어당겼다. 비척거리는 그의 걸음걸이가 평소의 단정한 모습과는 한참 거리가 멀었다. 길가와 멀어지자 불빛이 한 점도 없었다. 오로지 그의 손에 의지해 끌려갔다.

"현우야, 대체 동굴이 어디 있어? 내일 다시 오자, 응?"

가로등도 없이 수풀과 잡초 그리고 갈대가 우거진 들판에 이르렀다. 그는 대답도 없이 무섭게 잡아챘다. 빌레못 동굴을 안내하는 이정표가 간신히 보였다. 앞장서서 걷는 현우는 무섭게 불안정해 보였다.

희영의 이성은 이제 그만 돌아가야 된다는 소리를 내고 있었다.

하지만 차마 그렇게 할 수 없었다.

　제주도에 내려와서 매번 좌절의 순간과 힘겨웠던 상황에서 현우가 힘이 되어주었고, 도움이 되었다. 지금 혼자 돌아간다면 현우의 안전이 어떻게 될지 몰랐다. 그만큼 그가 힘든 상황 속으로 자신을 이끌어가고 있었다. 그러나 불안한 상태의 현우가 걱정되어 도저히 물리치고 도망칠 수가 없었다.

　"현우야, 돌아가자. 같이 가자. 일단 양 형사님과 다시 오자. 응?"

　현우가 뒤돌아보았다. 그리고 눈가에 웃음을 담아 말했다.

　"누나, 다 왔어요. 동굴 속에 있다니까요. 그것만 보고 가요, 네?"

　억지로 웃는 것처럼 보이는 얼굴 표정이 소름 끼치게 무서웠다. 뒷덜미에 한기가 서려왔다.

잔인한 봄날

현우는 동굴을 안내하는 표지석이 있는 곳에 서서 뒤를 돌아 집게손가락으로 어딘가를 가리켰다. 그의 손가락 끝에 희미하게 은색 철창문이 쳐져 있는 것이 보였다. 용암석과 암반 사이로 들어선 동굴의 입구는 철창문에 의해 굳게 닫혀 있었고, 자물쇠로 봉해져 있었다.

"열쇠가 있어야 되잖아?"

희영이 현우를 말리면서 뒤로 물러나는데 현우는 꿈쩍도 하지 않고 주머니에서 열쇠를 빼서 자물쇠를 따고 성큼성큼 동굴 안으로 혼자 들어가버렸다.

"누나 어서 들어와요."

현우의 목소리가 동굴 밖으로 새어나왔다.

"현우야!"

희영이 다급하게 외쳤으나, 현우의 목소리는 더 이상 들리지 않았다. 뒤로 돌아가 차로 가고 싶은 마음은 굴뚝같았지만, 현우를 두고 갈 수는 없었다. 마음이 편하지 않았다. 이대로 돌아갔다가는 영영 보지 못할 것만 같은 생각이 들었다. 제주도에서 같이 다니면서 그에게서 진심을 보았고 친근감과 심리적 교감을 느꼈다. 이렇게 보내서는 안 될 것 같은 마음이 들었다. 희영은 천천히 발을 동굴의 아가리에 들여놓았다. 적막과 고요, 그리고 짙은 어둠은 희영을 삼켜버렸다.

"현우야, 현우야."

희영이 외치는 소리는 그대로 동굴 안을 휘감고 다시 돌아왔다. 어디선가 불어오는 서늘한 바람이 뺨에 느껴졌다. 희영은 고개를 숙였다. 천장이 낮아서 몸을 구부려야만 했다. 신발 위를 자그마한 벌레들이 왔다갔다 했지만 개의치 않았다.

희영은 무서웠다. 온몸에 서리 같은 차가움이 느껴졌다.

젖먹이 아기와 엄마를 비롯하여 수십 명이 죽어간 곳, 원한과 분노가 가득 차 있던 곳.

불길한 생각을 떨쳐내려 했지만, 그것들은 희영의 몸에 진득하게 달라붙어 떨어질 기미가 보이지 않았다.

"아…… 아……."

어디선가 신음 소리가 들렸다. 희영은 꼼짝 할 수 없었다. 그대로 멈췄다.

귀신인가, 사람인 건가.

"누, 누구세요?"

"아, 아……."

두려웠다. 희영은 손으로 동굴을 더듬어 나가려 애썼다. 10여 미터는 걸어온 것 같았다. 이제는 동굴 입구에서 들어오던 달빛도 없었다. 적막과 암흑 속에 희영은 누군가의 신음 소리를 들으면서 서 있었다. 돌아가야겠다는 생각에 발걸음을 돌리려는 순간 발치에 탁 치이는 것이 있었다.

사람이었다. 누군가의 손이 그녀의 발목을 희미한 힘으로 살짝 붙잡았다.

"누, 누구야! 까악!"

희영이 비명을 지르면서 주저앉았다.

"어, 언…… 언니? 나 수경이에요."

"뭐어?"

희영은 주저앉아서 손을 더듬어 발목을 붙잡았던 힘없는 손을 잡아 쥐었다.

"수경이 맞니?"

"네. 언니……."

"왜 여기 있는 거야? 응?"

"언니, 나, 나 납치됐어요……."

수경은 간신히 말하고는 신음을 내면서 고개를 푹 숙였다.

"뭐라고? 수경아! 수경아! 정신 차려봐!"

이때 희영의 간담이 서늘해질 만큼 싸한 목소리가 들렸다.

"수경 씨, 내가 여기다 데려다놨어요."

휴대폰 불빛을 비추면서 한 남자가 수경과 희영을 싸늘한 표정으로 지켜보고 있었다.

현우였다. 희영은 믿을 수 없었다. 희영은 눈으로 쳐들어오는 것처럼 강렬한 빛을 두 손으로 가리면서 애원하듯이 말했다.

"이게 무슨 일이야. 어서 수경이 데리고 나가자."

"아, 아니. 그건 안 돼. 벌을 받아야 돼."

"무슨 소리야."

"내가 영화 평론에 관해 말한 것을 함부로 폄하했거든요. 내가 작고한 영화평론가의 글을 보고 거의 표절해서 이야기한대요."

"뭐라고?"

"나를 너무나 무시하는 거야. 내가 남의 글이나 의견을 그대로 표절하고 아무 죄책감이 없대. 그래서 빌레못 동굴을 구경시켜준다고 아침 일찍 약속을 잡고는 여기다 데려다놓고, 누나와 감건호 교수 만나러 갔던 거야."

"뭐라고? 목요일 말하는 거야? 그럼 3일째 이러고 있었단 말이야? 현우야, 상태가 너무 안 좋아. 어서 데리고 나가자, 같이."

희영이 오수경을 살펴봤지만, 어느새 고개를 푹 숙이고 바닥에 누운 채 아무 말도 없었다.

"그런 일로 수경이를 이런 곳에 둘 수는 없어. 얼마나 갇혀 있었던 거야."

희영이 자세히 살펴보니 오수경의 온몸은 흙투성이었고, 옷은 군데군데 찢겨 있었다. 손과 얼굴에는 긁힌 상처가 있었고 머리카락은 엉망이었다. 게다가 지린 듯한 냄새도 났다. 눈을 감고 엎드린 채로 미동도 없었다.

"어서 데리고 나가서 병원 가 치료받아야 돼."

"난 누나를 실망시키는 게 가장 두려웠어."

현우가 담담하게 평소의 다정한 음색으로 말했다.

"무, 무슨 소리야?"

희영이 극도의 불안을 억지로 누르면서 엉거주춤하게 일어나 마주 섰다.

"처음에는 그냥 단순히 궁금했어, 왜 제주도에 내려와서 체 형을 캐묻고 다니지? 그리고 무슨 목적이 있는 거지? 그래서 누나 샤워할 때 휴대폰 열어서 카페에 들어가 글 올렸던 거 몰래 찾아봤어. '부모 없는 하늘 아래' 카페 말이야."

희영은 덜덜 떨면서 현우에게 응수하였다.

"너, 네가 수 매니저라면서?"

"아니, 사실 수 매니저는 모르는 사람이야. 근데 그 매니저 뭐하는 사람인 거야? 아이디에 숫자 012345678 이어서 치니까 바로 계정 해킹이 되던데? 'soo012345678'이 비밀번호야. 그래서 매니저 사칭하면서 누나에게 채팅하게 되었고, 비자림으로 나오라고 약속 잡은 거야."

희영은 등골을 찌르는 서늘한 기운에 온몸이 몸서리쳐졌다. 떨

렸다. 무서웠다. 반면 현우는 생글거리면서 담담하게 말을 이어나
갔다.

"감건호 교수 휴대폰 번호는 재직하는 대학교 홈페이지에서 대
학원생 SNS 털어서 알아냈어. 교수 전화번호 묻는 애한테 바로 댓
글로 알려주던데? 그리고 인터넷 뉴스 검색해서 제주도 내려와 있
다는 것 알아냈고."

"너, 너 대체 나한테 왜 이러는 거야?"

현우는 작은 소리로 껄껄 웃었다. 기분 나쁘게 소름끼치는 웃음
이었다.

"누나, 그거 알아? 누나는 내가 쓴 낚시글에 걸려서 여기까지 내
려오게 된 거 아냐구?"

"낚시글?"

"그거 내가 썼거든. '제주도 여대생 살인사건 범인은 김수향 사
건과 동일한가?' 제목이 대략 이랬지 않아? '진실'이라는 사람이
올렸고 말이야. 글 내용에는 10년 전 김수향 사건과 지금의 고미연
사건의 범행 수법이 비슷하다고 나와 있고 말이야. 범인으로는 알
다시피 오영상 씨를 지목했구. 검색해보면 알 만한 사람은 알게끔
지목되어 있었지."

희영은 눈을 크고 둥그렇게 떴다.

"네가 썼다구? 그럼 범인은 B 게스트하우스 주인이라는 건 맞는
거야?"

현우는 천천히 고개를 저었다.

"그렇게라도 하지 않으면 위태로울 것 같았단 말이야. 나중에는 혹시 아이피 주소다 뭐다 추적해 들어올까봐 얼른 지웠지만 말이야. 어차피 남의 계정이긴 하지만."

"위태롭다니? 현우야, 너 뭔가 알고 있지? 말해줘. 대체 사건의 진실이 뭐야? 준수가 정말 범인이 아니라고 생각하는 거야? 그리고 오영상 씨가 진짜 범인일 확률이 높은 거야?"

"그게 말이죠, 사건의 진실은요, 그냥 내가 대충 지어 말한 거예요."

"대체 무슨 소리야, 현우야."

"내 진짜 누나는 수향이 누나니까."

"뭐라고?"

희영이 소스라치게 깜짝 놀랐다. 현우는 그 말을 내뱉자마자 희영의 발치에 침을 퉤 하고 뱉었다. 10년 전 소년이 떠올랐다.

열두 살 정도는 되었을까 싶던 여리고 가냘프게 생겼던 소년의 얼굴이 그 자리에 있었다. 희영을 원망하는 눈으로 아버지가 시키는 대로 침을 퉤 뱉어내던 소년.

너그 누나 죽인 년놈들이야, 너도 침 뱉어뿌려!

영원히 잊지 못할 상처 주는 말들 중 하나였다. 그리고 소년의 눈동자. 맑은 눈동자에 눈물과 원망을 싣고 쳐다보던 그 가녀린 소년.

"너, 너 대체…… 누, 누구야."

"나 수향이 누나 동생 김재동, 이현우는 내 본명 아니에요. 피시

방에서 일할 때 아르바이트생 주민등록번호와 이름 도용해서 인터넷 드나들다가, 이제는 그 이름을 본명처럼 쓰고 있어요. 처음에는 혹시나 아버지가 찾아올까 두려워서 그렇게 했지만 이제는 이현우란 이름이 편해요."

현우는 담담하게 뒤돌아서서 동굴 입구를 빠져나갔다. 그리고 자물쇠를 걸고서 철커덕 잠가버렸다. 희영의 가슴속에 절망이 깊이 있게 다가왔다. 현우는 이런 사람이 아니었다. 전적으로 믿고 신뢰감을 주던 따뜻한 사람이었다. 이럴 수는 없었다. 현우가 휴대폰 불빛을 거두자 어둠뿐이었다.

희영은 동굴 안쪽으로 들어가 기절한 오수경을 껴안고 절규하듯이 외쳤다.

"현우야, 제발 정신 차려. 나와 수경이를 내보내줘! 부탁이야."

희영은 오수경을 잘 눕혀두고 입구로 다가가 철창을 붙들고 현우를 올려다보았다. 그는 희영을 차가운 시선으로 내려다보았다. 얼굴에 쓴 미소를 띠고 하늘 높이 뜬 이지러진 달을 한번 올려다보고는 껄껄 웃었다.

희영의 눈앞에 있는 그는 기괴하고 괴팍해 보이는 다른 사람이었다. 분노와 폭력, 그리고 절망의 구렁텅이에서 허덕이는 사람, 사랑 한 줌 받지 못한 채 괴로움과 번민에 날마다 허우적거리는 사람 그렇게 보였다.

현우가 폭풍 같은 감정을 담아서 소리를 내질렀다.

"일곱 살 무렵에 엄마 돌아가시고 맨날 술 먹고 주정부리고 혼내고 때리던 아버지와 살던 기억을 니가 알아? 그 인간 아비도 아니야. 왜 울 수향이 누나가 죽었을 때 그렇게 난동 부리고 소리 질렀는지 알아? 수향이 누나가 우리 집 가장이었으니까. 은행원 수입 고스란히 가져다주면 그걸로 도박하고 술 처먹고 난리도 아니었으니까! 그런데 그렇게 가니까, 그 난리를 부린 거란 말이야. 울 불쌍한 수향이 누나…….

희영 누나, 그러니 내가 피해자 가족으로서 가해자 가족에게 해를 입혀도 조금은 이해되어야 되는 것 아냐? 나도 그 범죄의 피해자야. 수향이 누나 죽고 나서는 날 지긋지긋하게 괴롭히는 아버지뿐 그 누구도 나를 보듬어줄 사람은 없었으니까.”

현우는 한숨을 길게 내쉬며 눈을 내리깔았다.

“후우 내가 어떻게 살았는지 알아? 열일곱 살에 제주에서 고등학교 중퇴하고 서울로 빈손으로 도망쳐서 간신히 고시원 총무로 얹혀살면서 피시방 알바, 편의점 알바, 영화관 팝콘 튀기기 알바, 대출 안내 콜센터 직원까지 안 해본 게 없었어. 진상 손님들한테 욕 바가지로 먹어가면서도 아버지 그 짐승 같은 인간과 마주치지 않고 수향이 누나 가슴에 묻고 살아가면서 행복을 느끼기도 했어. 그런데 어느 날 주변을 둘러보니까, 가족은 아무도 없고 친구도 없고, 아는 사람 한 명도 없는 순간이 오더라.

고시원 세 평 방 안에 몸만 누이고 옷가지 몇 벌 걸린 벽만 쳐다보고 그게 내 전 재산이라는 걸 깨달았을 때, 그만 머리가 끊어질 듯이 아파오고, 강박적으로 손톱을 물어뜯고, 멍 때리는 순간까지 정신이 오묘해지는데 이거는 내가 죽거나 아니면 칼 들고 남을 해쳐야 해결이 되겠더라구. 인터넷에서 내 심리상담해보고, 조울증 환자 카페 들락날락해도 해결이 안 돼. 추천하는 심리학 책 빌려 읽어봤자, 심리학 지식만 더럽게 늘어가고 정작 내 고민 푸는 데 도움이 안 되더라구!

그 고통 알아? 당장 집밖으로 쫓겨날 지경의 두려움, 사채 빚에 쫓기는 전화 몇 통 받고 전기톱으로 사람 죽이는 영화 공짜로 인터넷에서 다운 받아 보면 하루가 가는데, 정말 미쳐 돌아버리겠다구. 누구 하나 이야기할 상대가 한 명도 없었어! 단 한 명도! 그런데 그때 애월읍의 땅값이 엄청나게 올랐다는 신문 기사를 인터넷에서 본 거야. 그래서 제주로 돌아오기로 결정했지. 열일곱 살에 떠나서 스물두 살에 처음 돌아오게 된 거야. 근데 아버지라는 그 인간이 그렇게 무서울 줄은 몰랐어. 대면하는 게 두려워 바다 게스트하우스에 장기 숙박하면서 이것저것 일 돕고 숙박비 면제받고 그럭저럭 지내면서 날을 보는데, 그날은 무척이나 한낮에 햇빛이 찌면서 되레 밤에는 서늘한 바람이 세차게 불던 날이었지. 아버지 집에 가서 몰래 돈이 될 만한 거 뭐든지 집어와야겠다고 맘먹었어."

현우는 기억을 더듬어나갔다.

6월 6일 현충일 날 많은 손님들이 게스트하우스를 찾았다. 서울서 콜센터 근무도 해봐서 진상 손님들 많이 만나봤지만, 게스트하우스도 별반 다르지 않았다. 그날따라 방이 후지다, 환불해달라, 왜 밤에 소등하고 잠만 자야 되고 밖에 나가면 안 되느냐 기본 룰도 따지고 난리들을 치는 손님이 많았다. 간신히 해결을 하고 오후에는 체 형에게 카운터 맡기고 애월읍 봉성리에 있는 집으로 향했다.

휴대폰으로 내비게이션을 설정하고, 스쿠터를 타고 출발하였다. 어릴 때 살던 집 근처에 도착했지만 길도 달라지고, 포장도로가 나고 건물들이 들어서는 바람에 쉽사리 찾지 못하였다. 하지만 어느덧 수향 누나와 손 붙잡고 걸어가던 추억을 기억해내서 가다보니 이층 양옥으로 번듯하게 신축한 집을 찾아낼 수 있었다. 몰래 집에 들어가보기 위해 신발을 사포로 잘 갈아놓고 온 상태였다. 스쿠터 장비 박스에는 자물쇠를 딸 펜치나 가위, 스위스 만능 칼, 잭나이프 등의 도구가 들어 있었다.

마늘밭 옆에서 수확한 마늘을 잘 말리고 있던 할머니 한 분에게 집주인을 물어보았다. 아버지 김용규 집이 맞았다. 할머니는 마늘 껍질을 다듬어가면서 뒤집어 잘 말렸다. 그리고 구구절절 집주인에 관하여 말을 늘어놓았다. 원래 술만 퍼먹던 양반이었으나, 장녀가 읍내 은행원이 되어서 생활비를 대주다가 그만 몹쓸 놈에 의해 죽고, 그 동생도 서울로 떠나버리자 홀로 남아 정신 차리고 살고 있다고 했다. 아홉 달 전에는 애월읍 땅값이 많이 올라서 일부를 판 돈으로 집도 새로 짓고 살고 있다고 했다. 그리고 베트남 여자도 색시로 맞이하여 잘 살고 있다고 했다. 할머니는 얼굴을 가린 썬 캡을 살짝 들어 올리고 현우를 살폈다.

"근데, 용규 아들은 서울 가서 어찌 살는가 몰라."

현우는 고개를 푹 수그렸다가 슬쩍 눈을 마주쳤다. 할머니가 자신을 알아보는지 떠보려는 심산에서였다. 그러나 할머니는 무심히 시선을 땅으로 내리고 다시 마늘을 뒤집으면서 뜨거운 햇볕에 말려나갔다.

현우는 화가 와락 났다. 자신은 서울에서 일푼 없이 고시원에서 찜질방으로 전전하면서 어렵게 살았는데 아비라는 작자는 아들이 어떻게 살건 찾으려는 노력 없이, 땅 판 돈으로 호위호식하면서 사는지 모르겠다는 생각이 들었다. 그 땅도 모두 누나가 받은 월급으로 산 것이며, 나중에 재동이 대학교 갈 때 팔아서 보탤 것이니 절대로 팔지 말라고 신신당부하던 것이었다. 현우는 분노가 차올랐다. 도저히 집에 들어가볼 엄두가 나지 않을 정도로 화가 머리끝까지 차올랐다. 스쿠터에 올라타서 무작정 달리고 싶었다. 시동을 걸고 서부관광도로로 나가기 위해 방향을 틀었다.

그 순간 길 저편에서 새파랗게 젊은 베트남 여자와 손을 잡고 걸어오는 김용규의 모습을 목격하였다. 현우는 스쿠터를 잠시 멈췄다. 호흡이 가빠졌고, 온몸이 경직되면서 아무 생각도 나지 않았다. 그러다 정신을 간신히 차리고 얼른 스쿠터 도구 박스에서 선글라스를 꺼내서 쓰고는 헬멧을 깊게 눌러쓰고 두 사람이 지나쳐가기만을 기다렸다. 입이 바짝 말랐고 어지럼증이 들었다. 오랜 시간이 흘렀지만 여전히 아버지가 무섭고 어깨가 좁아지면서 스스로 위축되었다.

그리고 갑자기 모든 기억을 상실한 듯이 머리가 하얗게 되었다. 가슴이 아렸다. 그리고 슬펐다. 먹먹하게 이렇게 서 있을 바에는 죽는 게 낫다는 생각이 설핏 들었다. 햇살이 따가웠지만 가슴속으로 시린 바람이 부는 것처럼 여겨졌다.

그날 밤에 오영상이 어디론가 나가버리고 11시 넘어서 모든 게스트하우스를 소등하고 숙박객들이 잠자거나 방에서 휴식을 취할 때였다. 현우는 카운터에서 고개를 숙이고 분노를 삭이고 있었다.

그런데 불현듯 여자 대학생 하나가 들어와 방을 부탁했다. 예약도 안 되어 있었고, 게다가 그녀는 술에 취한 듯 보였다. 현우는 정중하게 사무적으로 미안하다고 말하고 다른 민박업체를 소개해주었지만 그녀는 학생증을 던지고 현금을 던지면서 방 내놓으라고 소란을 피웠다. 현우는 그녀를 끌고 밖으로 나갔다. 밤바다의 파도소리만이 오롯이 들리는 적막 속에서 그녀와 좋게 이야기를 하려고 했지만 그녀의 한마디 한마디 잔인한 말에 그만 이성이 무너져버렸다.

"이 종업원 새끼야, 어서 방이나 내놓으라구. 니가 그러니까 여기서 이딴 일이나 하고 있지. 평생 이 짓이나 할 거면서, 방 내놓을 거 아니면 꺼져!"

현우는 그만 아르바이트를 하면서 겪었던 비인간적인 대우, 그에 따른 모욕감 그리고 울분과 분노, 묵혀왔던 화를 일시에 폭발시켰다. 당장 여대생의 머리채를 휘어잡고서 입을 틀어막고, 주먹으로 거세게 가격하였다. 여대생이 기절을 하자 뒷마당 공터에 세워진 마티즈에 태웠다. 여대생의 여행가방과 학생증, 지갑, 휴대폰을 모두 챙겨서 차에 싣고서 새별 오름 부근으로 달려갔다.

운전을 거칠게 하면서도 CCTV나 속도 단속 카메라가 없는 곳으로 돌아가야 한다는 생각은 강하게 하고 있었다. 어릴 적에 정월 대보름 즈음에 활활 타오르던 오름의 불이 생각났다. 그 불 속에서 시원하게 오줌이라도 누어버리고 싶은 심정이었다.

오름 근처에 도착하자, 여대생이 불현듯 정신을 차리는 것 같았다. 현우는 차를 급하게 멈추었다.

뒷좌석에 있던 여대생은 자신을 납치했다면서 비명을 질렀다. 현우는 급기야 차 문을 열고 뒷좌석 안으로 들어가서 여대생의 목을 졸랐다. 그즈음에서 그쳤어야 했는데, 행동을 멈출 수가 없었다. 어린 시절 아버지가 나무 몽둥이를 들고 때리려고 뛰어오는 영상이 오버랩되었다. 열두 살의 현우가 느낀 공포와 아버지의 분노, 화 그리고 어떻게 할 수 없다는 자포자기감이 현실에서 여대생의 목 조르는 행동을 폭주 기관차처럼 거세게 몰아붙였다.

아버지가 쫓아온다, 몽둥이를 들고 아버지가 쫓아온다, 나를 혼내기 위해 나를 때리기 위해 숨 쉴 틈도 없이 시시각각으로 쫓아온다. 피해야 하지만 현재 상황에서 벗어날 도리가 없다. 해치워야 한다, 해치워야 한다.

현우는 더욱 더 세게 목을 졸랐고, 그녀는 흰자위를 번득이며 죽음의 입구에 섰다. 현우는 심리적 강박 속에서 자유롭지 못하였다.

옥죄는 느낌, 멈출 수 없다는 생각, 누군가 뒤에서 끝도 없이 절벽으로 미는 감각에 떠밀려서 고미연을 죽이고 말았다.

그녀가 들고 온 가방에서 옷가지 등을 모조리 빼내고 고미연을 잘 접어서 넣고는 새별 오름을 지나쳐서 카트라이더 대여업체를 지나고 공터를 지나 허름한 식당 건물로 걸어갔다. 식당 뒤편으로 돌아서 들판으로 10여 분을 걷자 황톳길이 나오면서 도로변이 나왔다. 도로변 옆의 배수로에 가서 섰다. 배수로에 숨기면 얼마 동안은 발견되지 않을 것 같았다. 그리고 그게 이 여자에 대한 예의일 듯싶었다.

배수로에 넣자마자, 현우는 여대생의 옷과 온몸을 물티슈로 깨끗이 닦아내고, 하의는 벗긴 채로 성폭행 관련 죽음으로 위장하였다. 대형 캐리어는 다시 수거하였고, 그녀의 짐들을 잘 집어넣고 휴대폰, 학생증도 챙겨 넣었다. 캐리어를 끌고 온 자국과 타이어 자국을 밑창을 갈아낸 신발로 문지르고 없애버렸다. 신문에서 족적이나 바퀴 자국은 범죄자의 신원을 확인하기에 중요한 단서가 된다는 것을 본 적이 있었다.

머리카락이나 미세한 실오라기라도 떨어져 있나 주변을 재차삼차 훑고 나서 차에 올랐다. 그리고 조용히 게스트하우스로 들어왔다. 다행인 것이 오영상은 아직 들어오지 않았다. 아마 소주를 혼자 마시다가 새벽녘에나 들어올 게 뻔하였다.

현우는 그날 밤 오랜만에 두 발을 뻗고 잠을 잘 수 있었다. 며칠이고 주기적으로 찾아와 괴롭히던 자살하고 싶은 욕망과 남을 해치고 싶은 강한 의식 상태가 그날은 전혀 없었다. 마음이 편하고 후련했다. 현우는 나중에서야 인터넷 검색을 통해 자신이 우울증과 강박증이 동반된 충동조절장애를 앓고 있으며 살인으로 충동이 일시적으로 멈췄다는 것을 깨달았다. 기분이 묘했다. 거울을 보니 늘 머무르던 불안감, 익숙하지 못함, 불만이 가득했던 눈빛에 다른 기운이 엿보였다. 서늘한 공허감. 그 무엇으로도 채워지지 않는 공허함.

그 감정이 불안, 불만, 공포, 매사에 능숙하지 못한 감정을 불러일으키는 것이었다. 이제야 현우는 진실을 마주한 느낌이었다. 본명 김재동은 먼 곳에 버리고, 다시금 태어나고자 하였다. 그동안 온몸과 정신을 아우르던 불안감에서 벗어날 수 있을 것만 같았다. 자신과 남을 통제할 수 있는 힘을 얻은 것 같았다. 다만 마음에 걸리는 것이 있었다.

"이 종업원 새끼야, 어서 방이나 내놓으라구. 니가 그러니까 여기서 이딴 일이나 하고 있지. 평생 이 짓이나 할 거면서, 방 내놓을 거 아니면 꺼져!"

고미연은 정말 이 말을 했던 것일까. 그래서 자신이 북받쳐서 열이 뻗쳐서 그녀를 주먹으로 때려서 실신시키고, 강제로 납치하고 결국에는 죽음에 이르게 한 것일까.

현우는 이 부분에서 자유롭지 못하였다.

그녀가 정말 그런 험한 말을 하였던 것일까. 그래서 그녀를 죽여야만 했던 것일까.

현우는 냉정하게 자신을 돌이켜 생각해보고는 하였다. 마음 한 구석에서 그녀를 납치하고, 위해를 가할 목적으로 그런 환청이 스스로 들리게끔 한 것은 아니었을까 자책하기도 했다.

그녀는 그날 밤, 아무도 보는 이 없는 공간에 우연하게 찾아왔다. 그리고 약간의 작은 실랑이가 벌어졌다. 방이 없어 돌아가달라는 정도의 부탁, 그녀는 반발하였을 수도 있었다. 갈 데가 없었으니까, 그리고 그냥 돌아서서 커다란 캐리어를 끌면서 나갔을 수도 있었다. 그런 것을 현우가 도리어 욕을 하고 빌미를 만들어 폭력 행사를 하였을 수도 있다.

현우는 고미연의 얼굴을 가격하고 납치하려고 마음먹은 그 짧은 순간의 기억이 가물가물하였다. 그녀가 욕을 하였는지도 기억 속에 희미하였다. 하지만 이것 하나는 확실했다. 그 일로 현우는 자신이 누군가를 통제함으로써 불안감을 없애고 남 앞에서 자신 있게 나설 수 있다는 희망을 보았던 것이다. 그리고 그 사건 열흘 뒤에 게스트하우스에 이희영이 나타난 것이다. 현우는 희영에게서 불안감과 그것을 에워싸는 초인적인 인내력을 엿볼 수 있었다. 자신과 비슷한 감정과 경험, 아픔과 고통을 간직한 그 내면이 들여다보였다. 그리고 궁금해졌다.

저 누나는 왜 저렇게 아파하는 걸까, 무슨 비밀이 있는 걸까. 그리고 내가 도와줄 수는 없을까. 내가 누군가에게 이렇게 관심을 가져본 적이 있었던 건가. 나도 누군가를 도울 수는 있는 건가.

현우는 희영이 온 다음 날 용기를 내서 오후에 몰래 김용규의 집에 가보았다. 창문을 드라이버로 열어서 들어가보았다. 빈 집을 살그머니 돌아다니다 게스트하우스로 왔다. 희영을 만나고 나서 용기가 났다. 일부러 밑창을 갈아놓은 신발이 아닌 발자국이 남는 것을 의도적으로 신고 들어갔었다. 이제는 두려운 아버지도 이길 수 있을 것만 같았다. 희영과 함께라면 조금은 용기가 나고 자신감도 붙을 것 같았다. 이제는 희영의 아픔이 궁금해졌다. 그녀를 진정으로 돕고도 싶었다.

현우는 희영의 아픔에 공감하다 그녀가 10년 전 자신의 누나 김수향을 죽인 이준수의 친누나라는 사실을 알게 되면서 깜짝 놀랐다. 하지만 언제나 그렇듯이 웃는 낯으로 대하면서 그녀가 혹시 고미연 사건의 범인을 10년 전 김수향 사건의 범인과 동일시하며 주장하고 다닌다면 자신이 용의선상에서 빠질 수 있으리라는 희망도 엿보았다. 그리고 감건호 교수를 같이 만나고, 희영의 주장을 뒷받침하고 도우면서 오영상이나 한동민에게 의혹을 드리우게 하는 것에 중점을 두고, 고미연의 가방을 별채 침대 밑에 깊숙이 숨겨두었다.

현우는 희영에게 점차 마음을 열어 보였다. 사건의 진실과는 별개로 그녀에게 새로운 연민을 느끼고 그녀의 아픔에 공감하게 되었다. 남에게 감정을 준다는 것이 생소하였지만 자연스럽게 다가갔다. 그러면서도 속이고 모든 것을 흑막에 가리게 하면서 그녀를 이용하였다.

하지만 오수경을 납치하게 되면서 모든 게 뒤바뀌었다. 그녀마저 감춰야 했던 것이다. 차마 죽이지도 못하면서 현우는 강렬한 불안에 휩싸이게 되었다. 희영에게 기어이 수경을 보여주고자 했던 것이다.

그녀는 이래도 나를 용서할 수 있을까.

그것이 궁금했다. 그녀의 마음을 헤집어보고 싶었다.

사실 현우는 처음부터 오수경을 납치하고자 했던 것은 아니었다.

"현우 씨, 할 얘기 있어요. 잠깐만요."

그렇게 말하면서 잡아끈 오수경은 대뜸 왜 작고한 영화평론가의 유고집에서 영화평을 보고 자신의 것처럼 표절해 말하느냐고 따져 물었다. 현우는 난감하였다. 막연하게 영화가 배워보고 싶었고, 감독이 되고도 싶었지만 공부하는 법을 몰라서 유명한 평론집을 읽고 또 읽었던 게 문제였다.

"현우 씨, 정말 이상해요. 뭐든 남의 이론을 베껴서 말하고 자기 의견은 없는 거예요? 어디 영화과 출신이에요? 아니면 교육원 어디 나온 거예요? 누가 그렇게 어떤 선생이 가르쳐요?"

현우는 따지고 드는 오수경에게 빌레못 동굴에 관심이 많다면 직접 안내해주겠다면서 달랬다. 밤에 동굴에 걸린 자물쇠를 줄톱으로 자르고 새 자물쇠를 달아두었다. 그녀를 이른 아침에 납치하였고, 소지품을 오영상과 같이 쓰는 방에다 몰래 숨겨두었다. 휴대폰도 카운터 서랍에 무심하게 집어넣었지만, 오영상은 눈치채지 못했다. 그러고 나서 희영을 포함한 게스트하우스 손님들에게 오수경의 행방을 모른 척하였다.

그런데, 정말 오수경은 그렇게 싸가지 없이 말을 하였던 것일까? 그리고 고미연도 처음 보는 자신에게 그렇게 나쁜 말을 섞어서 말하였던 것일까?

현우는 가끔 떠올려본다. 자신은 그녀들이 먼저 숨통을 조여오고 분노를 터뜨리고 자존심을 짓밟아서 그렇게 걷잡을 수 없는 화에 사지로 몰아넣었지만, 정말 그녀들이 그때 그런 말을 했던 것인지 의문이 때때로 들었다. 현우의 상상이, 아니 죄책감이 그녀들로 하여금 그런 말을 했다고 기억 속에 억지로 저장시킨 것은 아닐까. 진실은 뭘까.

"현우야, 현우야!"

기억 속에서 허우적대면서 미동도 않던 현우가 눈을 떠보니 어디선가 요란한 사이렌 소리가 들려왔다. 도로 쪽이었다. 어둠과 적막 속에서 사이렌 소리는 유독 귀를 틀어막고 싶을 정도로 크게 들려왔다. 깜짝 놀란 얼굴의 현우가 뒤를 돌아보았다.

"현우야, 이제 그만해, 부탁이야! 내가 여기 오기 전에 수경이 휴대폰으로 112에 신고를 했어. 이제 그만 자수해!"

희영은 별채 열쇠를 집어넣기 전에 모임장에 남학생 하나뿐 보는 눈이 없는 틈을 타서 오수경의 휴대폰을 켜고, 112에 신고 문자를 보냈다.

현우는 하염없이 서운한 눈빛을 보냈다.

"누나, 나 못 믿었어요? 내가 범인이라고 생각했어요?"

"아니, 난 오영상 씨라고 생각했어. 하지만 내가 찾아가는 장소도 밝혀야 했어. 너와 함께 경찰서로 가서 신고하려고 했으니까."

"누나, 난 결백해요, 난 범인이 아니라니까. 누나도 못 믿겠어?"

희영은 순간 10년 전 준수의 불안하고도 애처로운 눈망울이 현우의 눈과 겹쳐 보였다.

"현우야, 이제 그만 끝내. 수경이 이대로 두면 위험해."

희영은 철창을 두 손으로 강하게 붙잡고 몸을 구부리고 좀 더 현우와 눈을 마주치면서 설득하려 애썼다.

"아니, 누나. 나 아니야. 나 그렇게 하려고 그랬던 거 아냐. 누나도 못 믿겠어? 내가 의도한 게 아니라고!"

희영의 가슴속에 뜨거운 것이 복받쳐왔다. 10년 전 구치소 면회실 건너편의 준수도 그렇게 말하였다. 그리고 애처롭게 혼자서 생을 마감하였다. 불안하고 쓸쓸한 눈빛, 다급하게 사정하면서 울부짖던 준수의 모습. 희영은 포기할 수 없었다.

"현우야, 제발 이 문 열어줘."

그는 고개를 저었다. 그리고 열쇠를 저만치 풀숲에 던져버렸다. 그러고 나서 바지 주머니에서 무언가를 꺼냈다. 칼이었다. 접혀져 있던 잭나이프를 펼쳐서 목에 들이댔다.

"안 돼! 현우야! 제발. 이러지 마."

희영은 울음을 터뜨리면서 다급하게 사정을 하고 달랬다.

"김재동!"

낯익은 목소리가 어둠을 갈랐다. 그 뒤로 플래시 불빛이 강하게 비쳤다. 양구동이었다. 얼굴을 붕대로 감고, 왼팔과 손도 붕대로 칭칭 감은 그는 뒤에 형사 두 명과 순경 두 명을 세우고 다가왔다. 빌레못 동굴 인근에서 현우와 대치하고 선 그는 10여 미터도 채 떨어지지 않은 채 큰 소리로 외쳤다.

"김재동, 너를 고미연 살해 혐의로 체포한다. 너는 묵비권을 행사할 수 있고, 지금 얘기하는 것은 나중에 법정에서 불리할 수 있다. 변호사의 도움을 받을 수 있고, 변호사 도움을 못 받으면 나라에서 국선 변호사를 구해줄 것이다!"

플래시 불빛에 양구동의 얼굴을 뒤덮은 붕대는 흰색을 선연하게 드러내고 있었다.

양구동과 철창 속의 희영을 번갈아 쳐다보던 현우는 두 다리가 떨리면서 손도 심하게 떨었다. 희영은 절망만이 가득하고 공포에 질려서 극에 몰리는 그의 낯빛을 읽었다.

"양 형사님! 오지 마세요. 현우 지금 칼 들고 있어요! 부탁이에요! 형사님!"

양구동이 희영의 목소리를 듣고 큰 소리로 외쳤다.

"멈춰! 김재동! 진정해, 멈추라고! 칼 내려놔! 어서!"

순경 하나가 플래시를 들어서 현우의 얼굴을 비쳤다. 현우가 눈이 부신지 질끈 감았다. 오른손은 여전히 목의 경동맥 쪽에 칼날을 댄 채 서 있었다.

"내려놔, 어서!"

양구동의 지시를 받은 정영호가 권총집에서 권총을 꺼내서 현우를 겨눴다.

"칼을 내려놓지 않으면 발포하겠다! 김재동 어서 말 들어! 어서!"

양구동의 지시에도 현우는 손을 그대로 둔 채 서서히 뒤돌아서 희영과 눈을 마주쳤다.

"누, 누나. 난 왜 멈출 수가 없는 거죠?"

현우는 귓가에 울리는 소리에 괴로워하면서 목 깊숙이 칼날을 들이밀었다. 피가 뿜어져 나왔다.

아버지가 쫓아온다, 몽둥이를 들고 아버지가 쫓아온다, 숨 쉴 틈도 없이 시시각각으로 쫓아온다, 해치워야 한다, 해치워야 한다.

"안 돼! 그러지 마! 준수야! 제발…… 제발…… 어흑흑!"

희영이 울부짖었다. 준수가 자신의 목을 매달던 자살 장면, 한 번도 본 적 없지만 꿈에서 체험하게 되는 최악의 장면을 마주친 것 같았다.

기시감.

그리고 지금 눈앞에서 벌어지는 끔찍한 죽음. 희영은 울부짖었다. 동생의 이름을 마구 부르면서 철창을 두 손으로 붙들고 매달렸다.

"김재동!"

탕! 허공으로 공포탄이 총성과 함께 쏴졌다. 양구동과 정영호, 그리고 순경들이 다가와 현우를 에워쌌다. 정영호가 호위하는 가운데, 양구동이 순경과 함께 쓰러지는 현우를 껴안고 바닥에 앉았다.

"지혈대 없어! 119 언제 오는 거야, 대체! 어서! 연락해봐, 어디쯤인가!"

양구동이 붕대를 감은 손으로 현우의 목덜미를 막았다. 양구동은 얼굴에 감은 붕대를 얼른 풀라고 지시하였다. 순경과 정영호가 달라붙어 붕대를 풀자 양구동의 벌겋게 화상입은 얼굴이 드러났다. 희영은 하염없이 눈물만 흘렸다. 붕대로 현우의 목을 칭칭 둘러맸지만 피는 그칠 줄 몰랐다. 희영은 진정하고, 뒤를 돌아 오수경에게 가보았다. 의식이 없었다. 희영은 철창으로 달려와서 애원했다.

"형사님, 여기 환자가 동굴에 있어요. 열쇠를 풀밭에 던져버렸어요."

순경 하나가 희영이 가리키는 데로 달려가서 풀숲을 뒤져서 열쇠를 찾아냈다. 그리고 철창문을 열고 동굴 속으로 들어왔다. 희영이 안내하는 데로 가서 오수경을 발견해 확인했다. 어디선가 요란하게 울리는 119 사이렌 소리가 났다. 정영호는 휴대폰으로 연락을 취해 지금 막 도착한 응급구조대를 맞으러 달려 나갔다.

희영은 동굴에서 나와 양구동이 지혈을 하고 있는 현우 앞에 다가와 앉았다.

"현, 현우야."

희영이 다정하게 부르면서 현우의 손을 잡아주었다. 현우의 목 부분에 손을 대고 강하게 지혈하던 양구동이 틈을 주면서 자리를 살짝 내주었다. 희영은 붕대로 감은 목을 손으로 꽉 누르고 지혈하면서 한 손으로 얼굴을 쓰다듬었다. 삐- 하는 이명 소리가 잠시 나더니, 갑자기 귀가 들리지 않았다. 아무런 소리도 들리지 않았다. 양구동이 뭐라고 말하는 것 같았지만 들리지 않았다. 희영은 현우에게 집중하였다.

평온해 보였다. 미동도 없었다. 코 앞부분에 손가락을 스치듯이 대었다. 호흡이 느껴지지 않았다. 현우의 굳게 감은 눈이 준수의 굳게 감은 눈과 겹쳐 보였다. 입관 시 깨끗하게 단장하고 누워 있던 준수의 얼굴은 자는 것처럼 맑고 깨끗하였다. 그토록 큰 사건에 연루되어 있을 만큼 험상궂어 보이는 혹은 누명을 써서 큰 고통과 번민에 빠져 있는 그런 얼굴이 아니었다. 한없이 여리고, 가없이 순수해 보이는 얼굴이었다. 아무런 표정도 없고, 자연스러운 상태에서 고통 없이 간 듯 보이는 얼굴이었다. 다만 목 부분의 끈졸림 자국이 한없이 안타까웠다.

희영의 왼손이 붉게 피로 물들었다. 현실감이 느껴지지 않았다. 희영은 잠시 눈을 감았다.

"엄마, 준수 왜 이렇게 편안해 보이지? 너무 예쁘잖아. 이렇게 해맑게 말이야."

희영이 이 말을 담담하게 던졌을 때, 김순자는 꾹꾹 참고 눌러서 밀쳐놓았던 울음을 그제야 터뜨렸다. 엉엉, 아이처럼 큰 소리로 울면서 준수의 손을 붙들고 온몸을 사시나무 떨듯이 떨면서 그대로 바닥에 주저앉았다. 희영은 눈물이 나오지 않았다. 다만 준수의 죽음이 와 닿지 않았다. 곧 일어나서 희영의 눈을 마주보고 미소를 지어줄 것만 같았다. 아주 어린 시절로 돌아가 갯깍에서 뛰놀면서 희영이 건네는 갯벌레에 놀라 도망칠 것 같아 보였다. 오름에 올라, 갈대숲에서 풀냄새를 맡으면서 먼 바다를 바라보고 있을 것만 같았다. 준수의 희멀겋고, 고운 얼굴이 눈앞에 아른거렸다.

희영은 준수의 얼굴을 어루만졌다. 그리고 준수의 차가운 손을 하나하나 어루만졌다. 파랗게 변한 손톱을 보자, 그제야 죽음이 와 닿았다. 오른손 엄지손가락, 어릴 때부터 유난히 입에 넣고 빨던 엄지손가락 끝이 뭉툭한 것이 못내 가슴 아프게 와 닿았다.

어린 준수의 얼굴이 어느새 현우의 얼굴로 겹쳐 보이면서 차가운 현실이 느껴졌다. 그제야 주변에서 나는 소리가 들려왔다.

양구동이 한숨을 푹 내쉬면서 말을 뱉었다.

"간 것 같소. 이제 자리 내줘요."

저만치 응급구조대가 도착해 현우 앞으로 다가왔다. 구조대는 두 팀으로 나뉘어서 한 팀은 현우에게 응급처치로 지혈대를 고정시키면서 혈압을 체크했다. 그리고 제세동기를 이용해 심폐소생술을 했다. 다른 팀은 오수경을 동굴에서 들것에 실어 날랐다. 다행히 오수경은 혈압이 낮은 편이었지만 호흡을 정상적으로 하고 있었고 저체온과 탈진한 상태로 보인다고 했다.

구조대원들이 소생술을 몇 차례 시행했지만 현우는 미동도 없었다. 구조대원들은 박동수를 체크하는 심전도기를 현우의 가슴 곳곳에 연결하였다.

"심장 박동 없고, 생활반응 없습니다. 의사 선생님 오실 때 사망 시각 체크하도록 하겠습니다."

구조대원이 차분하게 상황 설명을 하였고, 양구동은 한숨을 내쉬면서 자리에 털썩 주저앉았고, 정영호는 어디론가 다급하게 전화를 걸었다.

"나 이렇게 만들어놓고, 지만 편한 데로 가버리면 되나? 지금까지 너 하나 잡으려고, 제주 경찰 수백 명이 몇 날 며칠을 잠을 못 잤는데, 정도 없는 매정한 놈 같으니라구!"

양구동은 벌겋게 쓰라린 얼굴을 구조대에게서 치료받으면서 푸념을 했다. 양구동은 가만히 서서 현우를 지켜보는 희영에게 담담하게 말했다.

"나한테 제 아버지 김용규가 고미연 살인사건의 범인이라는 증거 넘긴다고 해서 새별 오름에서 만났지. 난 김재동인 줄 알고 나갔는데 자세히 보니 게스트하우스에서 일하던 녀석이라. 그런데 나한테 다짜고짜 휘발유 끼얹고 불을 붙이고 도망갔소. 나는 그만 정신을 잃었는데, 지나가던 차량 운전자가 오름에서 불길이 치솟자, 119에 신고 전화를 해서 소방관들에게 구조되어 병원에 입원했소. 하루 동안 의식을 잃고 있다가 깨어나고 나니 이 꼴이야. 그러다 이희영이라는 사람이 실종된 오수경 휴대폰으로 112에 오영상이 범인인 것 같다고 신고를 했다고 들었지. 그리고 이현우라는 게스트하우스 직원과 경찰서로 오기 전에 빌레못 동굴에서 만난다기에 당장 이곳으로 달려오게 된 거야. 퇴원 못하게 하는 의사 간호사 다 뿌리치고 말이지. 아이구, 쓰라려."

"현우가 고미연 죽인 범인이 맞나요?"

희영이 진지하게 물었다.

"과학수사팀이 게스트하우스에 들어가 감식 중인데, 서울서 미리 내려와 있던 가족들이 고미연의 가방과 옷가지들이 맞다고 확

인하였고, 결정적으로 길가에 서 있던 초록색 마티즈도 곧 감식
들어갈 텐데, 새별 오름으로 오는 길 중에 애월로나 애상로 부근
CCTV에는 안 잡혔지만, 고하상로를 그 당시에 지나던 차량 번호
를 조회해서 몇몇 운전자를 추렸는데, 그 차량 중 한 대의 블랙박
스 영상에서 녹색 마티즈 차량이 새별 오름 근처로 빠지는 것을 찾
아냈지. 범행 시각으로 추정되는 6월 6일 밤 11시 28분이었고, 운
전자의 얼굴은 지금 국과수에서 확대해서 확실하게 결과를 기다
리고 있지만, 실루엣 상으로 김재동으로 보이고, 만약 감식하다가
뒷자리에서 고미연의 머리카락을 발견한다면 결정적 증거가 될
수 있지. 그리고 마티즈 차량에서 고미연이 입었던 옷들의 미세섬
유가 채취된다면 그것 또한 직접적 증거로 제출할 수 있어요. 차근
차근 증거를 찾아나가면 진실을 밝혀낼 수 있어요. 경찰서에 나와
서 진술해줄 수 있죠? 어떻게 여기까지 오게 되었고, 이현우 아니
김재동과 어떤 경로로 만나게 되어서 어디까지 사건의 진실을 알
고 있는지. 부탁해."

희영은 살짝 고개를 끄덕여 보였다. 그리고 평온해 보이는 현우
의 얼굴을 내려다보았다.

잠시 후, 검시관과 법의가 도착하여 현우의 곁을 에워싸자, 희영
은 그의 곁을 떠나 빌레못 동굴을 벗어나서, 수풀이 우거진 들판에
잠깐 주저앉았다. 수많은 경찰들, 구조요원들이 드나드는 모습이
오래전 본 듯하였다. 준수가 용의자로 지목돼서 잡혀가던 날, 희영
은 덜덜 떨면서 수많은 사람들에 둘러싸여 답답하고 가슴이 눌려

서 숨을 쉴 수조차 없었다.

그러나 지금 희영은 조금 편안한 상황에서 주변 사람들의 질문에 답해주고, 쉴 수 있었다. 피해자와 가해자가 뒤바뀌었다는 게 달라진 것이다. 그때는 가해자의 누나로서 지금은 피해자의 한 사람으로서.

그리고 그때와 지금의 공통점은 현우와 자신이 한 공간에 있다는 것.

현우가 피해자의 가족에서 지금은 가해자로 뒤바뀌어 있다는 것이 다른 점이지만.

슬픔보다는 안타깝다는 생각이 먼저 들었다. 해맑게 웃던 얼굴 뒤의 그림자를 알아채지 못하고, 자신의 고통과 아픔만 앞세웠다는 생각이 들었다.

'난 그런 아픔이 있는 줄 정말 몰랐어요. 저 부탁 하나 들어주세요. 이제 누나라고 불러도 되죠? 제가 적극적으로 도와주는 대신이에요.'

현우는 그렇게 말하였다. 비자나무의 코를 찌르는 상쾌한 냄새가 어디선가 풍겨오는 것 같았다. 밤하늘 구름에 가렸던 하현달이 모습을 드러냈다. 지금 이 상황에 왠지 어울릴 것처럼 보였다.

수백 년을 살아온 비자나무에 비하면 우리 사람의 생은 얼마나 짧은 것이냐고 말해주던 현우의 음성이 귓가에 낭랑하게 울렸다. 하지만 희영은 인생이 짧고 시간이 흘러가고, 그렇게 살아도 아깝게 간 사람에 대한 그리움과 기억, 그리고 아픈 마음은 절대로 잊히지 않을 것이라는 걸 너무도 잘 알고 있었다.

현우가 아버지에게 학대를 받았다고 말한 것이 언뜻 떠올랐다. 누나 김수향의 비극적 죽음 앞에서 결국 아비의 원망과 한을 어린 현우가 고스란히 받았을 것을 생각하니 마음이 아파왔다.

왜 도와주지 못하였고, 왜 멈추게 하지 못했을까. 미안하다, 현우야. 미안해. 진심으로.

엄마 품속에 감춰진 신발

희영은 제주서부경찰서에 수차례 불려 다녔다. 현우와 만났던 계기와 같이 다녔던 곳, 일정 그리고 오수경의 휴대폰을 발견하게 된 계기, 현우와 빌레못 동굴 앞에서 나누었던 대화를 세세하게 기억하여 양구동 정영호 등 형사들과 마주 앉아서 조서를 긴 시간 동안 작성했다.

희영이 대답을 하면 그들은 컴퓨터로 기록하였다. 3일간 거의 매일 경찰서를 나가서 하루 종일 앉아 있었다. 희영은 담담하게 그들의 일을 도와주었다. 그렇게 제주도에서 4일이 흘렀고, 희영은 오영상에게 며칠만 더 있다가 서울로 돌아가야겠다고 말했다. 휴가를 일주일 더 썼고, 직장 상사에게는 자세한 이야기는 생략한 채 중요한 일이 있다고만 했다. 하지만 어감상으로 〈감건호의 현장 추적〉에 나온 희영의 인터뷰 장면을 본 것 같았다.

정영기, 임영철은 서울로 떠났고 오수경도 퇴원하여 가족과 서울로 돌아갔다. 쓸쓸한 게스트하우스에는 오영상과 희영만 있을 때도 있었다. 오영상은 현우와 관련하여 고미연 사건 뉴스가 나오는 것을 좋아하지 않았다. TV나 라디오를 틀지 않았고, 조용한 피아노 음악만 모임장이나 카페 안에서 틀었다. 조용히 커피를 내리고 간간이 오는 손님에게 서비스를 하였다. 그렇게 말없는 침묵으로 며칠이나 흘렀다. 게스트하우스에는 과학수사팀이 몇 차례 더 찾아와서 증거를 찾아 돌아갔다. 오영상의 방에서 지문을 뜨느라 벽지에 온통 검은 가루를 칠해놨다는 불평을 들었다.

희영이 제주도를 떠나기 전날 한동민이 바다 게스트하우스로 찾아왔다. 한동민은 말없이 황갈색 종이상자와, 편지 한 통을 오영상에게 건네고 떠났다.

희영은 바다방에서 오수경의 빈 침대를 망연히 보고 있다가 오영상이 소포가 와 있다는 문자를 보내자 모임장으로 나갔다. 오영상이 건네는 상자를 받아들었다. 그가 보는 앞에서 열어보기가 왠지 싫었다. 희영은 모임장 뒷문을 열고 나와 뒷마당을 통과해 한담 해변가로 나갔다.

상자 뚜껑을 열어보았다. 누렇게 변색된 운동화와 편지가 들어 있었다. 오래된 운동화. 낡았지만 어디선가 본 운동화였다.

아!

희영의 눈시울이 붉어졌다. 준수가 고등학교 들어간 기념으로 희영이 사준 것이었다. 김수향이 죽었을 때, 형사들이 매번 찾아와서 집 안을 뒤져 운동화를 찾으려고 했지만, 그들이 찾는 것은 집에 없었다. 희영은 모른 척했고, 김순자는 뒤돌아서서 혀만 끌끌 차댔다. 그리고 탄원서를 작성하면서 형사들에게 욕을 해대고는 하였다.

희영은 잠시 바다에 눈길을 주었다. 바위에 부딪혀서 하얀 포말을 일어내는 파도는 하늘색 푸르름을 선연하게 빛내고 있었다. 내려와서 처음 본 날처럼 여전히 아름다움을 보여주었다.

희영은 편지를 펴보았다. 한동민과 한소정이 번갈아서 편지를 썼다.

이 운동화는 범행 당시에 준수가 신었던 것이고, 족적이 증거로 잡힐까봐 어머니께서 나에게 태우라고 맡겼지만, 차마 태울 수도 없었고 형사들에게 건넬 수도 없어서 지금까지 집안 깊숙이 숨겨왔던 것이다. 이제 돌려주련다. 정 그 사건에 대해 궁금하면 이 운동화를 당시 사건 담당 형사에게 보여주도록 하여라. 그리고 준수가 구치소에 있을 때 내가 군대 시절에 알았던 윤문구 교도관을 통해 가위를 전달했다. 이것도 네 어머니의 부탁이었다. 이 말을 이제야 하게 되는구나.

한동민의 말은 지극히 차갑고 사무치게 아렸다.
엄마는 대체 무얼 알고 있었던 걸까. 증거가 될 만한 것은 감춰

두고, 왜 그렇게 준수의 누명을 벗기러 다녔던 것일까. 누가 하는 말이 사실인 것인가.

한동민의 글 아래에 소정이 글씨가 보였다. 초등학교 때에도 예쁘고 아담한 글씨체로 종종 편지를 써주곤 하던 그녀였다.

그렇게 싸우고 가버렸지만, 가끔 또 보고 싶다는 생각에 이렇게 글을 써. 너를 보고 싶어 서울로 간다고 해도 네가 만나줄까. 내가 애들 기르면서 그럴 시간이나 날까. 그리고 네가 나를 용서해줄까. 네 마음을 어떻게 달래줄 수 있을까. 왜 아픈 상처를 드러내놓고, 너에게 발톱을 보였던 걸까. 미안해, 희영아. 그래도 네 생각에 가끔은 이렇게 묻혀 사는 답답한 삶에도 위로가 되고, 힘이 난다. 나 너를 무척 좋아하고 지금도 보고 싶은가봐.

희영아, 땡큐. 잘 지내.

희영은 편지를 한 손으로 구겨버렸다. 왜 아픔과 미안한 감정을 동시에 주는 걸까. 그리고, 나는 무엇을 위해 그들과 대치하였던 걸까. 준수는 정말 범인이 맞고, 한동민이 태워다주었고, 결정적 제보를 하게 된 것도 순수한 마음에서였던 걸까. 그리고 예선이도 소정의 거짓말과 철없음에 사고로 생을 마감하게 된 것일까. 나는 이 운동화를 과연 어떻게 해야 되는 것일까.

희영은 번민과 고민에 휩싸이다가 바닷물에 편지와 운동화를 넣은 종이상자를 넣었다. 파도는 상자를 서서히 조금씩 이끌고 나갔다. 상자는 물에 젖어들면서 저만치 멀리 떠내려갔다. 그러다가 파도가 다시 밀물이 되어 되돌아오면 희영의 손끝이 닿을 만한 곳까지 가까워졌다. 그러나 희영이 손을 내뻗으면, 닿지 못할 곳으로 뻗어나갔다. 희영의 눈이 상자로 향했다. 다시 되찾아와야겠다는 생각에 바닷물에 풍덩 뛰어들었다. 하지만 그 순간 집채만 한 파도가 크게 휘말려오면서 파도 속에서 덩굴손이 나와 상자를 잡아채는 것처럼 보였다. 바다는 상자를 꿀떡 삼켜버렸다. 희영의 온몸에 한기가 몸서리치게 다가왔다. 그때야 직감하였다.

비로소 깨달아지는 것이 있었다.

준수는 범인이 맞다.

엄마도 알고 있었고, 희영도 느끼고 있었다.

하지만 아무도 그것을 현실로 받아들이지 못했다. 모두 죽고 가고 없는데도. 그리고 준수마저 진술을 번복하고, 결백을 주장할 만큼 집요하게 사실은 변조되었다. 희영은 준수의 노트북 안에서 잔인한 동영상을 목격하였다. 한 여자가 여러 남자들에게 강간당하고 살인당하는 영상이었다. 그걸 인터넷에서 여러 명과 공유를 하면서 서로 파일로 보내고 받고 하고 있었다. 그런 영상이 여러 파일에 담겨 있었지만 희영은 모른 척하였다. 그저 사춘기 남학생의 치기로 얼른 지나가기만을 바랐다. 하지만 막상 사건이 터지니, 희영은 그런 영상을 보았다는 것을 스스로 부인하였다. 그리고 김순자의 말에 따르고, 그 뒤에 서서 준수의 누명을 벗기려 하였다.

엄마는 어쩌면 결백하게 만들겠다는 그 신념으로 동생의 죽음을 담담하게 받아들이고, 그렇게 모질게 살아왔는지도 모른다는 생각에 미치자 온몸에 한기가 돋았다. 정말 엄마는 준수가 스스로 죽기를 바라고 가위를 전해달라고 부탁을 한 걸까.

왜 엄마는 알고 있으면서 준수가 갔다는 것을 그렇게 슬퍼하면서 또 누명을 벗기려 그 모든 일을 해왔던 걸까.

엄마는 왜 그랬을까.

한 가지는 확실했다. 희영도 준수가 범인이라는 것을 알고 있었지만, 지금 이렇게 되기까지 그 누명을 벗겨보고자 했다는 것.

가족에 대한 마지막 명예와 이름을 어떻게든 깨끗하게 지켜주고자 그가 가고 나서도 이렇게 하였다는 것. 어쩌면 희영과 김순자는 오래전부터 알고 있으면서도 같은 결과로 끝나리라는 것을 짐작하면서도 그 힘든 여정을 걸어왔던 게 아닐까.

그리고 가장 크게 싸고돌던 불안감과 공포는 진짜로 준수가 김수항을 죽인 범인이라는 것을 마음속으로 받아들이는 그것에서 기인한 것은 아니었을까. 그것을 가장 두려워하고 그래서 사건의 본질을 보지 못하고 밀쳐놓았던 것이 아닐까.

그때 큰 파도가 희영을 덮치면서 얼굴과 몸을 한꺼번에 삼켜버렸다. 바다 속에서 희영은 두 눈을 질끈 감고 무음의 공간 속에서 잠시 몸을 낮추고 숨을 쉬지 않았다.

엄마…… 준수야…….

나도 그리로 갈까. 그러면 이 현실에서 해방되는 것일까. 그리고 마음이 편해지고 모든 기억이 잊힐까.

그때 물속에서 자그마한 소리가 들려왔다.

준수였다.

누나…… 누나…… 집으로 가자.

희영은 정신이 번쩍 들었다. 그리고 눈을 떴다. 물이 눈을 찌르는 고통에 다시 눈을 감으려는데 저만치 준수가 어린 준수가 엄지손가락을 입에 넣고 빨면서 가엾이 슬픈 눈으로 바라보고 있었다. 희영은 얼른 두 손을 허우적대면서 바닷물을 빠져나갔다. 다행히 바다에 발이 간신히 닿았다. 희영은 발돋움을 하고 두 손을 뻗어서 물을 헤쳐 뒤로 물러났다.

그 몇십 초간의 시간이 희영에게는 무한대처럼 여겨졌다. 갑자기 숨이 턱 막혀왔고 답답했다. 희영은 몸을 꼿꼿하게 일으켜 바다를 벗어나고자 했다.

뒤돌아서 해변을 보니 오영상이 걱정스러운 눈길로 바라보고 있었다. 돌아오라는 손짓을 했다. 희영은 자맥질을 하면서 해변으로 향했다. 겨우 모래사장으로 돌아오고 나서 캑캑대면서 기침을 하자, 오영상은 손에 쥐고 있던 큰 타월을 둘러주고 카페 문을 열고 들어갔다. 희영은 젖은 머리카락을 털어내면서 두 손에 붙은 모래알들을 비벼서 까끌거리는 감촉을 느꼈다. 하늘은 푸르렀고, 봄날은 따뜻하게 다가왔지만, 마음속 저 깊은 곳에는 차디찬 한기가 온몸을 얼어붙게 하였다. 치명적으로 잔인하지만 아름다운 봄날과 그리고 바다였다.

직장에 다시 나가고 나서부터 점심시간에 혼자서 밥을 먹었다. 이상하게 동료들과 아무 일도 없었다는 듯이 일상 이야기를 나누는 것이 못 견디게 부담이 되었다. 분명 그들은 최근에 일어난 제주도 여대생 사건에 희영이 연관돼 있다는 것을 알고 있었다. 희영이 감건호와 나눈 인터뷰 영상은 한동민 관련 건은 거의 편집된 후에 TV에 방영되었고, 인터넷에 퍼졌다. 하지만 직장 동료 누구도 희영 앞에서 그 사건에 관하여 말을 꺼내는 이는 없었다. 오로지 눈치만을 보면서 자녀의 학업성적, 맛집, 인터넷 동호회 모임 등의 다른 화제를 입에 올렸다. 희영은 그게 견딜 수가 없었다. 자신이 피하기로 했다. 그러면 그들은 편하게 그들이 하고 싶은 말을 그들끼리 할 수 있을 테니까.

언제 잊힐 권리를 얻을 수 있는 것인가.

그날도 여느 날처럼 희영은 혼자서 자그마한 식당에 앉아서 김치찌개를 먹고 있었다. TV에서는 케이블 뉴스 방송이 나왔고, 감건호가 나와서 열띤 얼굴로 무언가를 설명하고 있었다. 희영은 숟가락을 놓았고, 이맛살을 찌푸렸다. 진행하는 사회자 외에 패널 세 명이 나왔고, 그중에 한 명이 감건호였다.

감건호는 사회자에게 자신 있게 설명을 했다.

"이번 고미연 여대생 사건의 배경을 자세히 알아보기 위하여, 저는 범인 김재동의 집을 방문하였습니다. 〈감건호의 현장 추적〉에서도 이미 방영을 하였지만 자료 화면으로 잠깐 보실까요?"

감건호가 손짓을 하자 화면이 바뀌면서 다른 영상이 흘러나왔다.

화면 속의 감건호는 시원스럽게 걸어가서 신축 양옥집의 대문을 가리켰다.

"저는 지금 현장 추적 중입니다. 이 대문은 제주도에 여행 온 고미연 여대생을 죽인 남자의 집 대문입니다. 이 남자는 10년 전에는 피해자의 가족이었습니다. 김수향 애월읍내 은행원의 동생 김재동. 그는 열두 살의 어린 나이에 누나의 죽음을 보았습니다. 수많은 취재 기자와 경찰들이 자신의 집을 오가는 것을 보았습니다. 엄마가 일찍 돌아가시고, 자신을 살뜰하게 챙겨주던 누나의 죽음을 보게 되었습니다. 그것도, 이웃 마을의 고등학생 이준수에 의해 성추행을 당한 후 목졸림을 당한 누나입니다. 이 피해자는 10년 후에 바로 가해자가 되었습니다.

김재동은 고등학교 1학년 때 애월읍의 이 집을 나오게 됩니다. 그때만 하더라도 작은 초가였습니다. 지금은 양옥집이 되었지만요.

서울로 거처를 옮겨 생활하던 중에 피시방, 편의점 아르바이트를 하면서 고단하게 살아갑니다. 이현우라는 아르바이트 동료의 이름도 몰래 사용하고 신상정보도 그의 것을 도용합니다. 이건 제 생각입니다만 김재동은 애월읍에 땅값이 많이 올랐다는 뉴스를 접하고, 생활비를 받아볼 요량으로 애월읍 본가로 돌아오게 됩니다.

그게 바로 4개월 전인 3월의 일입니다. 김재동은 집으로 곧장 향하지는 못합니다. 왜냐면 아버지 김용규는 집안의 생계를 책임지던 김수향 즉 장녀가 죽고 나서, 엄청나게 난폭하게 변합니다. 술만 먹고 아들 김재동을 학대하였습니다. 벨트, 방망이로 모자라

칼로도 협박하였다고 합니다. 이웃들 증언에 의한 진실입니다. 결국 김재동은 고향에 돌아와서도 집으로 돌아가지 못하고 게스트하우스에 장기 숙박하면서 아르바이트도 하고 때를 엿보던 중에 다른 큰 사건을 벌이게 됩니다.

6월 6일 저녁 비행기를 타고 내려와 게스트하우스에 도착해 방을 묻는 고미연 양과 방이 없다는 실랑이가 벌어졌을 것으로 추정합니다. 그리고 그녀를 납치하여 살인을 하게 됩니다. 자아 저는 여기서 10년 전 강력 사건의 피해자가 어떻게 10년 후 가해자가 되는지 조명해보고자 합니다. '활동적 피해자'라는 심리학 용어가 있습니다. 자신이 당한 범죄 피해의 충격, 영향으로 스스로가 가해자로 전락하게 되는 사람 혹은 재판 결과의 부당함에 대하여 반발하기 위해 범죄를 저지르는 사람을 말합니다. 이제 이 대문을 들어가면서 저는 김재동의 심리 속으로 한발자국 들어가보도록 하겠습니다."

긴 설명이 끝나고, 감건호는 손으로 대문을 밀치고 들어갔다. 그 뒤를 카메라가 뒤따라 들어가면서 감건호의 옆얼굴을 한 번 클로즈업 하고는 마당에 놓인 농기구와, 수도가를 스케치하듯이 훑어나갔다.

희영이 외쳤다.

"그, 그만 TV 좀 꺼주세요. 더 이상 참을 수가 없어요."

주변의 손님들이 희영을 이상하다는 시선으로 쳐다보았다. 희영은 더 이상 머물 수가 없었다. 계산을 마친 후에 황급하게 가게를 뛰쳐나갔다.

희영은 그날 조퇴를 하고 집에 일찍 들어왔다. 작은 원룸이 그날따라 너무도 황량하고 썰렁해 보였다. 아무도 없고, 누구도 드나든 흔적도 없는 외로운 곳이라는 생각이 깊게 들었다. 잠깐 침대 위에 누워서 잠을 자다가 깨어났다. 깊은 밤이었다.

희영의 휴대폰으로 오영상에게서 긴 문자 하나가 와 있었다.

바다방 열쇠는 S호텔 로비에 떨어져 있던 걸 호텔 직원이 주워서 보내주었어요. 언젠가 우리 게스트하우스 묵었던 손님이 그 호텔 직원에게 바다방에 대해 이야기해주던 게 생각나더래요. 이만하면 우리 게스트하우스도 유명해질 대로 유명해진 건데, 이번 사건으로 타격이 커요. 희영 씨, 괜찮은 거죠? 언제 제주도 오면 현우 녀석 이야기 좀 하게 들러요. 우리가 알던 현우가 그런 놈은 아니잖아요.

희영은 눈물이 울컥 치밀었고, 가슴이 터억 막혀왔다.
우리가 알던 현우가 그런 놈은 아니잖아요, 우리가 알던 현우가.

양구동 형사는 이틀에 한 번 전화를 걸어서 당시 상황 중에 궁금하였던 것을 재차 묻고는 했다. 그도 역시 현우를 그렇게 나쁘게만 기억하고 있지는 않았다. 희영이 잊을 만하면 그의 전화가 걸려오고는 했다. 그는 종종 이렇게 말하면서 추가 조사를 마치고는 했다.

"제주도에서 그렇게 피해자 진술조서 작성하게 해놓고 또 전화해서 미안해요."

"아네요. 화상 상처는 어떠세요?"

"매일 드레싱하고 그러죠. 덕분에 가족들이 걱정돼서 나한테 엄청 관심 많아요. 이것 때문에 가족과 화해가 되었다고 생각하면 너무 웃기는 건가? 하여간 난 괜찮으니 걱정 말아요. 강력계 형사 얼굴이 이쯤은 되어야 범인들이 쫄지. 피부 이식 수술도 잡혀 있으니 받으면 괜찮아진대요. 난 걱정 말아요."

"네, 쾌차하세요, 그리고 언제든 전화하세요."

말은 그렇게 했지만 이제는 전화를 받고 싶지 않았다. 전화를 끊으려는데 양구동이 잠시 머뭇거렸다. 희영이 말을 기다려주었다.

"주제넘는 말인지 모르겠지만, 형사 생활 오래하다 보니, 참 안된 일 많이 보고 겪었고 말이야. 그래서 하는 말인데 모든 걸 내 탓으로 올리지 마요. 그냥 일이 그렇게 될 수밖에 없는 운명이라는 게 정해져 있단 말이오. 알았죠?"

"저, 괜찮아요. 걱정 마세요. 현우…… 현우는 장례 치르고 어디로 갔나요?"

희영은 못내 궁금한 것을 기어이 물어보았다.

"아버지가 시신 인수 안 해서, 오영상 사장이 허락받고 게스트하우스 앞바다에 뿌려주었소."

"네, 잘하셨네요……."

희영은 그렇게 말하고 전화를 끊었다. 가장 궁금한 것을 물어보왔다. 마음 한켠에서 안도가 되었다. 이제는 잊히고 싶었다. 다행인 것은 현우의 살인사건이 10년 전 김수향 사건의 가해자 가족에 대한 복수나 기타 관련하여 그 사건과의 연관성을 엮어서 수사보고서를 만들지 않는다는 것이었다. 만약 양구동 형사가 그런 식으로 검찰에게 서류를 제출한다면 희영은 더욱 힘들어질 수 있었다. 하지만 양구동 형사는 현우와 희영의 만남을 우연으로 인정해주었다.

희영은 어릴 적 기억으로 되돌아갔다. 준수가 그토록 외롭게 홀로 있었다는 것, 고독한 자기 공간에 갇혀서 괴로워했을 것. 그리고 나쁜 길로 접어들어서도 혼자서 싸매고 있었던 그 모든 것을 자신이 돌보아주지 못했고, 알아채지 못하였다.

준수야 미안하다. 내가 너의 아픔을 조금이라도 돌보아주지 못하였구나.

희영은 다섯 살 준수가 손가락만 빨던 것을 눈앞에 보는 것처럼 선연하게 기억해냈다. 엄마가 일하러 나가고 맡겨놓은 준수는 희영이 친구들과 놀 때에 끼지 못하고, 뒤에서 돌담벼락에 등을 기대고 서서 엄지손가락만 한없이 빨고는 하였다. 희영은 준수를 한 번도 단 한 번도 뒤돌아보지 않고, 친구들과 고무줄놀이만 하느라 바빴다.

저녁에 준수가 오른손의 엄지손가락을 계속 빨고 있으면, 희영이 엄마에게 혼났다. 동생 못된 버릇 못 고치느냐고 혼쭐이 났다. 그다음 날 희영은 준수가 손가락을 빨면 억지로 빼내고, 그래도 다시 입속으로 넣고 빨면 손가락에 비누칠을 하고는 하였다. 비누의 쓴 맛에 놀란 준수가 우는 것을 보고 깔깔댔다. 준수가 비누칠을 거부하고 숨어 있으면 찾아내서, 누나 말 안 들으면 호랑이가 와서 널 물어갈 거라고 협박도 하였다. 그리고 엄지손가락을 꼭 잡고 손톱자국을 내서 아프게도 하였다. 그 후부터 준수는 몰래 숨어서 손가락을 빨기 시작했다.

훗날, 희영이 어른이 되어서 TV 교육 프로그램을 보니 손가락 빠는 어린이는 충분한 대화와, 인형을 이용한 상황극을 통해 얼마든지 자유롭게 손가락 빠는 행동을 통제할 수 있었다. 어린이 심리 치료 전문가는 손가락을 빨면, 세균이 입으로 들어갈 수 있다는 것을 귀여운 인형을 통하여 친구가 말 걸듯이 자연스럽게 깨우쳐주었다.

다시 과거로 돌아가 어린 준수를 볼 수만 있다면 손가락을 빠는 것을 방관만 하지 말고, 같이 놀아주고 다독여주고 엄마 정이 고픈 준수를 안아주고, 엄마 노릇을 하고 싶었다. 그리고 손가락을 빠는 준수를, 웃지 않는 우울한 표정의 준수를, 자기만의 세계에 갇힌 준수를 세상으로 자연스레 나올 수 있도록 도와주고 싶었다.

희영은 비자림에서 현우를 만났던 때를 생각해보았다. 오래된 비자림 나무에서는 강한 피톤치드향이 끝없이 내뿜어졌다. 지금 문득 준수가 그곳에 있었다는 생각이 들었다. 현우와 산책하던 그 시간에 준수는 그곳에서 희영의 곁에 있었던 것이다.

준수의 향기. 공항에 도착하여 처음 맡은 짭조름한 소금기 뒤섞인 바다내음에도 준수의 체취가 있었고, 바다 게스트하우스 모임장에서 맡았던 원두커피 향기에도 준수가 스며들어 있었다. 그리고, 새별 오름에 올라서 맡은 강한 풀냄새에도 준수가 배어 있었다. 제주도에 도착하여 희영은 준수와 늘 같이 다녔던 것이다. 그런데 희영은 그걸 알면서도 애써 모른 척했고, 외면하였다.

남들은 살인자라고 손가락질하여도 자신에게는 늘 동생으로 존재하는 준수. 이 가슴 아픈 기억이 서린 제주도에서 준수는 늘 함께였지만 희영은 보고 싶어 하지도, 듣고 싶어 하지도 그의 체취를 냄새 맡고 싶어 하지도 않으면서 다녔던 것이었다.

왜 그랬을까. 누나인데, 나는 누나가 맞는데 왜 너의 말을 진심으로 제대로 들어주지 않았던 걸까. 비자림에서, 새별 오름에서 그리고 공항에서 바다 게스트하우스에서 너는 항상 뭔가를 말하려고 했는데 말이야. 큰일을 벌이고 얼마나 외로웠는지, 얼마나 괴로웠는지, 얼마나 힘들었는지 얼마나 미안했는지 네가 말하려고 하였는데 왜 나는 너의 말을 모른 척하였던 걸까. 나는 너의 결백이 아니라, 사건의 진실이 아니라 그냥 나의 허물을 벗으려고만 발버둥친 것은 아닐까.

미안해, 준수야.

희영은 마음속으로 이 두 마디 말을 되풀이하였다.

작가의 말

밤에 커피를 마셔서인지 잠이 오지 않던 터에 이 글을 쓰게 되었습니다. 원래는 이 소설에 후기를 쓰지 않으려 하였지만, 잠자리에 누워 맨 정신으로 곰곰이 생각해보니 집필 후기를 반드시 써야겠다는 생각이 들어서 얼른 책상에 앉았습니다.

여러 편의 범죄 관련 다큐를 보고 나서 범죄 피해자와 가해자 가족들에 대해 오랫동안 생각해보았던 적이 있습니다. 사건의 뒤에서 눈물을 지으며 나서지 못하는 그들. 항상 얼굴은 모자이크로 가려져 있고, 음성은 변조되었지만 그 격한 감정은 고스란히 전달되었습니다.

그들의 아픔은 짐작이 가지 않을 정도로 큰 것이었습니다. 특히 피해자 가족 앞에서 감히 아프다고조차 말할 수 없는 가해자 가족들은 그 슬픔을 드러낼 수 없기에 아픔의 무게가 더욱 가중되는 것 같았습니다.

가족이 죽거나, 혹은 감옥에 가고 나서 가족들은 어떤 삶을 보내게 되는 것일까. 그에 관하여 생각해보다가 공정식 선생님의 『피해심리학』((사)한국피해자지원협회, 2013)과 스즈키 노부모토의 『가해자 가족』(섬앤섬, 2014) 등의 책을 읽게 되었습니다. 거기에는 그들이 상반되는 입장에서 절절하게 외치는 절규가 생생하게 담겨 있었습니다. 결코 어느 쪽도 행복할 수 없는, 승자의 이득과 패자의 손실을 합하면 제로가 된다는 제로섬게임 이론에서 멀어도 한참 면, 양쪽 다 손실만을 갖게 되는 불공정하고도 불운한 게임 룰에서 안타까움을 금치 못하였습니다.

인생이라고 운명이라고 돌리기에는 그 사연들이 너무도 기구하고 힘겹게 여겨집니다. 고통스런 시간을 보낼 가족들에게 위로를 주고 싶은 마음에 이 소설을 집필하였습니다.

특정 사건이 일어나기까지 너무도 가엾은 구구절절한 사연과 아픔이 중첩됩니다. 어느 하루아침에 일어난 것이 아니고 그렇게 되기까지 슬픈 과거가 숨어 있습니다. 아동 학대가 되물림되는 것을 보더라도 과거의 아픔이 지금의 폭력이 되기도 합니다. 누군가는 멈춰야 더 큰 사건으로의 발전을 막을 수 있으며 아울러 그렇게 되기까지는 수많은 도움이 절실히 필요합니다. 이웃들, 사회 제도, 문화나 교육기관의 도움으로 아픔이 도돌이표처럼 반복되는 것을 끝내야 합니다.

지금 이 시각에도 누군가는 소설 속 주인공들처럼 큰 비극을 겪고 고통스러워할지 모릅니다. 큰 고통도 시간이 지날수록 무뎌지지만 그렇게 되기까지 심해 한가운데 난 해저터널을 빛도 없이 걸어야만 합니다. 공포와 불안, 고통 속에서 헤쳐나가야 합니다. 그때 누군가가 손을 잡아주고 부드러운 목소리로 말해줄 수만 있어도 힘을 얻을 수 있습니다. 사회가 그런 역할을 해줄 수 있기를 진정으로 바라며 그들이 어둠의 터널을 잘 걸어 나와서 빛이 있는 세상으로 힘차게 들어올 수 있기를 진심으로 기원합니다.

이 글을 쓰고 있는 지금도 제주도 새별 오름에서 강렬한 냄새를 풍기는 향초들 사이를 여유롭게 노니는 말들의 갈기가 손에 잡힐 듯하고, 용눈이 오름의 갈대를 스치는 바람을 뺨에 느낄 수 있고, 오름 정상에서 보이는 파노라마처럼 펼쳐지는 풍광들이 눈에 선합니다. 한담해변의 옥빛 물색이 손가락 사이로 선연히 보이고, 비자림의 강한 피톤치드 향이 코를 간지럽힙니다. 독자분들이 소설속 희영과 함께 거닐면서 몸으로 체험하기를 바랍니다.

유수암을 지키는 루루마미하우스 세미 언니가 들려준 애월읍에 얽힌 전설 같은 이야기들이 없었더라면 어쩌면 이 소설은 탄생하지 못하였을지 모릅니다. 15년 전 스치듯이 해준 이야기들이 결국 하나의 스토리가 되어 다시 태어난 것을 기쁘게 생각합니다.

부모님, 시부모님, 형제자매들, 가족들에게 감사드리며, 아울러 작품을 집필하기까지 같이 고민해준 양수련 작가와 박선아 작가에게 감사드립니다. 그리고 추리작가협회 선후배님들께도 감사드리며 이 작품을 처음으로 읽어봐주신 첫 독자 김현정 에디터님에게 깊은 고마움을 표현해보고자 합니다. 감사합니다.

소설 속 인물과 사건, 내용은 허구임을 밝힙니다.*

2016년 4월

김재희 씀

---

* 소설 속에 등장하는 피해자, 가해자 심리에 관하여 『피해 심리학』(공정식 지음, 한국피해자지원협회, 2013), 『살아 있는 범죄학』(공정식 지음, 교육과학사, 2013) 등의 서적의 도움을 받았습니다. 영화 관련 지식에 관하여서는 『내가 쓴 것, 잘생긴 천재의 삐딱하게 영화보기』(이지훈 지음, 이매진, 2012)를 참조하였습니다.

봄날의 바다

초판 1쇄 발행 2016년 5월 13일
초판 3쇄 발행 2016년 6월 15일

지은이 김재희
펴낸이 김선식

경영총괄 김은영
사업총괄 최창규
책임편집 김현정 **크로스교정** 김정현 **책임마케터** 이상혁, 양정길
콘텐츠개발2팀장 김현정 **콘텐츠개발2팀** 백상웅, 김정현, 문성미, 윤세미
마케팅본부 이주화, 정명찬, 이상혁, 최혜령, 양정길, 박진아, 김선욱, 이승민, 김은지
경영관리팀 송현주, 권송이, 윤이경, 임해랑, 김재경
외부스태프 표지디자인 정인호

펴낸곳 다산북스 **출판등록** 2005년 12월 23일 제313-2005-00277호
주소 경기도 파주시 회동길 37-14 3, 4층
전화 02-702-1724(기획편집) 02-6217-1726(마케팅) 02-704-1724(경영관리)
팩스 02-703-2219 **이메일** dasanbooks@dasanbooks.com
홈페이지 www.dasanbooks.com **블로그** blog.naver.com/dasan_books
종이 한솔피앤에스 **인쇄 · 제본** 갑우문화사

ISBN 979-11-306-0828-0 (03810)